启真馆 出品

启真·文史丛刊

听歌放酒狂

应奇 著

ZHEJIANG UNIVERSITY PRESS
浙江大学出版社

序 学问的"江湖"

　　在启真馆工作 10 年，蒙应奇教授不弃，陆续将 3 部学术随笔集交由我出版。此次新作交稿之余，又请我写序贺新。作为编辑和后辈，我理应严词拒绝此种"出轨"行为，不过作为酒友，我只得答应下来，毕竟，酒后"越轨"是人人皆可理解的。

　　应奇教授所出版的这几本学术随笔集，主题无非是谈书和谈人。他所写的师友，我多数并不熟悉，故尽管他的描写相当生动有趣，但我对描述的准确性并不能做太多判断。倒是他谈书的那些文章，虽然带有专业背景，反而引起了我更大的兴趣。

　　不过他谈购书，谈藏书，与别人不同。藏书家谈藏书，谈版本，谈拍卖，谈流传，乃至纸张、雕印之类，只是很少谈内容，毕竟藏的通常都是经典和古籍，内容上可说的不多，最多谈谈局部细节上的版本差异。学问家谈藏书，谈到了最后往往变成一篇不是书评的书评，有时让人觉得相当枯燥。

　　应奇教授一路从北美"搜刮"到挪威，甚至与亲友赴台"自由行"期间还不忘逛几家书店，所选购的都是些严肃的学术书。通常来说，学术著作更多是研究性的，并无太多版本上的讲究，也很难说有什么稀缺性与收藏性。因此他不能说是一位传统意义上的藏书家，而他的购书与藏书记，也正如书名所示，实际上是"访书记"。所谓"访书"，讲究的是不期而遇，随遇而买，所谓乘兴而来，兴尽而返。只不过他的"兴"往往比较长，有时书店要关门了，兴还未尽而已。

而应奇"访书记"的最大特点在于，他往往借着目光所及之书，探讨学者的学问与生平、师承与流派，甚至各家出版社的特色与风格、丛书的既往与地位，且所淘书店的书价与品位，也尽在他的法眼之内。用这种近似于传统"学案"的写法，借着淘书来描绘近代学术史与思想史背景，兼及回忆自己的读书生涯与脉络，可说是应奇的一大发明创造。事实上，应奇对中西近代学术史及思想史的见解，在学术的江湖中可谓独树一帜，又论其了解程度，应奇完全可以称得上学术圈的"江湖百晓生"。

在武林中，"江湖百晓生"之类的，通常都属于武功绝高，但恃才傲物，并通晓江湖掌故之人。这类人最大的爱好便是编写"兵器谱"，对武林中的武器、功夫进行排名。在多大程度上应奇教授与这些特征相匹配，他的学问到底有多深，尚有待他的同行及后代学术史爱好者加以验证，而非学术界中的我则无从置喙。不过以我的阅读感受，他是一位颇以了解自己专业外的学术圈为傲的人。

应奇教授有好几篇文章是关于启真馆的，其中既有他为启真馆所出的书和我的小文集所写的书评，也有专为启真馆所写的回忆与荐书文章。除了荐书文是我专门征求而来的，其余均是他本人自告奋勇而作，足见他古道热肠，确有古人"慷慨然诺杯酒中"的狂者之风。

受中国文化影响的文人，多数都羡慕一不小心便走向放荡的狂狷之士。按孔子的解释，"狂者进取，狷者有所不为"。对当代中国学者，尤其是有一定社会地位的人士来说，既有金钱诱惑，又有制度约束，"狂"还容易一些，"狷"真难也。应奇教授虽研西学，亦有文人雅兴，至少书名中还有些"呼儿将出换美酒"的气概。

《听歌放酒狂》，书名竟有古龙之风的豪放，或许是应奇教授在学术随笔方向上探索的绝唱。这类作品写多了，便不断有师友劝他歇笔，他也时时流露出忏悔之意。学院中人，写些风月文章自我排遣，竟生罪恶之感，可见韦伯的责任伦理，仍时时萦绕于他的心头。这一点当然可以理解，毕竟由于题材所限，学术随笔的生命力相对有限，再有机锋，仍是皮相之学，不为学界所重。话说回来，当代学术文章也颇像巴黎纽约东京的时尚潮流，"风"涌而来，风息而止，又有多少真能逃出时髦周期呢。

不过我总觉得，应奇教授若真是金盆洗手，不再写作学术随笔，恐怕还有另一层原因。所谓文化，归根结底不就是你来我往，不就是创作者与欣赏者之间的互动。在《西游记》第64回中，于荆棘岭将唐僧掳去的一众树妖，冒着被八戒"斩草除根"的风险，也要与三藏吃茶对诗，几番应和，这是何等风雅之妖，又是何等风雅之事。不知今天在中国如此忙碌的学术文化界中，还有多少闲情雅致者，有鼓瑟鼓琴之好，或作伯牙子期之约。跳出"体制"的学者文人倒也不少，但要么堕入商业圈中，忙赶行程，要么苦大仇深，对现状痛心疾首，似还不如那些树妖活得洒脱。

《文心雕龙·知音》篇开头便说："知音其难哉！音实难知，知实难逢，逢其知音，千载其一乎。"少了知音的应和，应教授虽不致拔剑四顾心茫然，但创作激情或早已转为涓涓细流。从文风看，在第一本随笔集《古典·革命·风月——北美访书记》中，文字似喷涌而出，以排山倒海的长句月旦人物，品评文章，不习惯的读者看起来或许相当吃力。而到了最新的这一本，访书热情仍然不减，文字却平淡温和了不少，似已存"亢龙有悔"之心。

说到"江湖"，中文武侠小说中最令我难忘的人物还要属《笑傲江湖》里的方生大师，他在五霸冈上被令狐冲的独孤九剑所伤，4位师侄被杀，却反将两颗疗伤灵药赠予对方。临走时他看了4具尸体一眼，说道："4具臭皮囊，葬也罢，不葬也罢，离此尘世，一了百了。"转身缓缓迈步而去。金庸取其名为方生，显然采自庄子的"方生方死，方死方生。方可方不可，方不可方可"，自有其用意也。

是为序。

王志毅
2018 年 8 月

目　录

1

"盼星星，盼月亮，来了太阳"
——卑尔根日志

应该是整整 10 年前了，在杭州教工路上那家现早已消失的新民书店门口，为了动员童世骏教授把他老师奎纳尔·希尔贝克（Gunnar Skirbekk）教授的文集《时代之思》放到我和一位年长的同事在上海译文出版社筹划的一套丛书中，我曾经在短信里"深情告白"："如果减去 10 岁，我打算到卑尔根求学！"这诚然是一个不折不扣的反事实条件句，尽管其命题态度乃是无比真诚的！认真说起来，我与挪威哲学的因缘还可以追溯得更远，当《跨越边界的哲学：挪威哲学文集》中译初版于 1999 年面世时，我还在为拙著《从自由主义到后自由主义》中的《哈贝马斯与罗尔斯的对话》一章而殚思竭虑。而这本文集的两篇"压卷之作"，希尔贝克的《情境语用学和普遍语用学：实践的语用学与先验语用学的相互批判》和哈罗德·格里门（Harald Grimen）的《合理的分歧与认知的退让》，当时给我以很大的启发，在文中我曾隆重对之加以引用。在一种几乎不夸张的尺度上，我大概可以说是除挪威实践学传统在中文世界的"传人"之外，最早契合并受惠于这一学脉的中国学者之一。而且，自那以后，我还经常在自己的学生面前和朋友圈里"宣扬"和"传播"挪威哲学。亦可谓"种瓜得瓜，种豆得豆"，当《挪威哲学文集》相隔十五六年之后在本人的推动下得以增订重版时，根据我的推荐，得到郁振华教授的支持，我的两位学生惠春寿和贺敏年承担了新增译文的翻译工作。而这次有机会访问挪威，正是因为贺君得到了CSC（China Scholarship Council，中国国家留学基金委）的支持，在卑尔根大学访学。CSC不但支持学生的访问计划，也同样支持访问学生的导师到该国该校访问。这是我继2007年普林斯顿之行后，时隔10年第一次出国，也许我还是该像前次那样，写下点儿什么，作为对自己严重不足的国际化程度之检讨和弥补？

一

因为有自己的学生会在湾城做向导和地陪，我在出发前自然就没有对此次行程做任何攻略。这种"不作为"的一个后果是，当我在浦东机场登上荷航的班机，得知飞到阿姆斯特丹需要11个小时，几乎想当场就晕过去。虽然我10年前曾经用15个小时飞到纽约，但这毕竟是10年前的事了。想到我的航班晚上11点多才离开上海，以目的地当地时间凌晨4点多抵达阿姆斯特丹，这种双重意义上的"红眼航班"上的漫漫长夜几乎让我不寒而栗。想象一下，在一个庞大的飞行物中，好几百号人戴着眼罩，蒙着被子，在此起彼伏的鼾声中，在黑夜里玩穿越，也确实让人有某种如同置身虚拟世界的荒谬感。稍可庆幸的是，荷航的伙食应该说是相当不错的（虽然在我记忆中也几乎没有什么别的样本可供比较），特别是凌晨3点多那份早餐可谓让人开了"洋荤"——这也是我平生吃过的最早的早餐！与10年前美航班机上清一色的老美不同，荷航班机上特意安排了3位中国空姐，这自然是为了让服务更到位，但是否也可以说是晚近10年吾国国力提升的显性标志？除了服从"自然必然性"之基本睡眠，在梦醒时分则有丹尼尔·加蒂（Daniele Gatti）指挥的贝多芬《艾格蒙特序曲》为我壮胆，那是荷航自身携带的装备，据说这位意大利指挥家刚于去年出任阿姆斯特丹皇家音乐厅管弦乐团首席指挥，当然这是我后来通过"度娘"才得知的！

在阿姆斯特丹等候转机的3个多小时里，我是在一种几乎没有自我感觉的极度空漠中度过的，只有在面对荷兰边检官时蹦出的"visiting scholar"两个单词赋予了我把自己从那个"一切皆流"的环境中分离出来的力量。本以为登上了早上8点半飞卑尔根的航班后自己的精神就会兴奋起来，却不料飞机离港没有多少分钟，我就开始困倦起来，想想大概是所谓的时差已经开始起作用了吧。等到飞临湾城上空时，天已经在下雨，好在刚才阿姆斯特丹并没有下雨，否则或许也会发生《梵澄先生》中那个笑话的翻版：这雨真大，从阿姆斯特丹一直下到卑尔根。

我推着行李走出机场闸口，第一眼就看到了贺君，师生一年未见，自然亲切，绅士式相拥。我见他两手空空，茫然问："你的车呢？"答曰："并没有车来，我们坐红线轻轨，相当于上海的一号线！"随后我们如同往常一样一阵戏谑热聊。车行半路，望着窗外的绵绵阴雨、灰暗山色，颇擅长在不同语汇间"转渡"（这也是他"自创"的术语）的贺君忽然喃喃："维特根斯坦（Wittgenstein）当年到绮色佳（Ithaca）去看他的学生马尔康姆（Malcolm），后者临出门前对自己的妻子'报备'：'上帝来了！'"掉完这个小书袋，稍一停顿，他就开始"转渡"："盼星星，盼月亮，来了太阳！"然后又发挥说："湾城的天气和天气预报都只对此后的半个小时负责！"

作为卑尔根大学哲学系邀请的访问学者，我的住处就安顿在哲学系旁边的"招待所"里，距离湾城的地标建筑圣约翰教堂也就十几步路，贺君调侃："应老住在卑尔根市中心之中心！"我淡定回说："出门就可做礼拜，不过我手里只有一册俞平伯的《唐宋词选释》！"

师徒两人在北欧极简风格的招待所里又是神聊，又是拍照，又是发状态，两点多了才想起还没有吃中饭，于是移步学生活动中心，想在那里解决"第一需要"，却被告知小店已经打烊。从"Big Egg"（小店所在楼层雅号）下楼时贺君指指一楼的书店，问我是先果腹还是先"充饥"，结果不证自明，而就因为这一指，中饭竟被推迟到了晚饭时间进行！好在天生矜持的我此刻还是颇为节制（优雅？）的，匆匆浏览了哲学书架，就只先选出了4本书。第一本是斯特凡·穆勒-杜姆（Stefan Müller-Doohm）的《哈贝马斯传》（*Habermas: A Biography*, 2016）。我最初是从哈贝马斯专家童世骏教授处得知这部书的，记得他曾数次提到此书，有一次还在一个小群里分享了此书的某页，在这一页上有哈贝马斯称道阿多尔诺（Adorno）的话："我生命中遇到的唯一天才。"10年后的第一次出国，刚进书店就见到此书，当然视之为首选。第二本几乎可以说是与第一本并列第一的乃是《维特根斯坦与挪威》（*Wittgenstein and Norway*, 1994）。维特根斯坦与挪威的因缘乃是一个有趣的话题，此书收集了相关的资料，特别是维特根斯坦与有关人士的通信，其中既有长达近60页的对维特根斯坦与挪威关系的综述，也有希尔贝克的《维特根斯坦对挪威哲学的影响》一文。见到此书，我有些俗气地对贺君调侃道："此书可以说是卑尔根的'金名片'！"不想一向风格薄云天的贺君却频频点头，还说系里正与维也纳相关方面联系和取经，筹划把维特根斯坦当年在肖伦（Skjolden）的小木屋遗址加以开发和包装。呵呵，难道这又是中国经验和模式的一次小型输出？我真有些希望是我理解错了他的意思，或者他理解错了当事人的意思！第三本是哈贝马斯的学生、近年开始在国内颇有影响的霍耐特（Honneth）的《社会主义的理念》（*The Idea of Socialism*, 2017）。这可谓一本新著，德文初版于 2015 年，英文版则是今年刚出的，本来我对于霍耐特的著述也许还没有到毫不犹豫入手的程度，但此书最后一章的标题"复兴之路（2）：民主的生活形式"让我一下变得拿下没商量了，盖因我也曾写过一篇《从伦理生活的民主形式到民主的伦理生活形式》，所以倒是想看看，霍耐特此书还会给我以什么样的启发。最后一本则是泰勒·伯吉（Tyler Burge）的《客观性的起源》（*Origins of Objectivity*, 2010）。我早说过，自己早已从分析哲学中"掉队"，但却始终未能"忘情"，那么长话短说，"有图有真相"，就以此书为证吧！

饥肠辘辘中步出书店，贺君帮忙提着书，带我来到了卑尔根鱼市，我们同来自世界各地的其他游人一样享受了一顿海鲜大餐，用贺君的话来说，明明知道到这里是来挨宰的，但是不这么让人宰一下，人就不痛快。呵呵，其清简通脱一至于此！这分明是"青出于蓝"的节奏嘛！从鱼市出来，我们就在阴雨中走向所谓的卑尔根老城，穿梭在既有些童话色彩又颇具历史感的各式建筑物之间，沐浴在高纬海港的清风细雨中，这时我才恍然：卑尔根，我来了！

二

按照事先的约定，第二天午后 1 点，我将要在贺君陪同下拜访我的访问邀请人，卑尔根大学哲学系主任雷达（Reida）教授。也许还是因为时差，一向睡眠不错的我当晚却醒来两次，第二次是在 5 点，而我却已毫无睡意了，于是想不妨披衣起床，到外面去自在呼吸湾城的冷冽空气。这情景不由让我忆起 10 年前到普林斯顿的次日，我竟然有些头重脚轻地在镇边上的小森林中游走的那一幕，现在回想起来，我仍相信那种感觉应该远不只是生理上的！转瞬 10 年过去了，正如我在《后中年的心情》中所云，现在的我似乎有了人过中年后的某种无可无不可的所谓"余裕"心境。正是在这种心境中，我信步走出了宿舍，这时我惊讶地发现整个峡湾两侧山顶上布满了大片大片美妙的虹云，只是北面要比南面更为璀璨通透，毫不夸张地说，这大概是我见过的最美丽脱俗的云霞。我下意识地摸了摸口袋，这才想起自己的手机昨天傍晚就已经被动关机了，因为没有带充电转换器，贺君本来打算当晚给我送一个过来，我考虑他已经奔波一天，再来回折腾真少了"合宜感"，就谢绝了他的好意。这时我却后悔自己这个善解人意的决定了。果然，不出 10 来分钟，让人恍如置身仙境的无比美丽的光景就完全消失了，天空变成了此地标志式的青灰色，所谓"惊鸿一现"，真莫此为甚了。

我的学生要到 10 点半后过来会合，于是我一个人 9 点左右就来到学生活动中心三楼的餐厅，点了一份三明治和一杯美式咖啡，匆匆吃完早餐，就来到了一楼书店，开始了第一次正式的"排查"。应该说这是一个有相当品级的学术书店（当我向童教授报告这个观感时，他的优雅回复是：从书店看得出一个学校的品质），特别是它的哲学书颇为齐全，而且英文类的要远多于挪威文类的，可以说是完全国际化的！等贺君近 11 点心照不宣地进来找我时，我已经颇有收获了。和美式书店不同，这里的书相当一部分都没有贴价格标签，如欲知道价格，到旁边的一台小机器上对着书后的条形码扫一扫就清楚了。当我拿着一本《人的范畴：人类学，哲学，历史》（*The Category of the Person: Anthropology, Philosophy, History*, 1985/1996）到机器上去"刷价"时，我们头天去店里已经面熟的一位男性店员大概发现了我手里的这本书，就热情地介绍说，这是一本好书，是马塞尔·莫斯（Marcel Mauss）讨论集。我有些惊讶于一个书店的店员竟然知道莫斯的名字，因为我自己虽然买过些莫斯的中文译著，但也只知道他乃是涂尔干（Durkheim）的外甥！既然店员都这么说，那么这本书我是非买下不可的了，还好刷机器的结果表明这个书价我还是可以承受的！由维特根斯坦的 3 位遗嘱保管人之一安斯康姆（Anscombe）原译，彼德·哈克（Peter Hacker）和约阿希姆·舒尔特（Joachim Schulte）修订四版的《哲学研究》英译本，我的学生建议我收一册，虽然他说因为自己已有了电子版，要买也要买个精装本的，但经查询，库存只有平装本，那就因陋就简也无妨了。汉娜·皮特金（Hanna Pitkin）加了新序的旧著《维特根斯坦与正义》（*Wittgenstein and Justice*, 1972/1993）也是我的学生建议我拿下的，理由是他已经买了一本。其实我至少 20 年前就已经"认识"这位女史了，记得那一次我是在北京图书馆复印资料，得到了她关于阿伦特（Arendt）的公私概念的那篇文章，如果我没有记错，那篇文章似乎与波考克（Pocock）的雄文《德行、权利与风俗：政治思想史家的一种模式》发表在《政治理论》（*Political Theory*）的同一期上。在和刘训练君编译《第三种自由》时，我们还选译了她的《Freedom 与 Liberty 是孪生子吗？》一文，由李

7

强教授的高足陈伟博士译出，这篇文章的作者授权书还是皮特金女士通过纸质信函寄给我的，因为她似乎并不使用电子邮件。后来训练君还组译了皮特金的成名作《代表的概念》，以加入我们的"公共哲学与政治思想译丛"。

可以说，20世纪50年代末到整个60年代，哲学中的实证主义和政治学中的行为主义被进一步动摇而走向式微，在某种程度上，皮特金女史和几乎与她同龄的麦金太尔（MacIntyre）、查尔斯·泰勒（Charles Taylor）（3者依次出生于1931年，1929年和1930年）等人的工作都应该放在这个大潮下来观察，而且这3位的工作同样具有亦史亦论、史思交融的治学特点，这种特质又反过来使得他们的工作不会轻易随着学术范式的转变而过时，从这个角度来看，所谓原创性与传承性的关系似乎远比对学术进步的线性思维论者所设想的要复杂和辩证得多。也正是在这个意义上，从学术史和思想史的角度对于社会科学和社会理论之兴起的考掘学探究，即使，或者说正因为形式化的研究进路当今，就显得不但弥足珍贵，而且深具启发意义了。阿姆斯特丹社会研究学院的约翰·海尔布伦（Johan Heilbron）以荷兰文发表于1990年的《社会理论的兴起》（*The Rise of Social Theory*, 1995/2005）就是这方面的一本有影响的著作。此书考察了18世纪前后以科学方式处理社会理论的潮流，并分析了在孔德那里登峰造极的把社会学表达为一种相对自主的话语体系的首批尝试。海尔布伦认为是自然科学，而不是道德哲学或自然法成了19世纪主导的智识模型。此书既是对社会学前史的一种杰出解释，也是对启蒙运动与浪漫主义之间的智识文化的一种生动刻画。法国人类学家和社会理论史家路易·迪蒙（Louis Dumont）的《论个体主义》已经有两个中译本，他研究印度种姓制度的人类学经典名著《阶序人：卡斯特体系及其衍生现象》也已由启真馆推出。此种情况下，在卓尔根大学学生活动中心社会学和人类学书架上见到他的《德意志意识形态：从法国到德国及其回流》(*German Ideology: From France to Germany and Back*, 1994）还是让我既兴奋又吃惊，这书我肯定是要收于囊中的，不过我当时首先想到的却是我过去的一位主攻当代德国法政思想的学生有没有这本书。当通过微信群聊得知他还不知此书时，我既有些意外，又有些自得，而我的学生除了感叹经常逛实体书店还是会很多收获，有些书网上不见得能搜到之外，更是马上到亚马逊上下了单。虽然我的访问时间只有一个月，而访书也才刚刚开始，但我已经开始不时地把眼下与10年前联系起来了：我10年前的访问邀请人佩蒂特（Pettit）教授又出书了，《善之强求》(*The Robust Demands of the Good*, 2015/2017），架上既有精装的也有平装的。本来西文书精装和平装的价格差距就比较大，牛津剑桥版尤甚，那么我还是要一册轻便的平装本吧！

下午1点整，我们准时来到哲学系主任雷达教授的办公室，在等候电梯时，刚巧遇上了贺君此访的指导教授、维特根斯坦研究专家凯文（Kevin），于是在系主任办公室里的会见大部分时间都有4个人参加。从程序上说，我的访问邀请需由凯文教授提出，雷达教授发出。我自然要对两位的邀请表示感谢，虽然按照郁振华教授的优雅表述："优雅学府的人永远都是自带干粮上路的。"凯文教授是美国人，说话直来直去，他主要询问了中国国内维特根斯坦研究的情况，我只能尽己所知做了稀疏零碎的介绍。作为此访的题中应有之义，我自然需要从正式的渠道了解贺君在这里学习的情况，凯文对此做了简要的介绍，看上去他对贺君的情况还是比较了解而且满意的。相形之下，雷达作为一系之长，似乎要更为练达，也更为热情些，这大概与这些年他在自己的研究领域医学伦理学方面与中国大陆合作颇多有关，我的学生甚至称他为"中国通"。在寒暄时，他就对我称道贺君："You have a good student。"（这句我听懂了。）虽然我不懂医学伦理学，但凭着我的博闻强识，我们竟也谈到了邱仁宗先生和香港的范瑞平教授，雷达很清楚这些情况，说：范从医学伦理学者成了一名儒家伦理学者。在谈话涉及这个学科的公共政策含义时，我甚至提到了北京大学中国经济研究中心的李玲教授的工作。雷达应该并不十分清楚我的工作领域，但他显然对于我的知识面感到有些意外，这时贺君适时地补充了一句，大意是我精通中国学界的八卦之类的。谈话就在这样一种轻松的氛围中结束了，而我也如释重负，盖因这一会见是除了访书之外，我此次访问中唯一的"硬性任务"吧！

2017 年 8 月 10 日，Sydnes，卑尔根大学

三

去年 5 月，正是杭州最美时节，借座紫金港南华园，希尔贝克教授作为主要撰稿人的《西方哲学史》修订版和本人主持的"社会科学方法论：跨学科的理论与实践译丛"举行首发和研讨活动，其时正在上海访问的老希（这是希尔贝克教授的两位弟子对他们老师的称呼，我姑且借用）在童世骏教授的陪同下来杭参加会议和活动。虽然整个议程只有短短半天时间，但因为各项工作准备充分，所邀会议代表均质整齐，所以可谓效果上佳，也给与会代表留下了美好的印象——有因故未能与会的郁振华教授"兴到"之语为证："看到兄发来的照片，可以想见诸位师

友欢会神契（conviviality）的景象。很遗憾我不能肉身在场（physical present）！"我还记得在会议结束后的午宴上，老希还特意询问这样的会议质量和状态在中国学术界是否属于常态，他的原话是："所讨论的是严肃认真的高水准话题，但却自始至终洋溢着优雅、友好，甚至相互欣赏的学术共同体成员之间的友情！"在稳坐主宾席的罗卫东教授的稍有"自得"之目光的冀盼下，我机智地把这个问题转给了来自北京大学的余杭韩公水法教授。也许韩公还陶醉在会议的氤氲之气中未回过神来，一向咄咄逼人、掷地有声的他竟支支吾吾、迷迷糊糊没说上个所以然来。然则老希此问所流露的那种嘉许之意是显而易见的，虽然会议期间我和他交流不多，但他显然清楚我在那个场合中所具有的某种枢纽作用。在会议结束之后，因为《跨越边界的哲学》增订版的样书以及相关事宜，我和老希偶有电邮往来。当他得知我将在今年暑假访问卑尔根后，很早就欲与我约定在湾城见面的时间，这一方面当然是出于他的优（雅）客（气），另一方面也说明他虽然年近八旬，但仍然处在繁忙紧凑的工作和生活状态中，用他的弟子郁振华教授的话来说：仍然是满世界跑的节奏！

振华教授对其师状态的描述在我8月4日与他见面时得到了确证，热情而带着明显的亲切之感的寒暄之后，老希就谈到他近年还在不断地写作和出版，去年刚出版了一本书，现在正在用德文写另一本书。他提及从中国到挪威是一段漫长的旅程，此话让我回想起他去年的那场飞行，于是再次惊讶于他健旺的精神，他坦率地说，对于这样的旅行，他也感到非常非常疲劳，并带点儿幽默地对我说："经过这样的飞行，你这整个礼拜都应该休息！"我心里暗想：我这不是就待一个月嘛，当然要一下飞机就开启工作的节奏啦！

事实上，我不但没有把话说出口，而且除了随身带有一部《挪威哲学文集》，我对于此番"工作"的准备是不够充分的，好在我们这只是礼节性的拜访，而在他则是礼节性的会见。可是哲学家们在一起就不可能不谈哲学（据说北大哲学系的教授们在一起时从不谈哲学，这大概能够对前文所云韩公的"支支吾吾"提供部分解释），虽然我并没有就此准备专门的话题。而且再一次地，也许同样是因为时差，我这个习惯性"短路"的脑袋更是在谈话中几次发生了短路，证据是贺君好几次提醒和敦促他的老师把意思说得再清楚一点！

说起来有个有趣的悖论，不管我对挪威哲学的了解如何肤浅，这种了解一定比我对挪威的了解要深入一些，虽然从字面上看，前者无疑是后者的一部分！也许正是那种有点儿想独立于挪威哲学来了解挪威的兴趣，让我在去会老希之前想起了他的《多元现代性：一个斯堪的纳维亚经验的故事》，这本书我前年就已经拜读过了，特别是作为附录的老希的哲学自传当时还读得颇为津津有味，其中关于童教授的一言一行的两个"段子"我也曾经与朋友分享过了。老希在书中记到，1988年童教授一到卑尔根马上就成了湾城的"社交明星"，这位"明星"还说过一句让他老师印象至深的话："认识国王最好是在国王还没有成为国王之前。"在这里重温下此书会颇有"在地感"，但因为身边并未携带此书，我于是灵机一动，想到求助于此书的译者之一、我的新同事王寅丽教授，她很快就给我发来了此书的电子文本（应该就是译稿的 PDF 版），并委托我向老希问好。于是我在转达了老希的两位弟子的问候之后，接着转了他的译者对他的问候。老希听清楚我们的话后，很快就从书架上取下了此书的中译本，并开始宣讲他的多元现代性思想。与童教授在《跨越边界的哲学》译后记中对于"小国"哲学的印象有些不同，老希完全是纵论天下的风范，一会儿谈及中国，一会儿谈及美国，一会儿谈及俄罗斯。我想到童教授在一次访谈中曾经自曝国际关系乃是他最心仪的专业之一，并把在马堡工作期间所撰写的《政治文化与现代社会的集体认同》一文算作是在偿还自己从事国际关系研究的夙愿，又想到他在一次私聊中曾经说和自己的老师在一起时就有说不完的话，就忍不住联想：难不成师生俩在一起就是大念"山海经"——虽然是在三种合理性（工具合理性、解释合理性、论辩合理性）的基础上念的？这种谈话节奏对有些人来说可能更为轻松，但在我却是完全跟不上的。于是我有点儿想把话题转向所谓"纯哲学"的方向。我坦率地说，《跨越边界的哲学》中的《情境语用学和普遍语用学》这篇宏文是我念过的他最精粹、甚至最精悍的文字，几乎可以说是他的顶峰了。听了我的"恭维"，老希露出了兼有自得和忸怩的微笑，似乎是表示同意，而这时贺君更是会心地补充了一句："这只是我老师的观点，我当然认为您的哲学是在不断地攀高的！"在一起用午餐时，我再次谈到自己对所谓"纯哲学"的偏好，谈到自己喜欢读哲学书，这时贺君再次原地"转渡"："您一个哲学家，当然是要读哲学书的！"闻听这话，正在啃老希所谓的"international foods"（口感非常坚硬的三明治）的老中青三代同时发出了轻松会心的笑声。

世骏教授仍然是我们与老希闲谈时的一个主要话题，老希不但把童教授当年在科学论研究中心时的住处指给我们看，还回忆起当年的种种情形和趣事，其中关于童教授最初对于博士论文的设想与童教授本人在《论规则》前言中的"自供"完全一致；我也向他求证了以前在童教授的若干访谈中读到的细节，例如在卑尔根"遭遇"哈贝马斯的智性经历，老希的回答很干脆："That's what happened。"老希还特别谈到他与自己的弟子一家人的交往，尤其是带着如温旧梦的神色回忆到童教授的一对千金在格里格音乐学院用钢琴弹起了格里格短曲的那动人一幕。这些旧事在旁人听来或许只是有趣，而在亲历其事的老者心中或者不免引发怀旧和伤感。果不其然，说完这一段，老人似乎陷入了沉思，感叹道："那时候童30岁，我50岁，人生真如白驹过隙，转眼这都是30年前的事了。"我闻言默默，而我的学生在国内有些"疏放"，在湾城却颇为"密执"（老师开始向学生学造词了），接言道："这不是我们来了嘛！"其实贺君说得并没有错，刚坐下用午餐时，我就对老希说："童和郁是您优秀的门下弟子，而我们是这个'实践学传统'的外围成员。"呵呵，虽然历时还短，咱们毕竟也是"优雅学府"出来的，我当时优雅地浮现的一个优雅感受乃是：至少在某种不低的程度上，老希的感叹其实正是在为他之所以和我们"共话桑麻"做 justification（辩护）啊！我当然绝不会把这个感受说出来，而这大概就是优雅之为优雅的底线了。

对了，因为谈到自己对于所谓"纯哲学"之偏好，我忽然就想起了好多年前就知道老希有一本书叫作《合理性与现代性》（*Rationality and Modernity: Essays in Philosophical Pragmatics*, 1993），似乎记得初版是英文的，于是向他求证，除了得到了肯定的答复，他还请我们午餐后和他一起返回他的办公室，他打算把这本书找出来送给我。拿着老希从书架上取下并签名后递给我的这部初版精装书，望着他满头的白发和满脸的沧桑，我心中有些感动，口中喃喃："我20年前就知道这本书了，今天是我第一次见到！"

四

为了表达对老师"无微不至"的"关怀"——用我的学生自己的话说,"陪伴最是深情"——平时住在离校区十几站路的卑尔根大学学生宿舍的贺君几乎每天都往我这里跑。我记起《十力语要》中似乎经常有"吾生宗三来见,盘桓多时"之类的话,不意今日在异国他乡竟然对此语有了更为真切的体验!我也想起俞宣孟师有一次以一种上海人特有的自然而然的精明对我说:"跑到国外去,一个人躲起来看书是最傻的,应该抓住一切机会和老外交谈交流。"那么怎么交流呢?用最具有中国特色的话来说就是:有机会要交流,没有机会创造机会也要交流!宣孟师进一步"现身说法":"我就去敲各位教授办公室的门,一个一个交流!"他还特别提到有一次他和一个研究黑格尔的学者交流,他们谈到了黑格尔的《逻辑学》,不料那位教授先生却专拿其中的"附释"说事。宣孟先生于是大摇其头:"'附释'乃是学生的课堂笔记,不足为凭,不足为凭啊!"呵呵,我没有宣孟先生那么强烈的交流欲望,交流技能更是远逊于他。再说,我到卑尔根来,本来就是咱们的博士生培养计划的一部分,于是我也就心安理得地把自己的大部分时间都用在和学生的"交流"上了!

据说 8 月份是卑尔根最好的时节,虽然在这时节夜是最短的,但是夜色却很迷人,用贺君的话来说:卑尔根的灯光对卑尔根之夜有一种孕育之功。惯常的交流模式,都是贺君在我这里盘桓到晚上十一二点,然后去车站坐轻轨回宿舍,而这时候我一般都会和他一起从"教堂山"下到湖边的轻轨始发站。一是欣赏下夜色,特别是峡湾两侧半山腰上那种独特的万家灯火;二是师徒俩在房间里"放毒"太久,也该出来放放风了。除了便利店和酒吧，卑尔根的商店一般歇业甚早，完全是"朝九晚五"的公务员节奏，但是即使打烊了，店堂却还总是亮着灯。有一回我从车站返回自己的公寓，路过圣约翰教堂正对着的那条路时，从靠近台阶左侧的一家门店的昏黄灯光中发现了店里有一架子一架子的书，直觉告诉我这应该是一家旧书店，但怎么从未听起我的学生提到过呢？他来此已经一年，也曾给我打过预防针：卑尔根没有什么旧书可淘，如果抱着淘旧书的目的来湾城，怕是要失望的！在夜色中找到玻璃门窗上一个简单的说明，也看不出个所以然。于是我第二天见到贺君时，头一件就是问起这事，他仍然答不上来，只是说一开始他也以为是一家书店，但却从未见它开过门，只有一次看到一个大汉进去，但随即就把门带上了，他于是怀疑这是一个私人会所之类的所在，也就没有再去探寻。

既然看到了整架子的书，我自然不可能就此死心。但此后几次路过确实都是"铁将军把门"。在一个周六，已是中午12点，我想起"下山"吃点东西，顺便再到那里去碰碰运气。路过那家店时，却发现门开着，我兴奋好奇地往里走，见店堂里坐着一个典型的挪威汉子，我用最原始的话语急切地向他确认这里是否是一家书店："如果我给你钱，就可以把书拿走？"给了我肯定的答复后，这个汉子有些热切地围了上来，大概从我的话语之不够优雅和有文化，他推测我是一个要找些纪念册的游客，于是热情地向我推荐起一些介绍挪威风情的画册，我婉言谢绝了他的好意，表示我将靠自己发现些好东西，并几乎是"默会"地走向了有哲学书的架子，但余光中留意到那个挪威人还在有些诧异地看着我，我就转过身去正式告诉他："哲学是我的专业！"

无论从事先之伏笔、过程之精彩，还有事后之余绪，逛这家店的经历一定属于我的访书生涯中最为神奇难忘的一笔。更为难得的是，除了所有其他的所得，正是在这家店中所得的几种书为我具象地呈现了一幅挪威当代哲学的谱系。

在《挪威哲学文集》中居于开卷地位的是阿恩·内斯（Arne Naess）。老希曾如是形容内斯："从 20 世纪 30 年代后期一直到战后，在复兴挪威哲学方面，内斯无疑扮演了一个重要角色。"而他的书有以下三种，一是《怀疑论》（*Scepticism*, 1968）。10 年前在纽约的斯特兰德（Strand），我曾经得到此书的"国际哲学图书馆"版，同一系列的尚有塞拉斯（Sellars）最重要的论文集《科学、知觉与实在》（*Science, Perception, and Reality*）和冯·赖特（Gerog Henrik von Wright）的名作《善之种种》（*The Varieties of Goodness*），在这里得到此书的奥斯陆版，自然有些纪念意义。二是《科学事业的多元论和可能论面向》（*The Pluralist and Possibilist Aspect of the Scientific Enterprise*, 1972）。虽然内斯的哲学生涯漫长，领域广泛，但是科学哲学是他"最长期不懈坚持思考的"（most long-standing preoccupation）。而本书在其哲学思想的演化中似乎具有一种总结性的地位，再用希尔贝克的话来说："内斯的经验主义以及他对人类行动做客观主义描述的努力，引起了整个战后时期的激烈争论……在其后的讨论中，内斯自己也参与了对作为一种哲学立场的经验主义的瓦解，而转向一种（皮浪式的）自我反思的怀疑主义，最后走向一种多元的可能论。"希尔贝克还对此做了动人的颇有洞见的发挥："在许多方面，这一转变类似于（后来发生的）分析哲学从库恩（Kuhn）到费耶阿本德（Feyerabend）、从后期维特根斯坦到罗蒂（Rorty）的一般的转变。但是，不管他早期的怀疑主义和后来的可能论，也不管他会对关于科学的经验主义解释以及在一个现代社会中制度化的科学所产生的破坏性后果（如生态破坏）提出怎样的批评，内斯始终是一位开放的科学研究的拥护者。他是绝不会乐滋滋地参加像罗蒂这样的后现代主义文本读者的文学性对话的。作为一个心灵开放的可能论者，他始终是一个科学研究——即使不是戒律森严的科学——的快乐的支持者，也就是说，他一直是受哲学启蒙了的探究（inquiry）的热情爱好者。"三是《甘地与群体冲突：对非暴力抵抗理论背景之探究》（*Gandhi and Group Conflict: An Exploration of Satyagraha Theoretical Background*, 1974）。我用大字眼胡乱猜想，此书之写作可能与"六八风潮"在西方社会内部引发的分裂有关。记得老希告诉我，内斯还写过一本有关中国哲学的书，他还知道当代中国哲学家冯契的名字。呵呵，猜想内斯研究甘地的非暴力抵抗思想与20世纪60年代西方社会的分裂性风潮有关总比猜想他研究和介绍中国哲学是因为有一位中国妻子来得靠谱些吧！而事实上，同样是老希，他认为内斯对非暴力抵抗的兴趣是从40年代初德占挪威时期开始的，而内斯自己在此书的序言中却只字未提及这一重要背景！

《挪威哲学文集》的主要编者希尔贝克本人可谓挪威哲学"第二代"中最有代表性的人物。从挪威哲学的一个观察者的角度来说，尤为可贵的是，希尔贝克在不少场合把挪威哲学的自我认同作为一个反思和刻画的对象，在这方面所贡献的文字对于局外人实有指点迷津之功。作为《多元现代性》中文版之附录的《我的哲学自述》——据说也是应"中国同行"之邀而写下的——是这类文字中篇幅最大的。记得王浩在为《沈有鼎文集》所附作者书信撰写的前言中曾吁请学界关注有鼎先生对于西方哲学的一般见解，我也同样建议哲学生们关注老希的这个饶有趣味的哲学自传——特别是译者翁海贞那些表面看古雅但有些"滑稽"的译文笔调，如果我们能想到这是一位风霜老人的回忆，反会觉得是颇为传神贴切的了。

　　尼尔斯·吉列尔（Nils Gilje）和格里门在他们合编的老希 70 寿庆
文集《论理的现代性》（*Discursive Modernity*, 2007）的前言中把他称作
"漂泊的思者"（a 'nomadic thinker'）——nomadic 也可译为"流浪的"
或"游牧的"，但是与后现代主义者的取径不同，老希的特点在于那种
"从有利于理性主义和普遍主义传统的角度探究后现代主义者提出的问
题的能力"。这两位编者还认为，虽然有些主题反复出现在老希长达半
个多世纪的哲学生涯中，但其中似乎并没有一个清晰的线索贯穿始终。
其实，在《我的哲学自述》和《时代之思》中文版的导言中，老希精要
地刻画过挪威哲学和他本人的哲学思考的主要特点。他如是概括挪威哲
学的 4 大特色：融合分析与大陆哲学；对科学与学术研究的兴趣，以及
向其他领域的同事学习的兴趣，同时对科学与学术工作持一种自我批判
的观点；对紧迫的政治问题的兴趣，从而产生对政治哲学的关切；对开
放和开明的公共争论的兴趣。就其本人的哲思历程而言，我的印象则
是，如果说从 20 世纪 60 年代到 20 世纪 70 年代，其哲学进路主要在于
融合分析和大陆哲学，并形成一种"对内在于行动之前提条件的以案例
导向的分析"（case-oriented analyses of act-inherent preconditions），而
这种"实践学"（praxeology）进路似乎还是在接续和深化二战后挪威
语境中的"建立并证成普遍有效的规范"的问题；那么从 70 年代末 80
年代初以还，他所主要致力并形成的所谓先验语用学（也称作"先验的
实践学"）则与现代性的辩护乃至多元现代性的证成紧密地联系在一起，
而这显然已经超出了挪威语境，是要在世界主义的视域中，在后现代主
义的挑战下捍卫和发挥理性主义和普遍主义传统之潜能，从而维护启蒙
与现代性之谋划于不坠。

正是基于对老希哲学的这种理解，我才特别重视《合理性与现代性》一书。当书店的伙计得知我对挪威哲学的兴趣后，也特别向我推荐书架上的这本书，我只好告诉他我不但已经有了此书，而且还是作者题赠本！不过我还是从这家书店得到了老希的一著一编：一著是他的成名作《虚无主义？》。可惜它是挪威文版的，我是当作纪念品收藏的，所幸的是，当我二晤老希与他提到这桩访书经历时，他就慷慨地表示愿意把此书的英文版赠送给我。今年已经80周岁的老人从二楼卧室取下书，直接坐在楼梯的台阶上，分别用挪威文、英文两种文字为这两个版本的《虚无主义？》签名，而当我称道他的情景敏感性和合宜性时，老人哈哈大笑了起来。一编是他参与编著的《商业方舟》(*The Commercial Ark: A Book on Evolution, Ecology, and Ethics*, 1992)。这是一本通俗读物，它生动地描述了当代的生态危机，是一则关于地球上的生命存活的现代寓言，其基本理念是把地球作为我们共同的方舟。作者试图告诫，正因为有"大洪水"威胁着我们，就需要有与古老的诺亚时代完全不同的处理和应对方式。

或许因为这家旧书店紧邻着卑尔根大学，而书店的伙计又似乎是一个"上通天文下知地理"的民哲型人物，他还为我准备了格里门的两本论文集，两者都是挪威文、英文两种文字并用的，里面不乏对于了解格里门来说颇为重要的几篇英文论文。基于我对于格里门一贯的兴趣和重视，自然就把它们收于囊中了。英年早逝的格里门在当代挪威哲学中的重要性似乎也可以从童世骏教授对此事的反应中看出，看到我发布的访书状态，他悄悄问："格里门的单篇论文，不是论文集，对吧？哪篇论文？"老希曾在《我的哲学自述》中回忆到当年与吉列尔和格里门一起逐章探讨童教授的博士论文；而当我多年前向童教授提及格里门的《合理的分歧与认知的退让》一文时，他回忆到当年在卑尔根的一个研讨会上，哈贝马斯面对格里门的质疑，明确表示"要回去再想一想"。这种同行之间践行的广博而严肃的论辩同样体现在我从这家书店得到的《发展与现代性：透视西方现代化理论》（*Development and Modernity: Perspectives on Western Theories of Modernisation*, 1993）一书中。此书是根据希尔贝克倡议于1989年和1992年在科学论中心召开的两次会议的论文和报告集成的，论文的作者包括艾森斯塔德（Eisenstadt）、理查德·伯恩斯坦（Richard Bernstein）和希尔贝克，也包括格里门和童世骏。童教授应该是两次会议都参加了，因为其中收入了他的两篇论文：《调和儒家与现代性的尝试》和《在赛先生和德先生之间：论当代中国政治文化》。格里门的论文是《哈贝马斯与日本的现代化》。我的最初印象是，相比于童教授的博士论文侧重于运用哈贝马斯的理论资源探讨中国的现代化，格里门的论文似乎更注重揭示哈贝马斯的理论在运用于解释日本现代化过程中的局限，如果我的这个关于孰轻孰重的外部印象是基本准确的话，那么这毋宁说是又提出了一个本身就有待进一步阐释和发挥的问题。

老希在《虚无主义？》40周年版的序言中曾经感叹自己再也不可能写出那样的书了，这有两个理由：一是自己已经不再年轻了；二是自己不论好坏都受到了作为职业哲学家这个身份的影响："如果现在再写这本书就会有很多不同，会更为专业，更少些'虚情假意'，但是对于寻求意义的年轻人来说，可读性就会差很多。"这同样让我想起了王浩在前及文字中也曾经感叹自己因为所学和所成就者与人生相关过于遥远而感到失望，然则此时此刻，让我自己感叹的却是老希在与我们的谈话中的这一句兴到之语：当童在80年代末来到卑尔根时，他所赶上的正是走在融合两大哲学传统之路上的挪威哲学的最后一个阶段。听了这句话，一贯戏谑的我当然会戏谑地想到，那么我们所赶上的又是什么呢？当然，其实我完全清楚，老希这番话是以他对包括挪威在内的当今世界哲学教学和研究上似乎如滚滚潮流不可阻挡的英美化（其实就是美国化）趋势的深重忧虑为背景而发出的，想到这里，我的那种显然是可笑的"小我"的"伤他梦透"似乎也就升格成了值得深思的"大我"的"忧患意识"。

2017 年 8 月 25 日，Sydnes，卑尔根大学

五

虽然如同开篇提过的，我在此次挪威之行前并没有做任何攻略；因为主客观因素的限制，我也压根儿没有设想过要像梁任公那样来一篇《欧游心影录》——那至少需要穿梭欧罗巴好几国！但是无论如何，我应该是想到了会有奥斯陆一行：一者奥斯陆乃是挪威之"帝都"，好不容易到了挪威国，却连人家的首善之地都未去过，未免说不过去；二者此前也曾依稀听闻，也蒙贺君为我强化——虽然在挪威坐火车费用颇为昂贵，但是卑尔根和奥斯陆之间的铁路线被公认为世界上最美的线路之一；三者去一个新地方总可以淘些书吧，特别是旧书！事实上，贺君为我们此行所做的主要攻略也就是打印出了一张地图，上面标出的乃是四五家奥斯陆书店的位置，特别是旧书店的位置。

我们师徒两人一早就在开放式的卑尔根火车站汇合，坐 8 点左右到

奥斯陆去的第一班火车。全程需要六七个小时，是典型的慢速列车，大概这个专列本来就具有观光功能，因为我们看到有些本地模样的操挪威语的乘客也不时在拍照留影。这趟列车上的所见一定属于我最难忘的记忆之一，我以前"唯二"的两次经历——坐火车从纽约到布法罗，以及在台湾东部的苏花铁路上"闲逛"，与之相比似乎都是"小巫见大巫"了，虽然它们完全没有可比性：各式峡湾，高山湖泊，巍耸雪山，还有那或稠密雅致或稀疏荒芜的各式人家和小木屋，果然如同置身童话王国。由于挪威的地形，坐火车从西到东必须穿越高山，因此沿线就有大量的山洞和隧道，惯常的节奏往往是等我们发现美景，正要准备拍照，列车就又进入隧道了，如此往复，以至于贺君把乘客身体上的这种抽搐式反应称作最典型的 Norwegian style（挪威式），是他所谓"环境识别"的主要图式。无论如何，我就不对沿途景色做任何细描了，有余杭韩公的《香山雪游记》在前，正如贺君所云，在写景方面我是无论如何都赶不上韩公的——当然他也并没有指出他的老师在哪些方面还有赶上的机会。这又不禁让我想起以前讲过的一个老笑话，当李泽厚先生把他的《批判哲学的批判》送给包括韩公的本师齐良骥先生在内的各位前辈学者时，其中一位前辈笑谓："小李啊，你又是思想史，又是美学，又是康德，那让我们还能干什么去呢？"

据说卑尔根一年有 270 天以上是雨天，本来我们到奥斯陆，还有一个期望：或许可以暂时逃离绵绵阴雨，在奥斯陆享受两天阳光。不想火车一路穿过高山、湖泊、雪山时都还是阳光灿烂，等从山上下到平原，越来越逼近奥斯陆时，天就已经在下雨了，且有越下越大之势，到了目的地火车站，几乎是打着伞也无法行走了——但是时间对我们来说很宝贵，最终我们决定在大雨中步行到离奥斯陆市政厅（也称皇宫）不远的一家贺君事先定位好的旧书店去。雨越下越大，我们却转来弯去，看我稍有些沮丧，贺君不时安慰道："说不定路上能够遇到别的书店！"果然，到了市政厅前面的广场时，就看到了一家外表无比光鲜的书店——"盼星星盼月亮"，终于盼到了书店，我们如蒙大赦如遇救星，趔趔趄趄急忙跑进书店，我暗想，我们这哪里是逛书店，明明是来躲雨的啊！果然，铺面甚大的一家堪称豪华的书店里只有半架子的哲学书，所幸我一向眼尖，还是在花花绿绿的"洋鸡汤"中发现了两本严肃的哲学书籍：一是艾弗里·戈德曼（Avery Goldman）的《康德与批判主体：论心理观念的调节作用》（*Kant and the Subject of Critique: On the Regulative Role of the Psychological Idea*, 2012）。它是约翰·萨利斯（John Sallis）主编的"欧陆思想研究丛书"中的一种，此书征引文献甚为丰富，居然还引用到了我们翻译过的法国哲学家吕克·费里（Luc Ferry）和阿兰·雷诺（Alain Renaut）的《政治哲学》一书——相信在我从事自己的那项目前还是隐秘的"学术计划"时应该可以用到。一是阿恩·约翰·维特莱森（Arne Johan Vetlesen）的《否定自然：全球资本主义时代的环境哲学》（*The Denial of Nature: Environmental Philosophy in the Era of Global Capitalism*, 2015）。这本就没有那么幸运了，虽然这个议题，特别是作者的智识背景让我颇有共鸣，但毕竟不是那么核心，加上400克朗的高价，我还是选择了放弃。只是我一直觉得这个作者"似曾相识"，经过晚上回到旅馆后回忆和查询，我才确定，早在10年前，我就已经在耶鲁的一家书店收过他的《感知、同理心和判断》（*Perception, Empathy, and Judgment*, 1994）一书了！于是我就和贺君开起了玩笑：下次打算派个学生到奥斯陆大学随此公学习，这样我这位先生也就可以名正言顺地到奥斯陆来访书了！

从这家书店出来，大雨中穿过行人寥落的市政厅，再折过一个小街区，将近傍晚 5 点时分，我们终于来到了贺君攻略好的那家旧书店，但是晚了，书店已经关门：橱窗上的营业时间表明书店每天只在中午 12 点到下午 4 点半营业。事既如此，望着玻璃门内一堆堆挪威文书籍中那本英文版霍布斯鲍姆（Hobsbawm）自传《趣味横生的时光》精装本，我难得地当机立断：现在马上冒雨去诺贝尔和平中心，然后回旅馆，第二天上午参观完奥斯陆大学后再奔到这里，一直泡到要去赶下午 3 点多的火车为止，"伤其十指不如断其一指"，别的书店也不去找了，就把宝全压在这家店了！看着丝毫没有停歇的雨势，贺君喃喃："还要去和平中心吗？"我坚定地答："必须去！"

旧书店、市政厅和和平中心呈一个以市政厅为顶点的三角形，这时候雨越下越大，师徒两人共撑着一把其实已经不起什么作用的小雨伞，重新穿过市政厅广场，一拐三扭，终于来到了传说中的诺贝尔和平中心，这是一幢普通到不能再普通的建筑——我有些无端地想起《挪威哲学文集》译后记中那句话："在我们的时代，'和平'和'发展'是两大主题，而挪威不仅是诺贝尔和平奖的颁奖国，并在诸如中东和平进程等国际和平努力中起重要作用，而且是影响深远的'可持续发展'观念的首创国。"因为大雨，中心门口几乎没有人，意绪恍惚中步入中心，似乎只有纪念品部还开放着，牵引着我在多雨的祖国江南也几乎从未感受过的全部湿透的身体，我匆匆地转了一圈，却什么都没有要，只选了两本书留作纪念：一本是哈贝马斯的《欧盟的危机：一个回应》（*The Crisis of the European Union: A Response*），另一本是玛莎·格森（Masha Gessen）的《无脸人：弗拉基米尔·普京出人意料的崛起》（*The Man Without a Face: The Unlikely Rise of Vladimir Putin*）。当我撇下纪念品部里那仍然熙攘的人群步出和平中心时，我的心中没有悲伤，更没有凄然，脑子里却浮现出了本雅明（Benjamin）在《论历史概念》中的那句话："纪念无名之辈要比纪念名人艰难得多，但是历史的建构就是要致力于对无名之辈的铭记！"

　　或许因为头天雨已经下透了，当我们第二天早上从贺君事先预订的"挪威旅馆"醒来时，奥斯陆上空碧空如洗，因为我的雷鸣鼻息而几乎整夜没有睡好的贺君此时脑子仍然颇为清醒，在旅馆附近的一家"7-11"便利店用完早餐，我们就坐地铁快捷准确地到达了奥斯陆大学校区。相比于卑尔根，这里几乎整个是美式大学的翻版。我们先是很快地来到了大学的书店，一则因为还有接下来的行程，二则因为这家店虽然看上去要比卑尔根大学那家气派，但实际上书没有后者的品种多。用了个把小时，我就选出了这样 4 本书，一是阿多尔诺 1958 年讲稿的英文版《辩证法导论》（*An Introduction to Dialectics*, 2017），这可以和我在卑尔根大学书店得到的 1964—1965 年的讲稿《历史与自由》配套。其余 3 本书都与我的"旧业"有关，一是波考克的《政治思想与历史：理论与方法》（*Political Thought and History: Essays on Theory and Method*, 2009），一是贝内特（Bennett）的《康德的分析》（*Kant's Analytic*）与《康德的辩证》（*Kant's Dialectic*），前者初版时间与斯特劳森（Strawson）的"康德书"《感觉的界限：论康德的〈纯粹理性批判〉》（*The Bounds of Sense: An Essay on Kant's Critique of Pure Reason*）一样同为 1966 年，同为解"康"名著，当年遍寻不得，现在两者都列入了"剑桥哲学经典版"，摇身一变成为"新书"，此两书在手，不禁让我有不知今夕何夕之感。而"往事只能回味"，我在这家书店也留下了一个遗憾：终于见到了我已经从中"全身而退"的共和主义研究的先驱

26

汉斯·巴隆（Hans Baron）的《早期意大利文艺复兴时期的危机》（*The Crisis of the Early Italian Renaissance*），当时颇想把它收于囊中，但800多克朗的高价却还是让我望而却步了，这时候贺君的一句"如果是精装还可以考虑"更是让我几乎彻底地打消了这个念头，仍然"余情未了"的我还是给训练小弟发了一则书讯以自我纾解，而他那答非所问到有些"心不在焉"的反馈也终于让我完全地从旧梦中醒来。

参观奥斯陆大学哲学系原本并不在我的计划之内。但对于贺君的这一安排，我当然是完全赞同并乐于同游的。在一个人也不认识甚至不知道的哲学系转了一圈，最大的收获主要是与奥大哲学系的冯契先生——内斯——的肖像合影，并在哲学系那个暑期学校玩了一把"行为艺术"——我想起童世骏教授有次和我聊到他曾在这所暑期学校上课，而且不知是那一次还是另外一次，内斯曾到现场来听他做报告。面对空无一人的暑期学校讲堂里那明净到发出蓝色幽光的黑板，听完我讲的这个掌故，贺君忽然灵光一现，建议他老师来一次"行为艺术"——"登台讲课"！在一种好玩的心态下，我居然昂首走上了讲台，只见我手持一册随身携带的俞平伯《唐宋词选释》，面对板凳和拍照的贺君，就开讲了："中国古代有一位伟大的诗人名唤昆仑，他写了一首伟大的作品叫作《念奴娇》，不过平伯先生这部《选释》中并没有收入这篇伟大的作品……"

走出了"行为艺术"之"光影"，携着其未散尽之余欢，我们基本准时赶到了头天预先侦察好却扑了空的那家旧书店。店主是一位魁梧的老者，那风格与我在卑尔根遇到那位有点儿相像，但要年长二三十岁，而且似乎多了些贵族气质——据后来卑尔根那位伙计告诉我们，他20岁不到就去过那家书店，而那位店主出身一个富裕人家，是个"富二代"，家里有大房子，并有大量藏书。事实也确实如此，那天当我们师徒挤入那个几乎是满谷满坑、走道只容一人通过的书店时，店主的反应非常高冷，完全没有拿正眼瞧我们的意思，而是一个人猫在过道"尽头"低头看书，其实不是尽头，而是过道的中途，但他那"万夫莫开"的架势真让人感到那里就是尽头，而他身后还有一半数量的书架。后来，看我们挑书的时间越来越长，挑出的书愈来愈多，他的脸色似乎缓和了下来。在我选书的时候，贺君还跟他攀谈了起来，并从他那里知道，这家店应该是奥斯陆最大的学术型旧书店了。见我在翻阅埃尔斯特（Elster）的书，他就主动说，埃尔斯特在这家店附近的广场边有一幢大房子，而且在他的店里还有些埃尔斯特的私人藏书，我忙问那些书在哪里，他回答说基本卖光了，然后指指另外一堆书，有些漫不经心地说，可能那里面还有几本。我粗略地翻了翻，并没有找到，但我还是买了一本埃尔斯特的《解释社会行为》（*Explaining Social Behavior*），这是他的《社会科学初阶》（*Nuts and Bolts for the Social Science*）的增订版，我想起那年和长刚小友商议我们的"社会科学方法论译丛"时，曾在书目中列入后一本书，后来版权部告诉我们这本书已经有了新版，就不便于翻译旧版了。

　　总的来说，这家号称奥斯陆最大的旧书店并没有给我预想中那种天大的惊喜，我得到的20来种书大致可以分为3类，一是捡漏的，例如麦金太尔的《伦理学简史》，丹尼尔斯（Daniels）编的《阅读罗尔斯》（*Reading Rawls*），斯金纳（Skinner）的《霍布斯哲学思想中的理性与修辞》。一是二手补缺的，例如波普尔（Popper）的《开放社会及其敌人》的劳特利奇旧版。《科学发现的逻辑》这本书看上去比查建英女史的尊人查汝强先生当年翻译的那个本子容量要大不少，原因当然是中译本删去了原书近 200 页的附录。还有迈克尔·比尼（Michael Beaney）的《弗雷格读本》（*The Frege Reader*），以及米勒（A. V. Miller）的黑格尔《自然哲学》英译本，是 1970 年牛津初版精装。《自然哲学》长期被当作黑格尔哲学中的"死东西"，但是自从我当年看到薛华先生在那篇为纪念《实践理性批判》发表 200 周年而撰写的《黑格尔论自然与互主体性》中提出要重新看待黑格尔最终基于自然哲学论证人类自由的哲学方案后，我对于这部分内容就再也不敢轻而视之了。另外一本补缺的书乃是理查德·伯恩斯坦的《哲学剪影》（*Philosophical Profiles*）。前些年，因为打算和当时还在上海社科院任职的童世骏教授筹划《新法兰克福学派与新实用主义文选》，我曾请他为我复印这本书，现今我已得到此书的原版，就向他表示要退还当年的复印本，不想他当即给我发了此书的电子版，我于是只好调侃道："您不觉得有一种下载的虚无主义吗？"不料世骏教授欣然同意我这一"观感"，并进一步发挥道："电子书只能供查阅，要阅读还是纸质书！"读者诸君，这句话无疑是给了我这一在电子化时代几乎是"非理性"的猎书行为以一种"理论的"支持了！"理性总是存在的，只是它并不总以理性的方式存在"，我的这种行为和偏好模式不正是为马克思这句光辉的名言提供了一个稍微暗淡些的佐证吗？一是"闲书"，例如已有中译本的埃里希·奥尔巴赫（Erich Auerbach）的《摹仿论：西方文学中所描绘的现实》，对西方文学有点儿兴趣的读者大概都很难抵御这本书的诱惑。另一本则是罗马尼亚神学大思想家、宗教学大学者米尔恰·伊利亚德（Mircea Eliade）的自传，看到我选定了这部书，店主几乎是不动声色地说，此书只有两卷，因为作者没有写完就去世了。至于这书为什么是一平一精两个不同的版本，他可就没有义务向我们解释了！

记得在闲谈中，店主还告诉我们，他从 1997 年以后就再也没有离开过挪威，他也从不使用信用卡，都是使用现金消费。当我们挑书挑到一半时，他就预先提醒我们，他不接受刷卡，如果没有现金，可以到旁边的 Mini Bank 去兑换。

在我"上穷碧落下黄泉"地选书时，贺君一直在与店主交谈，印象中最深的是，当贺君向这位老者提及内斯在喜马拉雅山上阅读斯宾诺莎（Spinoza）的《伦理学》这个"段子"时，显然对哲学和哲学界都颇为了解和熟知的老者忽然来了一句："内斯对高度有一种迷恋，他在奥斯陆大学时，也经常登到学校的最高建筑上去！"当我们和老者告别，离开书店，在步向奥斯陆火车站的路上，贺君还在念叨和回味老者刚才的那句话，并也几乎是神妙地"格式塔"道："有了，挪威哲学的'谱系'出来了，那就是内斯的高度，希尔贝克的广度，还有格里门的深度！"

六

金岳霖曾在《冯友兰〈中国哲学史〉审查报告》中提出"中国哲学的史"与"在中国的哲学史"的区分，这个区分其实内含着"中国哲学"与"在中国的哲学"或"中国的哲学"与"中国底哲学"的区分。无论"的"与"底"的差异有多么大，也无论挪威与中国的差异，或挪威哲学与中国哲学的差异有多么大，就正如无法脱离中国来了解中国哲学，或脱离中国哲学来了解中国一样，我们同样无法脱离挪威来了解挪威哲学，或脱离挪威哲学来了解挪威。

与中国相比，挪威是一个"小国"；与中国历史相比，挪威的历史没有那么悠久。恕我浅陋，易卜生（Ibsen）、格里格（Grieg）和蒙克（Munch）几乎已经是我能够数得出的所有的挪威标志性历史文化人物了。易卜生之广为中国知识界所知泰半应该是因为迅翁的《娜拉走后怎样》这篇演讲，特别是这篇短短的讲辞中还贡献了"人生最苦痛的是梦醒了无路可以走"和"可惜中国太难改变了，即使搬动一张桌子……几乎也要血"这两个旷世名句——说来有些惭愧的是，我几乎是通过李泽厚先生当年（似乎是）在《走我自己的路》中对后一句话的引用才对其留下不可磨灭之印象的，这就正如我对格里格之有难以忘却的印象也几乎就是因为那句我已经在别处引用过的"一听到格里格的《培尔·金特》，我就想起了挪威的冰川和峡湾"。这么说来，就大概只有蒙克是我在自学而不成才的过程中基本上自主地"发现"的。除了在大学时代因为对美学的兴趣而读过意大利批评家文杜里（Venturi）的《西欧近代画家》和英国美术史家里德（Read）的《现代绘画简史》外，我对西方艺术没有任何素养，可是当年第一次遭遇蒙克的《尖叫》时（挪威文 *Skrik*）却给我带来了深入灵魂的震撼，至今挥之不去。

震撼归震撼，但从一个观光客的心态，我似乎总还是想带点儿有关这 3 位的纪念品回去。有关易卜生的很快就解决了，在我第一次"邂逅"教堂山下的那家旧书店时，我就发现了一本老旧而精美的易卜生画册和肖像集（*Ibsen-Bilder*, 1978），当我付款时，书店所在的那幢房子的女主人恰巧也在店里，记得她真诚地称道这是一本好书。至于格里格，其故居和博物馆俱在，只是据贺君告知，他今年四五月份过去的时候还不需要门票，但到我们 8 月一起过去时，就已经有本地人守在故居门口，告诉我们要参观必须返回博物馆购买门票，盖因 8 月份是挪威的旅游旺季吧！我们在格里格的基本上按照原样布置的故居里，遇到了一位热情的解说员———一位美丽的波兰姑娘，一直到下一拨貌似来自德国的游客进来，她才抱歉地表示不能继续为我们解说了。不过故居中给我印象最深的，还是格里格在某个墙角上挂满了德奥音乐家巴赫、莫扎特、贝多芬、勃拉姆斯和瓦格纳的各式画像。如果我们记得德国文化对挪威的塑造性作用以及格里格音乐的德意志渊源，就不会对此感到丝毫奇怪。只有蒙克，据我们向卑尔根大学哲学系的一位博士生了解，虽然这位画家大部分时间生活在奥斯陆，但他的作品主要收藏人却在卑尔根，不过那个私人收藏似乎并不接受公众参观。那家旧书店中关于蒙克的传记、书信和画册不下五六种，但无一例外都是挪威文的，我揣量再三，还是选择了放弃，而只留下了书店伙计特意为我准备的芬·贝内斯塔（Finn Benestad）和施杰德鲁普－埃布（Dag Schjelderup-Ebbe）的《爱德华·格里格》（*Edward Grieg: The Man and the Artist*, 1988），此书的挪威文原著问世于 1980 年，作者是格里格研究的权威，这应该是格里格的研究型传记中的经典之作。

正如格里格的音乐受到德意志音乐的决定性影响，我们在挪威的大小新旧书店都能发现几乎是铺天盖地的德国文学和哲学作品的挪威文版本。记得希尔贝克在《我的哲学自述》中曾经生动地回忆到 20 世纪 40 年代初德占时期挪威社会中那种布满寒意的智识和生活氛围，他的博士论文讨论的是海德格尔的真理概念，这种选择绝不是偶然的，就正如他后来对哈贝马斯哲学的共鸣并不是偶然的。一方面，在我们心目中几乎可以作为挪威哲学代言人的希尔贝克经常强调挪威的"小国"特征和色彩，这当然可以看作是一种纯粹的事实陈述；另一方面，我们又何尝不能把希尔贝克的这种事实陈述定位为一种"准规范"的陈述，也就是把它看作是哈贝马斯所谓"理想的角色采取"———它的要害在于学习并善于从他者的角度观察他人和这个世界——这一规范要求的一种应用。从这个角度看，如果说所谓"小国"要践履这个要求几乎是一种天造地设的"宿命"，那么在从"宿命"到"使命"的视域转换中，能够从这个规范性要求中学习到更多的恰恰是所谓"大国"。已经有人把这个道理说得更为清楚、更为通俗，也更为动人了："从某种意义上讲，批判人家主要是为人家好，而学习人家有价值的东西，是为自己好。对我们更重要的，是学人家好的地方，帮助改正自己身上的毛病……我确实不忙着去找人家的毛病，忙着为人家做好事；学习人家好的加以借鉴，才是为自己好。"[1]

那么好吧，还是让我们把话题转换得轻松些吧，但是即使如此，或者说正因为如此，我还是要继续引用这位作者的话："几十年后，如果有谁问我在挪威哪些东西给我留下最深、最美好的印象，我也将告诉他，峡湾、冰川和穿着布纳德的挪威姑娘……"[2]不过这次我会有选择地做出某种保留，我会基本上不算是口是心非地把这里的第三项悄无声息地替换为"在成千上万的挪威文书籍中，发现几本我勉强能读的不怎么常见的英文小旧书"。至于峡湾，我则可以贡献 3 个不同的意象：如果说在格里格故居前的峡湾可以用风光旖旎来形容，在卑尔根北线上的转渡口 Fjordk Jokken 所看到的峡湾可以用云海苍茫来描述的话，那么置身于维特根斯坦小木屋的遗址所在地肖伦回望有 200 多公里长的松恩峡湾之尽头，剩下的就只是无垠的清泠和凛冽了。或许，哲学的所谓"转渡"就正是在这样的区间和场域中展开的。那么，挪威哲学又处于其中

---

1 《做一个合格学术共同体的合格成员——童世骏教授访谈录》，《中文自学指导》，2006 年第 3 期。

2 童世骏：《躺在地球北端的巨鲸》，《国际展望》，1991 年第 12 期。

的哪个阶段、区域甚至位阶呢？

在这样茫茫然的思绪中，我想起了在帮助我建立起挪威哲学谱系的那家旧书店里得到的内斯的讨论集——*In Sceptical Wonder: Inquiries into Philosophy of Arne Naess on the Occasion of his 70th Birthday*（1982）。得到这本勒口上有作为世界级登山运动员的内斯在喜马拉雅山上阅读斯宾诺莎的《伦理学》这张著名照片的书后的数天内，我和贺君一直都在讨论该怎样翻译这个书名，直到某一天贺君忽然在微信中提出用"询唤"二字来翻译"in sceptical wonder"这个短句，我一开始还莫名所以，甚至不知所谓，故而不置可否，直到他告诉我，他是在我这次"漂洋过海来看他"时带给他的那本《理智并非干燥的光》中发现这个词的，我在那里似懂非懂地（贺君高度肯定我在此行中最经典的一句话就是："不懂不要紧嘛！"）引用了德国大学问家汉斯·布鲁门伯格（Hans Blumenberg）在《神话研究》中的一番话："'赤裸裸的真理'不是生命所能承受的；让我们谨记，这种生命乃是漫长的历史上人类环境与'指称活动'和谐一致所产生的结果——这么一种和谐一致直到最近才破碎。在这段漫长的历史上，生命不断地自我剥夺，而丧失了同其深渊的无根状态，同其不可能性之间的直接关系，因而它拒绝顺从并询唤其令人惊骇的'本真性'。"即使如此，饶是如此，对于贺君的"转渡"，我仍然不置可否，因为我此刻想起的是迅翁在《娜拉走后怎样》中的这句话："唯有说谎和做梦，这些时候便见得伟大。所以我想，假使寻不出路，我们所要的就是梦；但不要将来的梦，只要目前的梦。"

2017 年 8 月 29 日，启程返国前两日，Sydnes，卑尔根大学

挪威书镇印象

今年5月初的某天晚上，有一位书迷在他平日栖居的千岛新城例行散步时，偶然在本地的一家报纸上看到一则新华社的消息，报道的是位于挪威西部的一个名为菲耶兰德的小镇，因为那里有一个挪威最大的二手图书市场，这个小镇就被称作书镇。这个报道还配发了一张图片，图上是一名读者正在两长排高及屋顶的书架间专心挑书。这则报道和这张图片显然打动了万里之外的这位书迷。也是无巧不成书，刚好这位书迷得到国家留学基金委的支持，将在8月访问卑尔根大学，于是他就暗暗发愿：到了挪威之后，一定要到这个书镇一游，以尝在书镇寻书之乐。

8月上旬的一天，这位书迷和他在卑尔根大学研修的一位学生，连同哲学系的另外两位博士生一起，结伴到位于长达200多公里的松恩峡湾尽头一个名为肖伦的小镇，探访维特根斯坦当年在那里建造的小木屋遗址。这位奥地利哲学家对挪威之情有独钟，几乎已经成为一个传奇。经过五六个小时的奔波，来到肖伦时，已是傍晚时分，他们当晚就住在哲学家的朋友平森特（Pinsent）当年留下过一张照片的瀑布旁的小木屋里，闻瀑声一夜，第二天一早就登上了位于峡湾终结处一片湖水之绝壁上的那个传说中的故居遗址，房子已经不在了，只有看上去是用嶙峋的乱石堆成的地基尚存。站在那些几乎是凌空的坚石上，寻觅着当年船到湖边后运石上山的早已湮没的小道，相隔近百年，哲学家那种绝尘拔俗的姿态似乎依然栩栩如在眼前。

从山上下来后，一行人就驱车直奔书镇而去。下午两点左右，这行人就在阴雨绵绵中来到了这个若是没有到过就断难想象的所在。菲耶兰德其实是个普通的小村子，村子里一共也就200多号人。但这个村子的地形很特别，它四面环山，左右两侧和村背后都是雪山，北侧是挪威最高最大的雪山和冰川，南侧则有一道峡湾从远远望去有些紧缩的岬口蜿蜒而入。村子前面是一座太阳从其背后升起的如屏障似的纵贯山脉，横亘在这条山脉和村子之间的是一道绵延至此的峡湾，给人感觉像是村子前面有条宽阔的溪流。在沿山脉下端铺展的南北向的公路打通之前，这个村子本来是一个规模不小的码头，那时从北边过来的行旅到此村子后就必须改走水路，就如同从南面水路进来的行旅到此后就必须改走陆路一样。公路贯通之后，码头的转运功能就逐渐废置了，据说现在书镇上最大的那家书店所在的位置就是当年的候船室。至于这个书镇到底是怎样形成的，在书镇免费分发的小手册中并没有确切的说明。有说法是这里的村民有在晴天户外晒书的习惯，慢慢地这个村子就成了附近的书籍集散地，并逐渐辐射到更远的周边，于是后来就开始显现品牌效应，从而形成了目前的格局。但是，说它是书镇，它似乎又并没有那么具备商业气息，这其中的一个原因，据后来一位在书镇上班的中年女士告知，或许在于书镇的书主要来自捐赠，就是说，就货源而论，几乎没有什么成本可言，这应该能够在相当程度上解释其书价之低廉。还有一个比较独特的景致是，村子中有些人家即使没有开书店，家门口也都放着几个小书架，上面整齐地摆放着各式书籍，当然多是二手的文学书，基本以通俗小说为主。书迷初见时不禁疑惑：难道他们到现在还在晒书吗？后来才弄清楚，这些书架旁边都挂着一个布袋，上面写着取走一本书请往布袋里投入 5 克朗或 10 克朗之类的，其可谓"老少无欺""路不拾遗"之古风犹存乎？

在菲耶兰德，严格意义上的书店大致有 5 家，其中一家位于村子入口处，那里有个类似国内景点游客服务中心的机构，说是"机构"，其实就是在那家书店进门右边有一个值班人员，她就坐在一张书桌旁接受游客的咨询。这行人到书镇以后，就是先向她询问哪家书店英文的哲学书比较多些，因为他们当天要在晚上 8 点之前赶回卑尔根，必须在 4 点左右离开书镇，所以时间颇为紧迫，需要有的放矢。沿着村子的主道往里走几步，左侧峡湾边上就是一家大型的旧书店，但是这位书迷当时并没有来得及进去浏览，因为他要寻觅英文哲学书的那家书店在村子的最深处。等来到那家书店，站在巨型书架之间的中心过道上，他心中就浮现出了 5 月初在国内报纸上偶然发现的那张照片，不禁有恍然如梦之感。

挪威的书店，越是非学术类的，越是挪威文的书籍居多。要在那里翻出些英文和德文的哲学书似乎并不容易，除了卑尔根大学和奥斯陆大学的书店，在这家二手书店里，这类书已经算是琳琅可观的了，但就哲学书架而言，也似乎并没有想象中那么高格。非常意外的倒是，这位书迷竟在那里找出了他 20 多年前做博士论文时从北京图书馆复印过的英国哲学家斯特劳森的《逻辑理论导引》（*Introduction to Logical Theory*）英文版，原书初版于 1952 年，书架上的是 1967 年的重印本，虽然书的品相一般，而且是真正意义上的二手书，因为前 50 页明显有仔细阅读过的划痕，但对于这位书迷来说，这已经是弥足珍贵的收获了。眼尖的他还找出了刚刚在卑尔根大学会见过的挪威哲学家希尔贝克的一部 20 世纪 80 年代的小作品《论合理性的草稿》(*Manuscripts on Rationality*)。哲学类被他选中的书多以小册子为主，只不过这类书多是普通的平装本。相反，文学类他主要选了一些英文散文诗歌和文论读物，这些书多为有些年代感的小精装。淘书数 10 年的他颇为精明地对自己的学生说，这些书放在英语国家是大路货，但带到国内，简直就是精品了！兴奋地在这家书里店翻找了两个小时，他得到的书中年代最早的是一本精装的《圣西门和圣西门主义》(*Saint-Simon and Saint-Simonism*)，出版于 1871 年。最有史料价值的书则有两种，一是《欧洲的过去》(*The Past of Europe*)，这是重评欧洲史的经典论文集，分为上下两册；二是查尔斯·兰德尔·巴恩斯（Charles Randall Barnes）的《圣经词典》(*Bible Dictionary*)，是 1900 年的初版精装本，有 1221 页之厚，简直可以说是一部关于《圣经》的百科全书了，却只要 75 挪威克朗！这就是国内所谓"白菜价"了。

初到书镇共逗留了两个小时，也就看了这家书店的两三排书架，对资深书迷来说实在是于心不甘。大约两个礼拜后，这位书迷和他的学生又一次来到了这个书镇。出于交通的原因，也因为书店的营业时间，他们必须在那里住上一晚，这可谓"坏事变好事"：正好可以一方面缓冲一下那种在书店"拼抢"的节奏，因为这似乎本身就与寻访旧书活动之机理颇为不合；另一方面也可以借此再次感受下这个世外小镇的那种恬淡到萧索的意绪和氛围，在滚滚红尘中，视此种机缘为可遇而不可求委实并不过分吧！

二次书镇行，说起来整整为此花去了两天时间，但待在书店里的时间也就六七个小时的样子，但因为比前次多出了两倍以上的时间，而且多去了两家书店，淘得书的质量似乎有了明显的提升。有一个例子是，有位国内的年轻朋友得知这位书迷将有书镇之行，就委托他留意下能不能找到吉拉斯（Djilas）的《新阶级的最后崩溃》（*The Last Decline of the New Class*）。但是逛过旧书店的人都知道，对淘旧书者是基本上无法做此指望的，特别还是在挪威语的汪洋大海中！如果没有对书籍的一种基本的敏感性和直觉力，多半会是令人绝望地无从下手，且无功而返的，特别是在那种要在极短时间内做出取舍的巨大心理压力下。二次到书镇，书迷终于来到了前次没有来得及进去的另一家学术型旧书店。虽然说了要缓冲下节奏，但到了现场却完全无法做到：一是书镇的书实在是太多了，必须尽快翻看；二是书店的营业时间太短，一般从早上 10 点到下午 4 点，最迟一家下午 6 点也要打烊的。正是在这种冲刺般的高度紧张心态下，书迷翻到了一本《与斯大林对话》（*Conversations with Stalin*），刚翻了几秒钟，就决定收于囊中了。不管你想要消磨多久，书店都是要准时关门的。待回到旅馆清点"战利品"时，却发现这本书的作者正是吉拉斯，那么，这位书迷是应该把这本书给他的朋友还是自己留下呢？

刚回到旅馆一会儿，就来了一支来自祖国的旅游团，于是寂静到有些荒芜感的小镇就开始喧闹了起来。同胞们开始拍近前的峡湾，高处的雪山以及自己所住的这幢据说有 300 多年历史的房子。不料第二天一早用完三文鱼，同胞们就喜气洋洋地坐上大巴离开了，望着扬长而去的沃尔沃，书迷的那位一向爱咬文嚼字的学生忽然嘀咕了一句："同胞们，你们在书镇已经歇业时才到，书镇尚未开业时就走，那又是所为何来呢？"

2017 年 8 月 30 日，返国前一日，卑尔根放晴

风雨海岱山

　　"你到底是怎么来到海德堡的？"——2000年，时已77岁高龄的小桑巴特（Sombart, Jr.）（《犹太人与现代资本主义》的作者维尔纳·桑巴特［Werner Sombart］的公子）在追忆他孟浪的青春岁月时，曾有如此一问。要是顶真起来，这貌似也并没有错，任何初次来到海德堡的人似乎都该有此一问。

　　犹记去年12月初，我和几位同事一起从上海出发，到卑尔根大学参加一个会议，结束在湾城的议程后，我们一行人分成了三拨，其中两拨分赴巴黎和里昂继续参加"高大上"的学术活动，而我在阿姆斯特丹和同事分手后，只身上了转飞柏林的班机。飞机降落在泰格尔机场时已近午夜，当时在柏林访问的、我过去的学生L君准时地守候在出口处。"孔夫子搬家全是书"，而我出一趟国要搬的书也不少——其实大部分书还是8月份在挪威买了而当时未能带回的。师徒俩于是提着拖着大包小包，要穿越整个柏林城，到L君在洪堡大学新校区附近为我预定的旅舍去。因为我在德停留的时间前后不过3天，L君打从他老师下飞机开始就做起了导游，真可谓分秒必争。这样一路折腾到旅馆已是凌晨，而我们次日（其实已是当天）一早就要到海德堡去，于是就顾不上再进一步欣赏柏林的夜色就在异乡的旅舍中沉沉睡去了。

　　就这样只歇了三四个小时，师徒俩在天还没有完全亮之前就出门往海德堡进发了。按照 L 君之前的攻略，从柏林坐火车到海德堡要在曼海姆中转。但是列车刚到法兰克福，天就已经开始飘起了雪花，一路向西南，雪却是越下越大。从微信"直播"中掌握我们行踪的国内朋友好心地"预警"："今夜海德堡大雪！"看着这样的预报，望着窗外的大雪，L 君开始忧心忡忡起来。是的，在他的"如意算盘"中还要利用当天下午的时间在海德堡逛逛景点的，而他的老师这时却是一派唯恐天下不乱的气派。果然，在离曼海姆还有相当的路程时，我们坐的这趟车就宣布停运了，也许是对德国铁路运输之效率已经习以为常，所有旅客不吵不闹，都默默地下车在风雪中等待下一趟列车。可是经过这番折腾，我们到曼海姆时就已时近傍晚，再坐上转往海德堡的短途车，到达目的地时，早是华灯初上。L 君事先联系好的朋友——华中科技大学哲学系的 S 君在火车站等我们。S 君来海德堡已数月，他轻车熟路地把我们带到一家中餐馆，先解决"食为天"的问题，然后就心领神会地把我们带到了海德堡老街上那家著名的旧书店。可惜的是书店即将打烊，说时迟那时快，只见 L 君灵机一动，就把他老师给推了出去："这是来自中国大陆的著名的政治哲学教授，我们慕名来到你们书店……"可是朋友，这里是海德堡，又有谁会知道这个"著名的"中国教授？再说按照德国人的严谨规则癖，在 L 君开腔之前，我就知道他是在做多余的事情，或者说只是表达自己的某种心情罢了！

　　既如此，到此一游的我们就只好把预想中逛书店的行程调整和压缩到次日下午返回柏林之前，而此前要游览的景点，当然就是传说中的哲学家小径（Philosophenweg）以及"海德"这个"堡"（即海德堡城堡了。第二天一早，S君就带领我们坐上该城有名的有线轻轨，穿过海德堡大学新校区径直来到了哲学家小径的入口处。当真实地站到这个小径上时，号称以哲学为业的我内心不免还是有些感触，这就正如头天晚上我们与S君聊天时，我用弗雷格（Frege）的"概念与对象"之区分，试图把捉我们这些大半辈子学习哲学而又是初到德意志的人对这片土地的感受：一方面，我们通过书本摹状到的海德堡、图宾根、弗莱堡和耶拿这些"概念"，当然是与我们实际遭遇时感知到的"对象"是不同的；另一方面，当我们真正来到这些地方时，我们所惊讶的恰恰又不是这种不同，而是它们竟然就是海德堡、图宾根、弗莱堡和耶拿！事实上，阐明概念与对象之"相异相即"即使不说是德国观念论之最高成就，那也是其基本成就。亦可谓老天弄人也厚人，这天的海德堡并没有积雪，而是一早就下起了冬雨，雨之大，使得雨伞都基本上失去了作用，而风之大，竟然摧折了我从湾城带来的那把雨伞（这是卑尔根大学科学论中心赠送与会代表的礼物）！在这样的天候中，登上哲学家小径所在的那座小山的山顶，遥望内卡河老桥和对面的海德堡及"海德""堡"，我竟有些无来由地想起了阿伦特在《海德格尔八十岁了》中的那个名句："如同柏拉图的著作在千年之后仍向我们劲吹不息一样，海德格尔的思想掀起的风暴也并非起因于某个世纪，它来自远古，臻于完成，此一完成如同所有的完成一样，又归于远古。"

经历过这种风暴的洗礼，满是断垣残壁的"海德""堡"之于我的冲击也似乎要缓和得多了，从远古，从荷尔德林（Hölderlin），从二战，川流不息至今的内卡河仍然是动态的，而静穆地见证了这一切的"海德""堡"则已经成为文物，只有像已故的叶秀山先生这样的哲人方能有这样一番哲思："所谓'文物'的'时间性'，尚不仅在于日月风霜之磨洗'痕迹'，还在于作为'文化'和'人文'之'物'所要向我们'说'的那些'话'，即所要向我们'显示'的历史性的'意义'……'文物'之'意义'本不'在'（占）'空间'，而'在''时间'，故'文物'作为'实物'所'占''空间'亦不能'割断'它作为'文化'、'人文'之'物'的'时间'，这也可谓一种'物'（笔）断意不断。"凭借这样的"思之力"，经过这一番"思史诗"的遨游，叶先生继而得出："从哲学的观点看，不仅不该把'文献''还原'为'文物'，而且只有把'文物'当作'文献'看，'文物'才成其为'文物'。"正是秉承叶先生的教导，参观完"海德""堡"，我们就马上来到了大学城附近最大的一家旧书店，此亦可谓"指示性地"践履了从文物到文献之进路！

还是在 S 君的导引下，我们在极有限的时间里就光顾了海德堡的三家书店，其中之一就是我们头天晚上吃了闭门羹的那家据说是海德堡最大的旧书店，在大学图书馆附近也有一家旧书店，据我极稀少的经验，这两家书店的对比有点儿像哈佛广场附近那家我所谓"罗尔斯书店"之与不远处的那家"乌鸦书店"：一是书龄上的差异，前一家书店是真正的旧书店，后一家其实是二手或折扣书店；二是书品上的差别，前一家书店的主题似乎也要老旧些，后一家则要前沿些。虽则这种对比当然不是绝对的，例如我在前一家书店得到的最有印象的一本书乃是库恩的《科学革命的结构》精装初版本，可惜是第二次印刷本，有趣的是，那家书店里还有不少英文的语言分析哲学著作，当然都至少是 20 世纪 90 年代之前的；而在后一家书店，已经有中文译本的施尼温德（Schniewind）的《自律的发明》让我稍有惊喜感，书架上还有不少休谟和康德的讨论集，我也选购了若干种，记得有艾伦·伍德（Ellen Wood）英译导读本《道德形而上学原理》，也有他编辑的有关《道德形而上学原理》的讨论集。说来惭愧的是，由于我不谙德文，德文书对我就只有纪念性的意义，我于是选择了两本费希特（Fichte）论文的抽印本，年头都是在百年以上的，另有一册雅斯贝尔斯（Jaspers）的讨论集，里面的论文有德文的，也有英文的，应该是一个会议论文集。这种在非英文为主的书海中翻找英文书的感受自然让我联想起不久前在挪威的访书经历。也还记得在湾城一起逛书店时，童世骏教授跟卑尔根大学书店的一位兼职店员聊天说，一家大学的品位如何，一个颇为有效的观察指标是要看它有没有一家像样的书店！从这一指标来看，童教授的母校卑尔根大学无疑要属于优异甚至卓越之列，而眼前的海德堡大学似乎也不错，但这并不只是因为我在海德堡所到的这第三家书店中得到了哈贝马斯的《后形而上学思想》的续集，而且这个英译本还是 2017 年刚刚出版的！以至于当同行湾城的郁振华教授从微信中得到这个消息，马上就要我把此书的目录拍给他。我也想起余杭韩公当时就笑话我居然到了海德堡而不去参谒韦伯（Max Weber）墓，我知道，如果我说得到老哈的这个集子或可稍补这项遗憾，韩公是一定不能同意甚至要"动气"的，但是无论在现实的制约下还是在规范的空间中，我所能设想到的大概就只有这个"还击"了。

　　说到这里，我觉得还是要特别感谢陪我逛书店的 S 和 L 两君，记得在第一家旧书店里，由于时间紧迫，我情急之下要求他俩登上梯子把估摸着我会有些兴趣的那些书先找出来供我拣选，而等我们到了第二家旧书店时，无待我说，S 君就开始主动地帮我找书了，印象中《自律的发明》似乎就是他找出并递到我手里的。诸位，面对此情此景，如果我说这世上旧书好找，如此书友却是难得，你们一定不会反对吧？

　　带着几乎满载而归的"战利品"和几乎同样满载而归的"意犹未尽"，坐在从海德堡返回柏林的火车上，我不禁想起刚开始规划这短暂的德意志之行时，L君问我："就这点儿时间，老师打算到哪里走走？"
我茫然地在空白的脑袋中搜索了一番，在一片同样茫然的空白下，忽然
就蹦出了"海德堡"3个字。还记得头天刚见到S君时，他用"浪漫"
来形容我在如此短促的行程中选择到海德堡之举，其实我对以海德堡
为渊薮的德国浪漫主义所知甚少，如果仔细追溯起来，"你到底是怎么
来到海德堡的？"这个问题的答案大概还是在于我父亲早年留给我的那
册中译初版《小逻辑》，那是他在北京求学时在东安市场买到的，记忆里
我在初中时就得到了这本书，我并非那种早慧少年，那天书般的内容自
然是不得其门而入的，只有那本书序言落款处的"海岱山"3个字却莫名
给我留下了磨灭不去的印象。如果我说这3个字最初给我的意象有点儿像
是《基督山伯爵》中那座神秘的岛屿，那也许既是一种夸张也是一种降格，
但是的确，那种挥之不去的神秘气息一直到我知道海岱山就是海德堡之
后也并未消失殆尽。以我之不才，如果非要说自己当初是被这个有些神
秘难解的地名引上哲学之路，那必定有自我拔高之嫌疑，就正如我一直
想当然地以为"海岱山"这个译名乃是贺麟先生之首创，而据说它其实
出于德语文学的前辈学者杨业治先生，但是不管真相如何，且让我借花
献佛，摘出杨译荷尔德林《海岱山》中的诗行以献给那个"旧梦"：

> 像被神所遣使，一种魔力把我
> 在桥上紧箍住，那时我正经过，
> 远方迷人的景色
> 对我照射到山里来。

2018年8月10日夜，千岛新城寓所

内卡河畔的夕阳

　　刚刚过去的国庆节前后，因为到柏林自由大学参加一个会议的机缘，我有了平生第二次德意志之行。与第一次稍有不同的是，这次行程似乎略有余暇。于是仍然在德国访问的李哲罕君就事先为我规划了一个精简版的"环德游"。说是精简版，是因为四五天时间当然是不可能跑遍德意志大地的，而只能择其"精要"走马观花。好在有哲罕君一路相伴，这就不至于让一到国外就两眼一抹黑的我"乱花渐欲迷人眼"，而仍然能够"浅草才能没马蹄"。

　　10 月 3 日一早，我们就从自由大学的会议中心出发，坐地铁再倒德铁，前往耶拿。中午之前就到达了黑格尔曾在那里看见"马背上的世界精神"（指拿破仑）的耶拿小城。在一种似乎仍然没完全回过神来的有些异样的感觉中，我们沿着耶拿大学走了一圈，耶拿城确实很小，而适逢彼邦国庆日，路过的两三家书店皆歇业打烊，访书是真不可能的了，就顺便在这里解决了午餐。坐在典型的德国小城的小餐厅里，既无比惬意，又恍如隔世，时光仿佛与日光一般会永久地驻留在那里和那一刻，这与在柏林的那种其实也并不算喧嚷的感觉还是形成了鲜明的对比。耶拿城应该是建在一个山坡上的，当顺坡而下再次路过一家照例闭门的书店时，我有些不甘心地问哲罕君："这里没有留下任何有案可稽的黑格尔的遗迹吗？例如他当年在那里写《精神现象学》的房子之类的？"哲罕君内心大概在笑我是想多了，嘴上却仍然老实地回我说，至少旅游手册上是没有，说完又调侃："那时黑格尔还籍籍无名，谁又会留意他呢？"但我仍然在那里幻想：如果黑格尔的房东保留了黑格尔的房契，如果这张房契没有被后来的战火摧毁而仍在天壤间，那么无论理论上还是实际上都是能够为黑格尔的房子定位的！但是转念一想，反正耶拿就那么大，而且在我们眼中，它本就是笼罩在黑格尔的声名之下，于是也就释然了一些。这样想着的时候，我们已经翻过一个更高些的山坡，走在去耶拿火车站的路上了，而正是在那个山坡上，透过两幢房子的间隙，我们几乎看到了耶拿全城。而这时哲罕君适时地嘟囔道："更好的德国'山城'还在后面！"

我们的下一站是魏玛，我心目中的德意志精神之都。魏玛离耶拿也就十几分钟的车程。这种名城的密集度想来不过是所谓"天才总是成群结队而来"这个命题在地理上的映射。魏玛火车站似乎是新修或者是经过重新粉饰的，但是下午三四点钟的秋日那风烟俱尽的天候确是恰到好处地呈现了魏玛那无与伦比的气场。初到此地，我难免有些兴奋，而此前已来过两次的哲罕君却是不慌不忙，说是先到事先预定的酒店办理入住，再去逛常规的景点完全来得及。虽然事后看，这预估稍稍有些乐观，但是至少就德国而言，哲罕君确乎是个称职敬业的"导游"。因为当年在我"指导"下选择的研究方向的关系，哲罕君熟读德国史，尤其对人名和掌故烂熟于胸。当我站在魏玛国家大剧院那两尊地标式的歌德和席勒像前时，耳边就及时地响起了这位"导游"关于魏玛宪法制定前后那段风云变幻的德国史的解说。而当我在席勒纪念馆前驻足时，他又告诉我，这个纪念馆并非席勒原住的房子，里面只是有些展览，要看原物原件，得去此行的最重头戏，那就是歌德故居！所幸那天虽然是国庆日，这位被韦伯称作"千年一遇"的人物的故居仍然是开放的，我调侃说，大概这个故居也承担了进行"爱国主义教育"之类的任务和功能吧！相形之下，据说是由尼采的妹妹操办起来的尼采档案馆就没有那份荣耀和幸运了。当我们徒步来到档案馆门前时，只见铁将军把门，初还以为是错过了上班时间，仔细一看，门牌上写着，档案馆每年自9月后就闭馆不再开放！

歌德故居之令人震撼自不待言，无须任何其他，只消想起少时念过的侯浚吉所译的那册鹅黄色封面的《少年维特之烦恼》，我就已经像所有其他人一样难以自已。不过我表面上仍然很淡定，似乎只有"一颗微微激动的心"[1]。见到在歌德起居室入口处的门楣上有《歌德的格言与感想集》中的一句话，并不谙德文的我却考起了德文初级阶段的哲罕君："这句话什么意思啊？"从其临场的表述，并准之以我对30多年前在长春上学时所得到的程代熙编译的《歌德的格言和感想集》的印象，我觉得他基本把握了这个句子的意思！然则，在参观歌德故居的过程中，萦绕在我耳边的却多是余杭韩公水法教授有一次聊天时在"贬损"沪上某名家的《浮士德》译本之余，大肆赞扬郭沫若译本的那席话，大意是诗歌翻译是一种再创造，只有"创造社"大将、大诗人郭沫若才能译出《浮士德》那种神韵和气势，而断非一般的德文教授所能为也！印象最深的是，当时韩公还现身说法，举例说明，并背出了歌德的两句诗行和

---

[1]　歌德在 1767 年 18 岁时，赠给朋友贝里施的第三首颂歌中，有这样一段诗节："漠然于世吧！/一颗微微激动的心/是这个摇动的大地上/痛苦的财富。"参见谷裕：《现代市民史诗：十九世纪德语小说研究》，上海：上海书店，2007 年，第 341 页。

沫若君的两句译文，可惜年深日久，我当时就没有听懂，现在更已忘记他所背出的是哪两句了！

魏玛算是我们此行中逗留较久的一站，在哲罕君的带领下，我们还远足到了小城外的世界上第一幢包豪斯建筑旁，并在那里一起欣赏了魏玛城的落日，那确实是既无比充盈又无比空乏，既无比欣喜又无比哀伤的一刻——这大概就是所谓"有我之境"，或者充其量是介于"有我之境"与"无我之境"之间的状态吧！而当第二天我在魏玛的清晨醒来之后打开窗户，看到魏玛车站上空那既极有质感又薄如蝉翼的玉白色云彩时，我相信自己进入的应该已经是"无我之境"，此正所谓"万象皆俄顷，无非是映影"！

10月4日一早，我们就离开了魏玛，转道爱尔福特，前往纽伦堡。在爱尔福特车站候车时，我极为有限的国际共产主义运动知识库中忽然蹦出了《爱尔福特纲领》，这就又引出了哲罕君对于相关历史背景的解说，其中还涉及图林根州与西柏林的一段"秘辛"——黑格尔说得没有错，一句充满智慧的人生格言在一个饱经风霜的老人和在一个乳臭未干的孩儿说来其况味迥然不同，这就正如一段有解密档案为其背书的历史事实，在一个"业余"历史学家讲来就像是野史。

我们到达纽伦堡的时间和头天到达耶拿的时间差不多，也许还要稍早些。从火车站出来，穿过巴伐利亚风格的建筑群，路过圣劳伦茨教堂，我们沿坡而上，几乎是直取纽伦堡城堡所在的那个小山丘上的最佳观景点。其时阳光非常好，但不知是有些逆光还是其他原因，能见度却似乎并不很高，但整个轮廓还是清楚的，也能够辨认出内城和外城。此前在把纽伦堡放进这次规划的行程中时，哲罕君曾经引用北大德语专家黄燎宇教授的话："纽伦堡是最德意志的城市。"说实话，我对此话之内涵并不甚了了，但我想，纽伦堡审判应该也是德意志的一部分。正基于此，我们在纽伦堡城中心的一家露天餐厅喝完德啤用完午餐，就赶去那场世纪大审判的原址参观了。据说那地方现在依然是一家法院，果然，等我们赶到那里时，纪念馆的工作人员告诉我们，审判庭当天正在使用，无法参观。于是我们只好从头至尾颇为细致地看完了有关那场审判的图片和实物展。回溯当年的场景，再想想刚在纽伦堡城里看到的鳞次栉比的书店和唱片店，于是一个与阿多尔诺那个"奥斯维辛之后是否还能写诗？"的并行之问——"一个产生了歌德和贝多芬的国度怎么会酿成大屠杀？"自然就浮现在了脑际，而这，一定是我们衡定和思量"何谓最德意志的"这个问题时必须预设之问吧！

　　我们的下一站是图宾根。从事先的"攻略"得知图宾根有不少书店，考虑到德国的书店一般下午六七点钟就关门，于是我行前就叮嘱哲罕君，我们当天无论如何要早一点到达图宾根。可是计划赶不上变化，而且从纽伦堡到图宾根还要从黑格尔的故乡斯图加特转车，这样等我们赶到图宾根，就已经是夕阳西下了，用我当晚利用旅店的无线网所发状态里的话："自由树只是传说，荷尔德林塔在整修，书店皆已打烊，只有内卡河上的夕阳'依旧'。"第一句说的是，据知情人士考辨，黑格尔、荷尔德林和谢林（Schelling）为了欢呼法国大革命在图宾根新教神学院种下一棵自由树的说法只是一种传说；第二句说的是，1807 年荷尔德林神志迷乱后居住的紧靠着内卡河的那座古老塔楼当时正在整修，让人难睹真容；第三句说的是，在哲罕君的带领下，我们以飞快的速度——搜寻了图宾根几家有名的书店，但书店都已准时在 6 点打烊。看到我有些沮丧的表情，哲罕君调侃道，早知如此，应该在这里连续住 3 天就好了！这话反倒令我有些汗颜。说来同样有些惭愧的是，我是等见到了内卡河，才想起来内卡河流经图宾根，也才想起来这内卡河的水会一直流向我去年底到过的海德堡！站在图宾根的内卡河桥上，望着其实望不见的荷尔德林塔和既能望见又望不见的一直流向海德堡的内卡河水，我不禁想起了诗人冯至20世纪30年代初在柏林写给他的朋友和同道杨晦信中那席话："我在这里，除了读书，没有生活。除了Goethe我必须研究外，Kleist，Hölderlin，Novalis这3人是很可爱的。K.以30岁左右自杀，H.以30岁左右发狂，N.以30岁左右病丧。K.是倔强，H.是高尚，N.是优美，可以代表精神生活的3个方面。"

在图宾根度过了几乎"一无所获"的一夜之后，我们就要奔向歌德的故乡法兰克福了。不过我们这次到法兰克福去，并不是为了追寻歌德的遗踪，而只是为了一睹阿多尔诺的桌子——据说在法兰克福大学的广场上有一个玻璃屋子把阿多尔诺曾经用过的桌子给罩了起来，用以纪念先哲，也供游人参观。当然，我们也打算瞻仰一下在法兰克福公墓里的阿多尔诺墓。

10月5日一早，我们就从图宾根出发，经斯图加特转车，到达前次去海德堡大雪中路过的法兰克福时，时间还是和头两天早起到第一个目的地的时间差不多。法兰克福阳光灿烂。我们仍然以步代车，还在路过霍克海默和阿多尔诺的社会研究所时，远远地拍了两张照——据说该派第三代曾经的"中坚"霍耐特已经远走北美，只有"60后"雷纳·福斯特（Rainer Forst）仍在坚守。后者组织了一个探究规范秩序的跨学科小组，不但在德国得到像M.卢茨-巴赫曼（Matthias Lutz-Bachmann）这样的同道的高度评价——被誉为"哈贝马斯迄今为止最好的学生"，且在英美学界声誉日隆。但是颇为有趣和古怪的是，在社会研究所附近的两家学术型书店（其中一家名为卡尔·马克思书店）中竟没有一本英文哲学书！

与此前的小城迥然不同，甚至与柏林亦有差别，法兰克福是一个大都市，而法兰克福大学据说也是一所巨型大学。当我们到达阿多尔诺的桌子所在的广场时，玻璃房正在午后最好的秋阳里熠熠生辉。我绕房子转了一圈，看到书桌上摆放着法兰克福学派的"圣经"《启蒙辩证法》。而房子四边的大理石上则镌刻着阿多尔诺各种著作的名字，其中有4部著作应该是：《认识论的元批判》《最低限度的道德》《否定辩证法》《美学理论》。想到阿多尔诺当年因为对"六八"学生运动的态度而使其晚期生涯蒙上阴影，再看看围坐在玻璃房子周边来自世界各地的各种肤色的青春洋溢的学生，不禁感慨系之！不过，在弄清这种感慨的确切内涵之前，我们就要赶往法兰克福公墓去寻找阿多尔诺墓了。的确，阿多尔诺是孤独的，他之所以在战后返回德国，据说至少有一个因素是他难以忍受美国的大众文化。据哲罕说，那个公墓中还有另一位孤独哲人叔本华。但是这个墓园与费希特、黑格尔、布莱希特（Brecht）、亨利希·曼（Heinrich Mann），还有马尔库塞（Marcuse）在柏林的多罗特娅公墓不同，它并没有在入口处勒石标明所有墓主，或者是我们没有找到一个准确管用的"索引"，于是我们就只好满园寻找。好在我们一开始就碰到了3位来墓园健步的本地人，特别是那位"带头大哥"似乎颇有些智识人气息，但是这位老兄带了我们转了小半个园子，却仍然毫无头绪。不得已，我们只好又请问一对在扫墓的母子。那位母亲告诉了我们叔本华墓的准确位置，而她儿子则大致指出了阿多尔诺墓所在的方位，并且特意强调：阿多尔诺挂在墙上！正在我对于这母子俩的"分工合作"感到有些茫然时，哲罕君又一次机智地道醒了梦中人：母亲比较年长，所以知道叔本华；儿子比较年轻，所以知道阿多尔诺！果然，在那位母亲的指点下，我们很快就找到了叔本华墓。这个墓不算小，但是并不起眼，尤其是墓主的名字几乎已经难以辨认了，如果不是得到指点，估计我们到天黑也找不到它！我隆重地在叔本华墓前肃立拍照，由于一半任务已经完成，再虑及叔本华在中国的"俗名"（他可能是在中国大陆被翻印最多的"通俗"哲人），还有我的朋友汪丁丁教授对哲学家的仰慕（汪丁丁教授极推崇《充足理由律的四重根》一书），我们还是在叔本华墓旁的一张石凳上小憩了一会儿，果不其然，刚坐下，就有一个中年男子颇为熟识地快步走到叔本华墓前，凝视片刻之余还与我们对了一下眼神！

看完叔本华墓，我们就按照那位年轻的儿子的指点开始寻找阿多尔诺墓。但是，沿着那堵长墙正反面分头寻找了好几轮，竟然无果。哲罕君还用手机自带的地图反复确认追踪，急得满头大汗，仍然没有找到。最后才发现我们所以为的那堵长墙的终端，其曲径深处其实还有一段"延伸"，当我们从树荫下发现那堵短墙时，基本上能够断定阿多尔诺墓就在某一侧了。仍然沿用一人找一侧的方法，最后是我先发现了阿多尔诺墓。当我看到墙上的 Theoder W. Adorno 字样时，几乎叫了起来。而当我们师徒俩在阿多尔诺墓前拍照留影时，我的心情却可谓"亦无风雨亦无晴"，而只是想起了我曾经用作一部书的题记的阿多尔诺那句话："灯火阑珊处如同人声鼎沸处一样错综复杂，除了认识到这种错综复杂的情况，并因认识到这种错综复杂的情况而享有些微的幸福外，灯火阑珊处并未胜过人声鼎沸处。"

结束在法兰克福的行程，我们的下一站是科隆，那大概亦因为科隆大教堂乃是旅德的游客所必到的吧！当然也是因为想去看一看荷尔德林笔下那"天生自由"的莱茵河。但是等我们到达科隆时，天已经快黑了。教堂内正好有一个活动，一路劳顿，在这晚祷时分听到悠扬而深沉的圣乐，我不由得想起10多年前一人在纽约的岁末迎新之夜步入一所大教堂听到一位女高音吟唱赞美诗的况味，我也想起近20年前受当时的两位学生之邀，在平安夜去到杭州秋涛路上号称亚洲最大的崇一堂"观摩"，记得在所有活动结束后我们走在秋涛路立交桥上时，那两位学生问我："应老师您刚才感动吗？"而我当时的回答是："呵呵，感而不动啊！"我想说的是，如果现在来问我，那么我会回答说："感动！"

科隆出产一种著名的清型啤酒，从教堂出来，坐在莱茵河边一家有名的露天酒吧时，哲罕君为正在喝酒的我拍了照，并发了一个状态：应老师在科隆喝啤酒，他问我科隆有什么特产，我说就是科隆啤酒啊！拍照是真的，喝酒也是真的，可是这个对话却是他杜撰的。他没有杜撰的是，喝完啤酒，我们当晚还要赶到锡根去，一是因为科隆的旅馆比较难找（应该是比较贵吧！），二是我们第二天还要去本次"环德游"的最后一站，卡尔·施米特（Carl Schmitt）的家乡普兰滕贝格，而到普兰滕贝格的火车就是从锡根出发的！

10月6日早上山城锡根的天湛蓝无云，这也是我们出行后最放松的一个上午。虽然预估将有一次最漫长的远足，因为我们将参观分布在普兰滕贝格不同方位的施米特的出生地、晚年归隐处，以及施米特墓。但是至少现在，在宾馆用完一顿丰盛的早餐后，我们只需要坐上到普兰滕贝格的火车就行了。这是典型的慢行列车，车厢不过三四节，旅客不过一二十人。安坐在作为现代之典型产物的电气火车上，穿行在世外桃源般的北莱茵－威斯特法伦州的山谷和河谷中，我还没有观赏够沿途几乎千篇一律而又气象万千的风光，本次列车也是本次旅行的终点普兰滕贝格就到了。按哲罕君事先的功课，步出小站，从地道反向穿过铁道，再行过溪上的小桥，我们很快就找到了施米特的出生地，一幢马路旁的浅蓝色的普通民居，这里现在住着的显然并非他的后人。离开法学家的祖居地，我们本来打算直接步行到法学家自名为圣卡西亚诺——这里同样是马基雅维利的出生地，也是他政治生涯遭受挫折后的隐居地，他正是在那里写出了《君主论》和《论李维》——的晚年隐居地，但哲罕君见我数天连续步旅，似已不胜足力，开走未久就又想找寻直达彼处的乡村公交，在几番尝试无果后，遂决定先就近参观普兰滕贝格小站对面山坡上的法学家墓。由于临时想抄近道，寻找墓园的过程也并不顺利，不过我们很快就通过一种自我纠错机制找到了那个著名的墓碑。这回是哲罕拔得头筹，这也算"功到自然成"，因为他最近刚刚完成一篇关于法学家思想发展阶段的论文，据说此文还得到了中国最好的宪法学家张千帆教授的肯定！时间已经是下午3点，我们却还没有吃中饭，无论从时间还是体力上，我们本来是准备放弃去看法学家晚年隐居地的计划了，但也算是上天眷顾，在我们下山到火车站附近"觅食"的一个三岔路口时，忽然有一辆出租车驶来，我们不约而同地叫停了这辆车，于是师徒两人"合力"，取出口袋中剩下的纸币，用来回不到半小时的时间拿下我们这趟行旅的最后一个标的：SAN CASCIANO（圣卡西亚诺）！

拖着浑身的酸困，坐在普兰滕贝格小站旁的一家露天小餐厅，下午4点的阳光非常有穿透力，周围的风物在在提醒我们这里似乎是一个时光还停留在中世纪的小城，我一边享用着清凉醇厚的德啤，一边与哲罕君"讨论"起法学家墓碑上的那句希腊文"Kai nomon egno"应该如何翻译，眼前的这位青年法学家运用他的专业知识和初级阶段水平的德文，把维基百科上这段碑文所对应的德文翻译为"人制定规则"。我浅薄可怜的外文知识让我无法从语言上讨论和争辩这个问题，但是我的某

55

种"天然"的语感既鬼使神差又灵光忽现地让我想到无妨用与"道出于天"相对的"道出于人"来意译这句碑文。有高明者如熊林教授基于施米特的自供，指出 Kai nomon egno（他认识了法律）用增一字（母）改写自《奥德赛》中的 Kai noon egno（他认识了心灵），而我改译的"道出于人"则是在呼应歌德改写《创世记》第一句（"太初有言"）而成的"太初有为"。如果说施米特的改写无非标明了他那种"天降大任"的自我期许，那么我的"小打小闹"则不过是想拈出从"太初有为"到"道出于人"之嬗递，从而为德意志精神之"裂变"和"再生"略进一言，唯未知世上之博雅君子以为何如？

2018 年 10 月 18 日正午，千岛新城寓所，时窗外秋阳高照

德国书事鳞爪

对于并不谙德文的我来说，讲真的，在德国逛书店其实是件尴尬甚至痛苦的事。但是既然所谓藏书或者访书这桩事儿到了最后本身就每每有形式大于内容之嫌，甚至于竟成了一种仪式。那么，"行礼如仪"，对于二次德意志行当中的书事，哪怕只是一鳞半爪的，做一流水记录，也就不完全是纯粹扫兴之举了。

9月29日晚，当李哲罕君把我从泰格尔机场带领到柏林自由大学的校园时，据说纬度相当于哈尔滨的高纬地区的深秋的夜风在在让人有清凛之感，路灯和树影摇曳闪烁中的这座美式校园依然让人感到心旷神怡。从地铁出来步向下榻的酒店路上，哲罕君就指给我一家大学书店，德国的书店周六周日是关门的，这还不够，哲罕君且告诉我，这家书店里并没有什么英文书可淘——这无疑是再次为我的德国访书行预先蒙上了一层阴影！

30号是周日，逛书店是没有指望的了。于是哲罕君初次带领着张国清兄，二次带领着我，作柏林市内一日游。当我们仨逛到洪堡大学洪堡兄弟像前时，那个传说中的"书市"还是如期出现了。我曾经从包括余杭韩公在内的好几位作者的访书篇什中得知这个书市，初见自然有些兴奋，但是从头至尾扫视了一遍，心情和所获却均颇为寥落。除了当作旅游手册收的几个荷尔德林的和关于荷尔德林的小册子，我只从书摊上找到了图根哈特（Tugendhat）和图尔明（Toulmin）的小书各一种。后者还是打算作为小礼物送给一位年长的同事的，而当我晚上把这个消息告诉那位同事时，得到的回复是："我在那里买过小李卜克内西（Liebknecht）给孩子的书信集，为革命捐躯者的亲情温情，特别感人。"

结束了一天半的会议议程，10 月 2 号的下午，几位同人都说要去市里逛逛。周日结过队的我们仨就再次杀向了城里。不用说，这次的主要目标就该是书店了。照例在哲罕君的带领下，我们先来到了一家名为 Marga Schoeller Bücherstube 的书店，据说这是一家旧书店，或者说是折扣书店，但我却觉得并不太像。倒是书店里那成架成排的苏尔卡普出版社的丛书给我留下了很深的印象。而我的收获却只在于选了一本芝加哥大学出版社的政治哲学著作《一种判断的民主理论》（*A Democratic Theory of Judgment*, 2017），还基本属于新品。当代的判断理论肇端于阿伦特对康德未成文政治哲学的重构，而这个富有洞见的理论潜力已经激发和酝酿成一个小小的研究传统，泽里利（Linda M. G. Zerilli）的这部书可谓这方面的最新成果，其旁征博引令人称奇。令人感到意外的是，相对于这个小小的斩获，去年留下颇佳印象的杜斯曼书店这次却让人失望了，那本来就显得可怜的几架子英文书几乎没有让我为之心动的，为了不虚此行，最后还是勉强收了艾伦·伍德的《道德形而上学原理》英译本。相形之下，倒是哲罕君这次刻意要带我们去"开洋荤"的一楼唱片和 CD 卖场让我们开了眼界，匆匆忙忙在古典音乐架子上巡视了一番，还是只要了小克莱伯（Kleiber）的贝多芬《第七交响曲》。对了，在夏洛滕街上倒是有一家艺术书店，其实接近于古董书店——这是我最近刚从周振鹤教授的《藏书不乐》习得的名字，既然是古董书店，我就问店主有没有康德、黑格尔的"古董书"，在得到否定的回答后，还是再次收了一大册花体的荷尔德林，要价也很低廉：15 欧！

10 月 3 日一早，精简版的"环德游"开始了，我们的第一站是耶拿，这一天正好是德国的国庆日，小城上的大小书店都放假休息，逛不了书店就只好拍书店了。等到了下一站魏玛，所幸歌德故居是开放的，于是就在礼品部收了册一位出身爱沙尼亚的德语文学教授彼德·伯尔纳（Peter Boerner）（他曾经是杜塞尔多夫的歌德博物馆馆长，还是 45 卷平装版歌德著作集的主编）所撰的歌德小传。后来我才发现，按照我的英文程度，要不借助于辞典顺畅地念完这本书还是挺有难度的！第二天中午，我们到达似乎满城都是唱片店和书店的纽伦堡，却也只买了一本书，而且还是为朋友买的——从微信中得知我们在德国"漫游"后，这位朋友委托我找一本拉丁文版的《圣经》。正在我思忖该上哪儿找这书的时候，也算是上天眷顾，忽然在正要离开的纽伦堡街边发现了一家神学书店，于是急忙进去询问有没有拉丁文版的《圣经》。一位戴眼镜的女店员迅速把我们带到了琳琅的圣经书架前，精确地指向那一册厚厚的浅绿色封面的圣书，翻到封底，见此书标价稍贵，哲罕君问我："买吗？"我只吐出了一个字："买！"

此次"环德游"中最让人遗憾的莫过于在图宾根之一无所获。盖因我们到达时天色已晚，书店都已打烊，自然就只有在店外徒呼奈何的份儿了。只记得在荷尔德林塔对面桥边的一家近似旅游品商店的书店中，有一册企鹅版的《荷尔德林诗选》，但是，我还是让这个诗集在那家店里继续"陪伴"诗人吧！所幸的是，我在图宾根的遗憾似乎在法兰克福得到了小小的弥补，虽然在法兰克福大学社会研究所附近的两家书店（其中一家名为卡尔·马克思书店）中没有发现一本英文书，但是我们在罗马广场对面却又"邂逅"了一家真正的古董书店。在翻阅了几本精装大开本史书后（其中一部有名的英国史标价120欧，我对哲罕君玩笑，如果这部书是休谟的，300欧我也得扛回去），为了节省时间，我们就要求店员把店里的哲学书都找出来给我们看，不一会儿，她就把一堆书搬到了我们眼前，告诉我们这些就是店里全部的哲学书了。我在里面发现了一本莱因霍尔德（Reinhold）的书，应该是初版本，标价我忘记是600欧还是1600欧了，看到这个价位，哲罕君调侃道：这位店员显然是高估这两位中国客人的钱袋了！但是，正如周振鹤教授在题为《我本无心，书却有意》的欧洲买书小记中所言，在欧洲，所谓古董书有时却并不算"贵"，的确，一部花体的施莱尔马赫（Schleiermacher）文集（1924年版）和一部确定是图宾根初版（1914年）的文德尔班（Windelband）《哲学导论》（中译名为《文德尔班哲学导论》）分别只要25欧和20欧！稍有遗憾的是，我最终还是把后者的《哲学史教程》和卡西尔（Cassirer）的《符号形式的哲学》永远地留在了法兰克福。（我想起那年在哈佛广场附近那家被张国清兄命名为"罗尔斯书店"的旧书店里用7美元得到了英文精装初版的《哲学史教程》。）想想也是对的，它们显然应该被比我更为合适的读者得到！

无巧不巧的是，这次德国之行的首尾两天都是周日。离开德国的那天，哲罕君又陪我来到头一个周日来过的德国大教堂附近的跳蚤市场，那里有一家不错的旧书摊。这是离开前的最后一逛，我肯定还是要再打捞些礼品回去的。我最终选出了三种书：一是费顿出版社的《道德形而上学原理》德文小精装，有标准书号，无出版年月，8欧；二是1930年莱比锡花体版《尼采文集》黑色精装两卷本，20欧；三是一本柏林旧影集《柏林首都·照片 1930—1940》(*Hauptstadt Berlin· Fotografien 1930–1940*),10 欧。

　　记得周振鹤教授曾经别出心裁地把他在欧洲买书的经历胪列为"买个意思"、"买到意外"和"买来得意",我的德国书事鳞爪显然不能和周教授之博雅访书经历相提并论,而且几乎全属于"买个意思",后两者却是基本上没有的。然则行笔至此,我倒是有些无来由地想起了诗人冯至在追念郁达夫的《相濡与相忘》一文中的那席话:"'相濡'与'相忘'是两种迥然不同的人生态度。但在郁达夫,这两种态度则兼而有之。他对待朋友和来访的青年,无不推心置腹,坦率交谈,对穷困者乐于倾囊相助,恳切之情的确像是'相濡以沫'。可是一旦分离,他则如行云流水,很少依恋故旧。"相应于"书海遇合"中的两种情形,达夫对友人的这两种态度不也正合适吗?

2018 年 11 月 7 日凌晨,闵行公寓我在 20 世纪 90 年代初就已经与阿隆一起"对"了；《欧洲现代史》的作者休斯（Hughes）的《意识与社会》，要算是我念过的最好的思想史和文化史——关联于社会的意识史——作品之一，其论题和主旨在于揭示 19 世纪末到一战前的欧洲智识史。我曾向好几位编辑推荐"引进"这本书，但一直都没有下文。有些可笑的是，由于爱屋及乌，有一次在杭州体育场路的一家旧书店见到《欧洲现代史》，在自己已经藏有一册的情况下却又忍不住收了一册，不过我已经记不清这书现在还在自己的书架上还是已经送人了。印象最深的则是查尔斯·泰勒的《黑格尔与现代社会》，我仔细地阅读了这本书，后来还把它完整地复印了下来，并在自己的硕士论文中多次加以引用。在我看来，作为伯林的牛津教席继承者，泰勒结合浪漫主义和表现主义对黑格尔"情境中的自由"之内涵的阐发与他之前最精彩的观念史论著相比也毫不逊色。2007 年四五月间，我在台湾大学正门对面的联经门市部寻觅当年曾经滋养过我的"现代名著译丛"，虽然旧梦难追，但我仍然极想得到《自由四论》，可是年深日久，这书真的已经了无踪影了，好在《黑格尔与现代社会》仍在架上！还值得一提的是，经过刘训练的努力，此书的简体字版后来收入了他和我合作主编的"公共哲学与政治思想译丛"，这也算是一种难得的缘分吧！

在这个阅览室中拜读牟宗三和余英时两位的著作可谓是社科院 3 年的学生生涯中最为难忘的时光。至今想来都有些令人称奇的是，这个小小的阅览室中藏有这两位作者的几乎所有的作品。就前者而言，只有《时代与感受》和那时出版未久还未及入库的《圆善论》是从当时住在江宁路的业师罗义俊处见到并借阅的。也是在耽读牟著的过程中，阅览室的管理员，也就是那位脸色灰白基本上没有什么表情的姑娘破天荒

（应奇：）

因为上海社科院位于上海市最繁华的淮海中路，其实3年里，某种程度上也并不是非常寂寞，我们当时开玩笑说我们业余多出来的时间，也就是在淮海路上逛淮海路。就这样度过了3年的研究生生涯。

（汪志坚：）

我知道您自己翻译过很多的书籍，那这跟当时您在图书馆接触的一些外文资料有没有关系，又对您后来的翻译事业有哪些影响？

（应奇：）

我刚才也说到在社科院的学习生涯，对熏陶并开阔我的视野、我治学上的一些趣味是非常重要的。最近我还在《中华读书报》上发表了一篇小文章《海上的一盏灯》，就是回忆我当时在上海社科院港台图书阅览室借书、阅览的事。那时，台湾联经出版事业公司和香港一些出版社出版了一些国外名著的译注本，还有一些海外新儒家的作品，这对于开阔我的视野和拓展我的认知是非常有用的。具体来说那时候以赛亚·伯林和查尔斯·泰勒的一些书，就是我在上海社科院港台图书阅览室里读到的。又比如说罗尔斯，我的老师范明生先生在20世纪80年代初的时候，在武汉大学的美国哲学研究室工作，他是国内最早介绍罗尔斯思想的学者，当时有个《当代美国哲学资料》，他就在上面发表过关于罗尔斯的述评。罗尔斯的著作也都是范老师订到社科院的图书馆里的，我也借阅过罗尔斯的绿皮书《正义论》，曾经我也想以罗尔斯的思想作为硕士论文的方向，但是范老师说要结合他当时的兴趣和他的课题来做研究，所以我虽然收集了罗尔斯方面的资料，但是在写硕士论文时并没有写。

（汪志坚：）

您能否聊一下范老师对您的影响或者其他老师对您的影响？

（应奇：）

我对于上海社科院哲学所感念最深的地方就在于，虽然这个地方没有一个大学的建制，没有相当规模的哲学系，没有非常完备的师资配备，但是社科院的各个研究所当时都集中了在那个年龄段和那个年代相当优秀的学者。比如说老先生当中有已故的傅季重先生，他是国内最早介绍逻辑经验主义和逻辑实证主义的学者之一，他也翻译过卡尔纳普（Carnap）的著作；还有我的导师范明生先生，他是国内最早的优秀希腊哲学专家；还有我的副导师孙月才研究员，他是60年代北京大学任华教授的研究生，他给我们上课时讲的西方文化精神史论也给了我很多启发。当时还有中生代学者俞宣孟老师、翁绍军老师、周昌忠老师、何锡蓉老师，还有研究中国哲学的一些老师，他们因为受范老师的邀请给我们系统地上过课，同时范老师还安排我到徐家汇，就是在上海社科院历史所，我最近刚刚得知所长李华兴已经去世，他曾给我们讲过近代思想文化史，读《晚清文选》，还有罗义俊研究员的新儒家这个课程，读《心体与性体》。那时候印象很深，早上天还未全亮就从淮海路出发，坐公交车到徐家汇历史所，有几次还是李华兴所长用他的车回来的时候把我们送到淮海路的宿舍，早出晚归让我现在想起来记忆还很鲜活。

（牛婷婷　上海社科院哲学所）

我也是社科院毕业的，我对应老师说的这点感触特别深，社科院的课往往蛮多元化的，尤其是文史哲，我们可以选历史所的罗义俊老师的课，然后文学所那些老师的课都可以选。昨天晚上准备采访资料的时候，您关于港台图书阅览室的回忆特别让人有感触，我记得您好像在很多场合都有过对上面这段关于社科院的回忆？

（应奇：）

对，社科院是我成长当中非常重要的一个环节，不管是我现在做的这些方向，还是我计划将来要做的一些题目，都跟那时候的阅读和受到老师的影响和熏陶有非常大的关系，比如说当时社会学所有一位陈克艰研究员，他是罗义俊教授的朋友，他们经常在一起讨论牟宗三的哲学思想，甚至一起编过两本书，就是新儒家资料里面的《理性与生命》（一）和《理性与生命》（二），我跟陈克艰老师也是通过这样一个关联就认识了，我就在他的研究室里面听他聊天向他学习。文学所还有一些老师，当然主要还是历史所，因为范老师的关系我就跟这些先生有过一些交往或曾向他们请教过。某种程度上这些反而是大学里面不太具备的优秀办学资源，当然这些资源也须有心之人方能享用得到。我们年轻的时候就是像海绵一样急需知识的营养，所以在各个层面上，在社科院的求学生涯，用一个比较通俗的说法，就是说达到了一个最高的性价比。可以这样讲，虽然我们的学府名头不是非常的响亮，而且就如刚才我讲到的研究生生活的有些内容似乎没有充分地展开，但是在知识的获取和有密度有质量的学术养成方面，我觉得有着不可取代的重要作用。今年因为偶然的机缘我就写了上面提到的那篇文章，回忆了当年在社科院哲学所学习的时候在港台图书阅览室的阅读经历，后来何锡蓉老师告诉我，今年是社科院成立 60 周年，有一次我就开玩笑说，这篇小文章就是献给母校母所的一份小小的礼物。上面也说到由于社科院的招生比较少，社科院的老师们对学生视为珍宝，老师跟学生的关系相比高校来说更加紧密。某种程度上我可以这样说，实际上一般在学生的感知里，当然这个东西没法比较，没法以个人经验为基础进行比较，但是一般在学生的感觉里，好像跟老师之间的亲近感不强，以我来看，这可能跟当时学生自己的志趣和表现出来的求学趋向有关，但就我而言，我觉得比较幸运的是，几位老师对我都比较，说好一点就是比较欣赏，所以包括俞宣孟老师、翁绍军老师，我们除了课堂上的内容之外其实也有一些私下的请教和交流的过程，这对我来说是很受益的。在我看来，在社科院哲学所学习的经历某种程度上有点像传统的作坊里面师傅带徒弟的这个感觉，一定程度上比大学更强，特别是我们联想到现在大学里面研究生和博士生批量的生产方式的话，更加感觉到当年这个经历非常难得。我曾写过一篇回忆我老师的文章。在范明生先生80岁的时候，我跟童世骏教授，也就是当时的社科院哲学所所长，一起去曲阳新村范老师家里看望他，但在这之前我就已经写了那篇祝寿文字了，那里边我就提到了一个细节……

（汪志坚：）

社科院的发展，现在也遇到了一些问题，比方说，在发展过程中有很多老师做出些成果后就到高校去了，人才流失比较严重，您对我们社科院发展有什么寄语，或者建议吗？

（应奇：）

你说的这个现象我也观察到了，包括北京的中国社科院和地方的社科院都有这样一种情况，可能因为现在各个层面对大学建设的投入比社科院多得多，社科院有点像清水衙门，此外我觉得任何一个做学问的人也许都有这样一个想法，除了自己做学问之外，还希望带一些学生，就是光大门庭桃李天下，从这个角度来说，我觉得社科院有劣势。现在我知道，好多年之前我们社科院的研究生部就已经升格为研究生院了，我觉得社科院研究生院应该积极向主管的部门或者上级争取扩大研究生的招生数量和比例，真正地把它建设成一个具有学府气息的机构。在我看来，对一些在学术上做出相当成就的、对培养学生有一定的抱负和志趣的研究人员，应该使其在这里更有归属感。这是除了所谓收入之外，也是非常重要的一个因素。坦率地讲，在我博士毕业的时候，胡振平老师曾经邀请我回到这个哲学所来，但我当时有这么一个小小的顾虑，除了到上海这个城市生活本身有一些压力之外，而且好像在这里做研究有一种比较"孤悬"的感觉，因为我们都是从大学里面出来的，虽然我那3年在研究生部，但是我读博士和读本科都在一个比较大的大学里，校园里可能因为有学生的来来往往，所以就觉得大学的氛围可能对研究人员、对老师有一种天然的吸引力。我觉得社科院除了要纵向加强智库建设之外，还要坚持两条腿走路，应该把研究生院办得更加像样、更加壮大，真正把那些想要"得天下英才而教之"的研究人员的心给留住。

还有，去年我去中山西路的院区时，就有一点点跟当年不一样的感觉，虽然物是人非，但是我觉得在那里有一点点小"大学"的感觉了，虽然路到那个地方就没有了，反而有一点自成一体的意思。记得那时候我的一个小学弟发给我一首歌，是根据《成都》改编的上海社科院研究生院的毕业曲，我听了以后很有感触，当时还跟何锡蓉老师聊了一下，她说她也很理解我的这个心情。离开这么多年，虽然淮海路已经再也回不去了，可是我们中山西路的研究生院，大楼已经挺霸气了。我也祝愿小学弟学妹在这个地方有非常好的学习教养过程，将来上海社科院研究生院出来的学弟学妹会以社科院研究生院为傲，同时也让社科院研究生院以他们为傲。

谢谢！

九月的海

——衡山和集印象

听说衡山和集还只是今年的事。说起来这算是我在时隔 27 年后重返海上，但是要在平常，有事没事都还是以待在闵大荒——樱桃河畔是更为优雅的表述——为主，除了今年春末夏初，由某生驱车，和余杭韩公到新天地吃冰，以及若干次公出，顺便在魔都中心之中心静安寺一带闲逛，我既没有到城里拜访旧雨新知，也鲜少到十里洋场去吹吹海上的风。

9 月中旬，一个周六的下午，可谓"难得浮生半日闲"，在"高人"指点下，我一人从教师公寓前的虹梅南路上的"招呼站"，坐 958 路进城，到徐汇商圈下来后，真有种"陈奂生上城"——在湾城时我的学生贺君曾用此来形容某民营企业家在世界哲学大会预备会上之亮相——的感觉：百度地图也还不会用，即使启用定位也辨不清方向！最后还是用出租车解决了问题，三兜两转就把我送到了和集小商圈。

这里一看就是个近年颇为流行的所谓文艺范儿的书店，一楼主要是中文图书卖场，但除了若干台版书和英文文学名著普及版外，哲学社会科学类的书籍也显得颇为"寥落"，仿佛是为了印证我的直觉，诗歌要算是所有书柜上最有特色的门类了。湖南文艺的那套"诗苑译林"，曾伴随几代诗歌爱好者成长，我自然也不例外：从大学时在长春的特价书市上"邂逅"女诗人陈敬容翻译的波德莱尔（Baudelaire）和里尔克（Rilke）的合集《图像与花朵》，到二度来归千岛之城后在定海的新华书店发现芬兰女诗人索德格朗（Södergran）的《我必须徒步穿越太阳系》，也还记得我很早就在当年舟山中学旁的那家书店偶遇布莱克（Blake）的《天真与经验之歌》，但却一直要到我在念研究生期间来海岛度假，并在那家书店的原位上重逢这部诗集时，我才决定将之收于囊中。此套丛书经过长时间的沉寂，近年又开始重印旧译并续有新品。眼前的书架上就有葡萄牙当代抒情诗人安德拉德（Andrade）的诗选《在水中热爱火焰》，里面有一首很应景的诗，题为《九月的海》。艾略特（Eliot）作品之中译本，从裘小龙翻译的《四个四重奏》到张子清选编的《诗选》，再到近年上海译文新推的艾氏文集，我是一个都不曾落下过。除了收罗到曾经颇为风靡的《外国诗》第一辑上重刊的赵萝蕤所译的《荒原》，8月份在卑尔根大学的学术中心书店，还破天荒见到了一册《荒原》的评注本。眼前的书架上还有菲伯出版社（Faber and Faber）的《艾略特诗歌和戏剧全集》（*The Complete Poems and Plays of T. S. Eliot*），而取下这本书时，我脑海中浮现的却是20多年前在上海图书馆旁边的一家书店错过的《艾略特诗学文集》！帕斯（Paz）的《诗文集》，我有漓江社的精装版，眼前的书架上竟有一册英文版的《论诗人及其他》（*On Poets and Others*），虽然这类文集，我是断无可能从头念到尾的，但是其中有一篇《古拉格：在以赛亚和雅各之间》，却是颇为吸引我——一个在马克思主义和革命传统中浸润甚深的拉美作家会怎样阐释"古拉格"，这本身就是一个很有挑战性的话题，难道不是吗？

书店的二楼是文创产品，另有大概一半不到的空间是个沙龙，等我上楼时，适逢一场活动将要开始，主持人正在和嘉宾紧张地协调相关事项，而台下已经坐了不少衣着光鲜貌似白领的年轻人。对于这样的场合，无论它的主题是什么，我都是要"退避三舍"的。于是就匆匆上楼，这才发现原来三楼才是这家店的最精华之所在——整个楼层都是艺术、摄影、建筑和设计类的图书，尤以各类精美的画册为其特色。我在里面流连了不少时光，却只要了一本书，即新星出版社引进的《文豪之家》，介绍和展示的是日本作家的居所和书斋，颇有些趣味。比较巧合的是书架上还有此书的日文版，经过性价比较，我决定收入中文版，一者图片质量其实相差无几，二者我毕竟不识日文。另一本引起我注意的书是挪威画家和版画家尼柯莱·阿斯特鲁普（Nikolai Astrup）的讨论集《彩绘挪威》（*Painting Norway*），据说这是一位和蒙克同时代的在挪威家喻户晓的画家，如果是这样，暑假里和贺君一起参观卑尔根博物馆时我就一定见过他的作品。可是我对挪威艺术毫无修养，自然也并没有打算收藏这本书，而只是拍照发送给了我的两位早年从挪威学成归国的新同事，也算是一种分享吧，虽然我也并没有收到他们的任何反馈！

秋天的午后我在这家书店逛了两三个小时，要说最大的收获，就是买了几本外文哲学书。本来，书店里纯学术的英文书数量并不多，意外的是质量却都还不错，有几本伯林的书，和一些福柯和德勒兹（Deleuze）的书，后者的《纯粹内在》（*Pure Immanence*）是个平装本，不过我已经在卑尔根教堂山下的那家旧书店得到了此书的精装本。在阿甘本（Agamben）异军突起之前，福柯和德勒兹大概是欧陆学界最热门的人物了，尽管现在也依然是大热门。这不，书架上这册福柯的卢汶演讲《犯错与讲真：供状在审判中的作用》（*Wrong-Doing and Truth-Telling: The Function of Avowal in Justice*），是个精装本，且索价不菲，我还是稍作犹豫就拿下了。麻省理工学院出版社所出的《无根的根据：维特根斯坦和海德格尔研究》（*Groundless Ground: A Study of Wittgenstein and Heidegger*）是个平装本，价格相当于前书的一半，我得了这书后的反应是在赴杭州的大巴上拍了封面与远在挪威的贺君分享，学生回复老师：西溪校区图书馆有这本书，并且已经借过几次！最后一本我犹豫再三最后还是没抵住诱惑的是彼德·特拉夫尼（Peter Trawny）的《海德格尔与犹太人世界的神话》（*Heidegger and the Myth of A Jewish World Conspiracy*），作者是海氏"臭名昭著"的"黑皮书"之编者，他的这本小册子也是对"黑皮书"的解读，和福柯那本同样是芝加哥大学出版的，且是初版精装本，坦率说是抢钱的价位，奈何我仍然取之！

我尝感叹，现在的书店，多是耐看不耐逛，若是有"妙手偶得"之斩获，已经算是不虚一行了。文学类的英文书架上有一小册王尔德（Wilde）的《亚瑟·萨维尔勋爵的罪行》（*Lord Arthur Savile's Crime*），是似曾相识的企鹅小黑皮经典版，个性化的开本和封面即刻让我联想起 8 月份从湾城回国前在那家 NORI 书店捡得的里尔克的《给青年诗人的信》。而在一楼翻检英文学术书的过程中，我却忽然在旁边的书架上瞥见了一册格特鲁德·斯坦因（Gertrude Stein）的《论毕加索》，呵呵，这大概既是因为我刚刚在楼上暂时放弃了"关键人物"（Critical Lives）系列中玛丽·安·考斯（Mary Ann Caws）的那册《毕加索》，也是因为我前一天还在闵大荒的涵芬楼要了一册《格特鲁德·斯坦因评传》！

"之后的某天，当毕加索和我讨论起他作品的创作时期时，我跟他说这些不可能是在一年内完成的。他回答道，你忘了我们那时还年轻，一年够我们做很多事。"回味着斯坦因在《论毕加索》中的这段记载，我重新汇入衡山路的人流中，眼前却浮现出了 27 年前在淮海中路 622 弄

7号度过的那些时光。虽然记忆依然清晰甚至鲜活，但是眼前的一切却让我有一种分明的疏离感。是因为当年的青年还在成长，而现在的我已经人过中年早就定格？还是因为我身上的乡野气毕竟与这大都会格格不入？仿佛都还不是很熨帖准确。只知道，那时的研究生部早已升格为研究生院，并随着社科院的分部迁移到了中山西路和柳州路口的两座喧闹的高楼上。上周，我因为参加一个学术活动在时隔多年后再次来到这里。在会前的聊天中，一位认识多年的、多年前从北方某省南迁沪上的同人似乎是夫子自道地对我说："人到中年，再玩儿'转会'，到了新地方一定会有一种漂泊无根的感觉！"她的话还没有说完，我就急忙接话："能否把感受说具体点儿，也让我多分享些经验？"我话音刚落，旁边坐着的一位亦师亦友的领导就把话题抢了过去："你说的这种情况并不适用于应奇，他本来就是一个漂泊者，而海上正是他漂泊的第一站！"听着这几乎让人泪奔的知己话，我那时想起的却是能够与斯坦因的记录相呼应的安德拉德的这几行诗句：

> 一切都明亮清湛，
> 正值青春，身手矫健，
> 大海近在咫尺，
> 纯洁无比，金光闪闪。

2017 年 10 月 26 日，千岛新城新居

"娓娓清言承杖履，昏昏灯火话平生"
——叶圣陶书信和日记里的马一浮

　　自 1937 年秋从苏州西迁，由杭州、武汉而入川，一直到抗战胜利，叶圣陶居川八载。"渝沪通信"和"嘉沪通信"是保存下来的他在重庆和乐山与在上海孤岛的朋友们的通信，收件人主要是他的朋友"开明四老"夏丏尊、章锡琛、王伯祥和徐调孚，有时为了节省邮资，也作集体收件人，这自然也是为了让书信能够在朋友间传看。这些书信真实记录了他在寓川期间的生活和交游，是我们了解"抗战"这个非常时期的日常生活以及知识分子精神世界的宝贵资料。"嘉沪通信"中关于马一浮的文字就是这方面的一个很好例子。

　　"嘉沪通信"记录的是叶圣陶在乐山期间的生活，叶至善在整理摘取这些书信和日记中有关马一浮的记录时明确地说："抗日战争期间在四川乐山，我的父亲与马一浮先生有过不到两年的交往。"这些记录大致围绕复性书院之创设以及马一浮与贺昌群的"离合"而展开的。贺昌群与马一浮乃浙大同事，而与叶圣陶则是"文学研究会"时的旧识。书信中一开始就说明，是贺昌群介绍叶圣陶与马一浮相识。对于马一浮，叶圣陶可谓"未见其人，先闻其名"："闻其人光风霁月，令人钦敬，则他日得追陪杖履，亦一乐也。"及至初见并陪同出游数回后，印象则为：

"其人爽直可亲，言道学而无道学气，风格与一般所谓文人学者不同。"复性书院是"嘉沪通信"中有关马一浮之文字的重心，而叶圣陶本人对书院的态度和对马一浮的观感似乎也颇有耐人寻味之处，这其中一个主要的透视点就是贺昌群与马一浮的合与分。

叶圣陶在书信中记录了马一浮就创设复性书院与当局的"约法三章"："一、书院不列入现行教育系统；二、除春秋释奠于先师外，不举行任何仪式；三、不参加任何政治活动。"对于其"所不为"，叶圣陶未置可否，但想来应是"钦敬"至少是无异议的；但对于其"所为"——以六艺为教，叶圣陶则在肯定其"重体验，崇践履，记诵知解虽非不重要，但视为手段而非目的"的同时，对于所谓六艺统摄一切论，则表示"殊难令人置信"。分歧的核心似乎在于叶圣陶相信马一浮所论"意在养成'儒家'"，而他则认为"今日之世是否需要'儒家'，大是疑问"。至于马一浮念兹在兹的书院，叶圣陶则谓"固不妨设立一所，以备一格，而欲以易天下，恐难成也"。

"嘉沪通信"中还记录了叶圣陶的朋友圈中对于开办复性书院的不同意见，例如郑振铎"不赞成昌群兄去浙大而来此，调孚兄以为此系开倒车"，而其争议的焦点仍然在于指摘六艺统摄一切论"亦自大之病，仍是一切东西皆备于我，我皆早已有之之观念。试问一切学艺被六艺统摄了，于进德修业、利用厚生又何裨益，恐马先生亦无以对也"。叶圣陶并且断言："大约理学家讲学，将以马先生为收场角色，此后不会再有矣。"

也正是在这个基本的争执点上，凸显了熊十力、贺昌群与马一浮的分歧。贺昌群本是 1939 年 4 月下旬离开浙大，从宜山来乐山追随马一浮"佐理"复性书院事务，但据叶圣陶是年 6 月 8 日记载，贺昌群其时就已"与马先生谈书院方针，意见颇不一致。马主学生应无所为，不求出路，贺主应令学生博习各种学术，而不忘致用"。这种分歧也存在于马一浮和熊十力之间。熊十力本是马一浮拟聘来书院，但"熊来信亦与昌群意同"。显然，这种分歧并未在此后得到调和，据同年6月19日致夏丏尊信所云："复性书院尚未筹备完毕，而贺昌群兄已有厌倦之意，原因是意识到底与马翁不一致。昌群兄赞同熊十力之意见，以为书院中不妨众说并存，由学者择善而从，多方吸收，并谓宜为学者谋出路，令习用世之术，而马翁不以为然，谓书院所修习为本体之学，体深则用自至，外此以求，皆小道也。"此而外，叶圣陶还担心马一浮与熊十力会陷入"两贤相厄"，并结论说，"弟固早言马先生于其他皆通达，惟于'此学'则拘执（理学家本质上是拘执的），今果然见于事实矣"。到了7月6日给诸翁的信，则宣布，"昌群兄已与马先生分开，声明不再参与书院事"，并且说，"其分开不足怪，而当时忽然发兴，辞浙大而来此，则可异也"。

我手边没有记录马一浮与贺昌群此后往还的资料，而只能查到熊十力离开乐山后，马一浮给他的信："所憾者，弟德不足以领众，学不足以教人，才不足以治事，遂使兄意不乐，去我如此其速。然自返于心，实未尝敢有负于兄也。怅惘之怀，靡可言喻。"信中那种"空山寂寥……霜寒风急，益令人难为怀也"之感叹则不禁让人想起叶圣陶书信中所记录的马一浮那阕《旷怡亭口占》："流转知何世，江山尚此亭。登临皆旷士，丧乱有遗经。已识乾坤大，犹怜草木青。长空送鸟印，留幻与人灵。"1939年6月15日致沪上诸友信中，叶圣陶写道："前六句于其胸襟、学养及最近之事业均关合而得其当，表现之佳，音节之响，无愧古人。昌群兄有一诗和马先生，其中'娓娓清言承杖履，昏昏灯火话平生'二句，身分交情俱切而馀味不尽，亦佳。"

最后还有个"版本学"的说明：恕我孤陋寡闻，一直到上个月在临城的新华书店见到重版的《我与四川》，我才知道天壤间尚有"渝沪通信"和"嘉沪通信"这样的文字。初读之下就产生了为其撰一小文之念，但又私忖以叶圣老之望重士林，他的这些文字断无可能没有引起过关注，抑或没有被讨论过。果不其然，我不久就在一本关于马一浮的论著中看到对《与马一浮先生交往琐记》的引用，一时还以为叶圣老尚有这样一篇独立的回忆文字。引用者标明此文载于华夏版《马一浮遗墨》。如我在别处自供过的，这册书，我先后收有两个版本（印次），一是多年前某天接小女回家路上，在杭州申花路幼儿园附近的地摊上得到的，那应该是个初版本，至少是初版本的重印本。两年前在定海的一家特价书店看到一本品相好得多的，稍作犹豫就重收了。于是即刻找出这个本子，见版权页上写明此书系 1987 年 6 月第 1 版第 1 次印刷，我手里的是 1999 年 1 月第 2 版第 1 次印刷本，然遍检之下却没有找到上述这篇文字，而我以为应该是初版或初版重印的那册《遗墨》却遗落在杭州而一时无从追索。我于是想到求助于图书馆。浙大舟山校区图书馆的吴颖骏先生通过西溪西区的毛一国馆长特批才帮我借到了已属特藏的这册书，这是个平装本，版权页标明系 1991 年 6 月第 1 版第 1 次印刷。我来不及再去确认此书到底还有没有一个 1987 年的初版本，就匆匆翻到了叶圣老的那"篇"琐记，原来这并不是一篇独立的文字，而是叶圣陶的贵公子叶至善受《遗墨》编者之托从"嘉沪通信"和同期的日记中摘抄出来的关于马一浮的文字。从日记时间来判断，这些日记中的内容并未载于《我与四川》一编中，因为后者所载日记似最早始于 1940 年 11 月 22 日，而"嘉沪通信"中关于贺昌群离开复性书院的那一笔记载则未被叶至善摘录，盖因为那段文字中并未提及马一浮，从而逸出了摘录者的视野。

2017 年 12 月 3 日，沥沥冬雨，昏昏灯火中于千岛新城新居

"雪一片一片一片"
——由《李泽厚散文集》想到的

　　日前偶然从一位爱晒书的同事的朋友圈得知，已有《李泽厚散文集》一书行于世，于是趁着当当搞活动时给自己凑了一册。书送来时正是课间，打开时我心中竟还有一丝微澜掠过。晚间空下来后，我又取出集子翻了起来。夜深人静，这一次翻开的已不再是翻翻书叶，而是那一片片的记忆，就如歌中所咏唱的：雪一片一片一片……

　　首先想起的是两周前的课上，与学生们学到希尔贝克的《西方哲学史》中关于弗洛伊德的一章时，我脑海里不禁又跳出的心理分析"教子"卡尔·荣格的那句"不是歌德创造了浮士德，而是浮士德创造了歌德"。这句名言是1985年春天在背靠斯大林大街的吉大文科楼上，我从中文系杨冬老师的一个关于文艺学方法论的讲座上第一次听到的，同时第一次听到的还有《美的历程》这本书和李泽厚这个名字。

　　虽然包括《美的历程》在内的李著在吉大图书馆都不太好借，但从那以后我还是设法找到并读完了李泽厚先生到那时为止发表的所有文字。从《中国近代思想史论》到《中国古代思想史论》再到《中国现代思想史论》，从《美的历程》到《美学论集》再到《华夏美学》《中国美学史》，更不用说《批判哲学的批判》和有关主体性哲学论纲的，但凡那时报纸杂志所载李之文字，我都一律找来读，包括那些小豆干文字。新出版的书，更是所见必收。这中间，只有《李泽厚哲学美学文选》当时没能买到，我至今还记得是在图书馆的文科阅览室初见这本书的。那本书的序言要比那本书流传得更广。事实上，李泽厚先生"一气呵成"的最精粹的散文文字，也就10来篇，而这篇序言是其中之一。这些文字当年大都收入了三联版文集《走我自己的路》。

在台版《走我自己的路》（亦即台版《李泽厚论著集》杂著卷）中，李泽厚先生对自己的散文之历史定位和分期有极清晰精到的夫子自道，大致以1986年年底为小的分界线，以1989年，尤其是1992年旅居海外为大的分界线，按诸我个人80年代的存在感知，若合符节，可谓颠扑不破。

在这版新编散文集的序言中，李泽厚先生感叹自己并非作家，"散文写得太少"。也不知为何，这句话忽然就让我想到了散文同样写得不甚多（也许比李泽厚先生稍多？）的叶秀山先生。据说叶先生最好的散文是《沈有鼎先生和他的大蒲扇》，我也基本同意这个判断。虽然感觉叶先生有些"洋气"的形象似乎与大蒲扇不甚搭调，但大蒲扇仍然可谓叶先生散文最有代表性的意象。李泽厚先生有一篇题为《蒲公英》的文字，写的是他在美国的乡居生活，而在他为数不多的早期散文中，最突出的意象我觉得应该是映山红，最早即见于前述《文选》的序言："人生易老，往事如烟。但30余年前靳江湘水事，却犹历历在目。亦尝有句云'盼得明朝归去也，杜鹃花里觅童年'。我多么向往那热烈地开遍山坡的映山红哟！"又见于一年后的"故园小忆"："但我怀想最深的，却仍然是那些大片金黄色油菜花的田畴，那漫山遍野热情执着的映山红，那充满了甜蜜的润湿感的江南农村的春天气息。"以及再20年后的

"忆长沙"："那'淡淡的三月天，杜鹃花开在山坡上，杜鹃花开在小溪旁'的歌声，它们随伴着那时的艰难岁月，将永远留在我的记忆中，给我以温柔和慰藉，苍凉和伤感。"

80年代末特别是90年代以还，国内哲学界时有李叶并称之说。我的一位很多年前的朋友亦尝有句（也可能是他转述别人的）云：李泽厚做中国学问却像个西方人，叶秀山做西方学问却像个中国人。现在想来，这当然难免是有些可笑的皮相之论——其实若真要仔细比对李叶两位，有一不二法门就是去读他们的散文。

上周的某晚，离开书库前，我又扫视了一遍暑假间整理出的书架，从书桌右前方最上层的架子上取下《走我自己的路》，翻看那些当年熟至能诵的"桥段"，以及封面上那幅能让人想起《题星星美展》一文的抽象画，我仿佛一下子就回到了80年代——毕竟，对我来说，我的80年代几乎就被"记载"在《走我自己的路》中。

2019年11月3日傍晚

"分明非梦亦非烟"
——我的哈贝马斯年

2018 年是戊戌变法 120 周年，2019 年是五四运动 100 周年。无论如何，2019 年是一个有些特殊的年头。就我微末的学术关切和阅读趣味而言，有些个体性亦有些特殊意味的是，今年是批判理论家哈贝马斯90 岁华诞。今年 6 月 19 日，哈贝马斯重返他两度执教的法兰克福大学，发表了题为《再谈道德与伦理生活的关系》的演讲。我虽无缘躬逢盛会，但是今年 7 月，社会科学文献出版社翻译引进了德国社会学家和传记作家斯蒂芬·穆勒－多姆（Stefan Müller-Doohm）的《于尔根·哈贝马斯传：知识分子与公共生活》一书，这应该是迄今为止篇幅最巨、资料最为详尽的一部哈贝马斯大传，为我们了解这位当今在世的最重要也最有影响的哲学家，同时也是最为杰出的公共知识分子的生平和思想提供了极佳的文本。正如此书中文版序言的作者童世骏教授从"学习"作为哈贝马斯哲学的一个重要概念——这一点也得到了哈贝马斯本人的认可——的角度所解读的，此书几近完美地展示了"一位批判理论家的未完成学历"。不过，从我的阅读体会看，与很多人的印象不同，无论就专业写作还是日常谈话而言，幽默感都是哈贝马斯的一项不为人所重视的重要而有光彩的特质。就学界既耳熟能详又热衷于谈论的哈贝马斯与马克思、黑格尔的关系而言，此书引证的哈贝马斯的表述——"人们并不能通过向一位其主要作品诞生在足足一个世纪前的作者表白信仰，来使自己成为合格的马克思主义者"，以及"你们以为读了黑格尔就等于兜里揣着开启这个世界奥秘的钥匙啦，可你们都从不把它拿出来示人，遑论用它来开启什么了"——就可谓既犀利又不失幽默感。

记得哈贝马斯曾经在某处谈到，阿伦特是对他产生过最大影响的两位思想家之一，这部哈贝马斯传记述了主人翁 1967 年夏天在纽约访问时与阿伦特的会面，并引用了哈贝马斯写给友人的信中的那句同样不无幽默感的话："阿伦特女士就是女人研究不了哲学这一顽固偏见的光辉夺目的、活生生的反证。"众所周知，哈贝马斯的学术生涯开始于对海德格尔哲学的批判，而在发展一种后海德格尔的实践哲学（包括政治哲学与道德哲学）上，哈贝马斯可以说是阿伦特的"同道"。在西学译介上不慕声华，但做出了踏实工作成绩的漓江出版社恰好在今年推出了阿伦特的博士论文《爱与圣奥古斯丁》，是由中文世界重要的阿伦特译者、我的同事王寅丽教授领衔翻译的。借用此书英文版编者的话来说，"借用阿伦特自己的诞生性模型，我们可以说是第一次将她的博士论文切入学术论辩的公共领域"，而阿伦特对学院哲学的矛盾态度的来源之一是"她注意到了哲学与政治之间的内在张力——例如表现为柏拉图和海德格尔这类哲学家难以抵挡暴政的诱惑"。而要从哲学上祛除这种"叙拉古之惑"，海德格尔的语言哲学是几乎首当其冲的一个清洗对象，包括哈贝马斯、亨利希和海德格尔的晚期弟子图根哈特在内，致力于"终结"海德格尔哲学影响的"二战"后一代的德国哲学家在这方面用力甚深。哈贝马斯的女弟子克里斯蒂娜·娜丰则是在这个思路上沿着其师的工作前进的一位重要的当代哲学家，她在这方面的主要作品《解释学哲学中的语言学转向》今年由浙江大学出版社列入"社会科学方法论译丛"出版。扼要来说，娜丰的工作既想要克服形而上学实在论，又想要避免反实在论立场中蕴含的相对主义；既为交往合理性理论中所包含的规范要素提供一致的辩护，而又相容于现代社会的多元主义。比较巧合的是，同样沿着这个思路工作的林远泽教授的《从赫德到米德：迈向沟通共同体的德国古典语言哲学思路》也在今年由联经出版公司出版。而之所以在这里提及林著，还有个"巧合"的因素在于，娜丰著作的中文翻译是在本人的推动下施行的，而我当年恰恰是通过阅读远泽兄的论著特别是他的《真理何为？》一文而开始得悉甚至重视娜丰其人其学的！

　　哈贝马斯在述及公共空间和政治公共领域这两个思想主题的生活史根源时，曾经自称为"很幸运地足够年长，刚好处在道德上敏感的年龄，从而可以经历历史之巨变，但又过于年轻，不足以承担历史状况之重负"的一代人，作为沐浴在"二战"后德国的"再教育"环境中尔后又亲身参与其中的一代人，哈贝马斯的学术和思想志业其实正可以被理解为就是为了解开"整个近代史上最难解、最纠结和最全局性"的"德国问题"，也就是"德国通向西方的漫长道路"的问题。要"通往"西方，先要"认识"西方，就此而言，同样由社科文献出版社今年推出的德国当代重要史学家温克勒（Heinrich August Winkler）的《西方通史》可谓恰逢其时。同样在此意义上，三辉图书引进推出的洛维特（Karl Löwith）的《韦伯与马克思》和《尼采》不但引人注目，而且值得重视。在此只需要引用洛维特对马尔库塞《理性与革命》的评论："在现实的未曾预计到的历史中，无产阶级变得越来越像资产阶级了，因为旧的资产阶级已经无产阶级化，其结果就是一种新型的中产阶级，正是这一中产阶级给了意大利和德国的极权主义运动最重要的支持。只有那些对黑格尔的了解完全被黑格尔对马克思的影响捆绑住了的学者才会被马尔库塞的下述论调说服：黑格尔的理论概念本身就是革命的，并且它被马克思革命地实现了。"

"哲学家们只是用不同的方式解释世界，而问题在于改变世界"，20世纪语言学转向的一个重要训诫就在于，解释世界本身就是改变世界的重要组成部分，这一点对于中西方皆然。俗语有云，认识旧中国是为了建设新中国。就认识旧中国而言，三联书店推出的赵汀阳的新作《历史·山水·渔樵》是一本值得注意的著作。如果说其近年来影响日渐扩展和发酵的"天下体系"主要是基于儒家历史哲学的资源，那么如作者自陈的，"渔樵历史观虽与儒家历史观没有理论上的矛盾，却有意识上的距离，似乎与《周易》的世界观和时间观有着更密切的关系"。而同样由三联书店推出的王德威的《史诗时代的抒情声音》简体版则在帮助我们认识"新中国"之"前身"，甚至是在"苟日新日日新"的"新中国"方面提供了一种独特的视角。

作为竞技"生产力"几近"枯寂"的"学者"，或许正是承所谓"抒情传统"之"余绪"，在改变世界和解释世界之外，我们至少还可以"寄情"于从其"功能"而言既非"改变世界"亦非"解释世界"的随笔类文字。近年在这类随笔中，我颇为钟情于陈尚君教授的文字。中华书局今年8月推出的《濠上漫与》，是他最新的学术随笔集。我特别注意到了此集中刻画状写张元济和唐文治的两篇文字。尚君教授称张元济为"近代难得的完人""戊戌党人碑之最后幸存者"；而于其"太老师"，也是张元济在南洋公学之继任者的唐文治，则更是用唐玄宗写孔子的"夫子何为者，栖栖一代中"这句诗来刻画其平生志业，且尤其称道其"世界眼光"。事实上，对西方制度和现代建设之认识和对戊戌维新志士之心路刻画，可谓尚君教授此部随笔集之文眼和隐线，此亦可以文集中关于张荫桓和唐烜之两文为证。从在前文中，他称张荫桓为"体制内官员中少数知道西方国情者"，"对泰西人杰造就西国强盛之原因认识，可以说已经超越了时代"；至后文中所指出的《唐烜日记》所载谭嗣同殉难前之绝笔——"望门投宿邻张俭，忍死须臾待杜根。我自横刀向天笑，去留肝胆两昆仑"，则不知为何让我联想起了邓拓的《留别人民日报诸同志》："笔走龙蛇二十年，分明非梦亦非烟。文章满纸书生累，风雨同舟战友贤。屈指当知功与过，关心最是后争先。平生赢得豪情在，举国高潮望接天。"诚然，时代已经不同，"以死抗争"的共产党人和"豪气干云"的维新志士之间既有代际承继，又无法同日而语，然则如王德威所云，"'史诗时代的声音'具有双向张力，或曰二律背反之处，在于强调所有'事功的历史'背后，还有'有情的历史'。'事功的历史'与'有情的历史'相互作用，但更多时候前者仅依存于后者阴影之下"。不能不说，邓拓和谭嗣同可谓此"事功的历史"与"有情的历史"之"相互作用"和"依存"的最佳个案。

此文系应邀为《中华读书报》"2019 年终特刊"而作

麦金太尔九十岁了

前一阵子接到西南交大杨顺利小友的电话，谈话中偶及我发表在《浙江大学学报》1999年第1期（应是四校合并后第一期？）上的那篇关于麦金太尔的文字，顺利小弟"称道"我那时的文字有"开疆拓土"之气象，甚至认为我在那篇文字中所论的胜过不少麦氏专家，听着这既让人颇为受用，也不免有些感伤的"恭维话"，在恍然省悟那竟已是20年前的事的同时，也让我忽然警醒：麦金太尔今年90岁了！

应该是1998年初，时在台北扬智文化出版事业公司任职的孟樊兄约我为该社的"当代思潮"系列撰写《社群主义》一书。记得那年暑假，我还专程为此到北京的图书馆查找资料。那次在国图"邂逅"并高价复印到的某些文献让我在其后的岁月中受用不尽，甚至直接或间接地规定了我此后近10年的工作路向——例如在一小册《政治学理论》(*Political Theory*)过刊上复印到了的波考克的《德性、权利与风俗》一文，以及其中有韦尔默那篇《现代世界中的自由模式》的某部论文集。不过，那次搜集的资料主要还是围绕着社群主义的4大代表人物麦金太尔、桑德尔、沃尔泽和泰勒而展开的。而事实上，《德性之后》的中译本应该是1995年底我在杭州解放路新华书店初次见到的，似乎也是在那里初次见到的《正义论》和《无政府、国家和乌托邦》。但是一直到要撰写《社群主义》这本小书时，我才怀着一种巨大的热情细读了麦金太尔的这部大书。坦率地说，在社群主义 4 大代表人物中，除了泰勒的那几卷哲学论文集，《德性之后》是我读得最投入的一部书。事实上，除了主要是由于基于这个译本我写成了《社群主义》一书中关于麦金太尔的一章，麦氏此书确实给了我不小的影响，有一段时间我上课时也经常会用到那本书中的某些提法，例如其中那个农夫和好农夫、表和好表的"桥段"。是 2005 年前后吧，杭州枫林晚书店的朱升华先生要我为他那时张罗的"书天堂"推荐 10 本书，记得我推介的书中就有《德性之后》。

撰写《社群主义》期间还有件值得记忆的经历是，那时候包利民教授刚从西溪校区转到玉泉校区，这是我们第一次成为同事。包教授在美国以中西教化范式比较为主题完成了博士学业，他对当代政治哲学，尤其是自由主义与社群主义之争甚为熟稔。那时候我不但向他借阅资料，还经常在学校餐厅遇到时一边共餐，一边做些讨论。我们注意到了当时对《德性之后》译本的某些议论，但都认为这个译本总体尚可，至少要比那些批评者后来提供的麦氏其他著作的译本强；至于那个最有争议的书名的翻译，包教授有个金句："此书中 after 之为'之后'的含义和分量占 70%，之为'追求'的含义和分量占 30%。"按诸我自己读此书的印象，此论可谓若合符节，深得我心。包教授在聊天中经常有些颇为犀利的妙语蹦出，例如有一阵子我颇困扰于有关自由本身有无价值之争论，于是在某次共餐时以此相告，包教授稍作沉吟，就冷峻地扔出了一句："追问自由本身有无价值，就好像是在追问暴力本身有无美感！"这一当头"棒喝"几乎当场打消了我探究此问题的念头和兴致，一直到最近，因为某种机缘而重新考虑第三种自由概念，我才又把这个早被打入冷宫的问题再拣选出来，试图重新做些探讨。

《社群主义》这个小册子由台北的一家小出版社发行面世，除了在台湾某些大学用作"教辅"，对大陆自然几无任何"影响"可言。只有一个例外，某次刘小枫教授过访杭州，在一起聊天时他提及此书，我有些好奇地问他何以得知此书。他答在香港可以买到这本书。

这样说来，我的所谓政治哲学生涯之起点，正不可谓不低也。然则往者不可谏，于今聊可自我安慰的是，我虽由自由主义与社群主义之争入手，但却一路转进，多点开花，先涉共和主义，再而旁及新法兰克福学派，虽然主要是在译介上做了一些工作，但却也由此而打开了眼界，扩展了视野；虽不敢言触类旁通，但也为进一步回返更一般的哲学问题，并求解所谓古今中西问题之争做了预演和铺垫。而推究起来，严格而言，这一虽或迁延跌宕，但终究未臻完成的旅程就是以对麦金太尔论著的阅读和投入为真正起始点的。

麦金太尔 90 岁了！让我在此道一声：老麦九秩快乐！

2019 年 12 月 13 日，时已向晚

思之翼

——伯恩斯坦哲学印象

　　一天坐车，一天上课，连续两天劳顿，季节性过敏第 N 度复发，第三天还要早起，于是很罕见地我不到 10 点就歇息了。午夜梦回，见大学时代的室友崔伟奇同学发来文汇传媒推送的理查德·伯恩斯坦最新一轮的访华消息，还有哲学家的一篇自述文字，一口气读完，眼前不禁浮现出一连串往事，串成了我对于伯恩斯坦哲学的"印象"——其实毋宁说是由伯恩斯坦哲学串起的"印象"。

　　1993 年春末夏初，我在时在北大攻读博士的崔伟奇同学的陪同下来到燕园内的一家书店，在那里见到了光明日报出版社太阳神译丛猫头鹰文库中的 4 个小册子——《伽达默尔论柏拉图》《伽达默尔论黑格尔》《超越结构主义与解释学》《超越客观主义与相对主义》，稍作犹豫我就把这 4 本书同时收于囊中了，看到我的"豪举"，记得当时崔同学还扔下了两句话：像你老兄这样买书可不行；这些书我打算直接看原文！崔同学当年曾和我一起在长春同志街同念《17—18 世纪西欧各国哲学》，还有班加明·法灵顿（Benjamin Farrington）的小册子《弗兰西斯·培根》，但谁让人家现在是北大的博士呢？无论如何，那一次可谓我识理查德·伯恩斯坦其名其学之始——此前只知道爱德华·伯恩斯坦。

1996—1997 年，我已经在浙大任教，部分地因为要修订出版自己的博士论文，那时我经常和堪称玉泉哲学王的盛晓明教授聊天，碰巧其时他正在撰写《话语规则与知识基础》一书。伯恩斯坦的"笛卡儿式焦虑"是晓明教授常挂嘴上的口头禅，果然，有一次在他府上聊天时，我就在书架上见到了已被翻得几乎脱线的《超越客观主义与相对主义》！

2008 年四五月间，我即将从普林斯顿回国，一天忽然在搬来 Nassau 街上不久的迷宫书店地下书库见到了伯恩斯坦早期最重要的著作《实践与行动》（ *Praxis and Action* ），连同此前已经得到的《社会政治理论的重构》和《超越客观主义与相对主义》，构成了伯氏早期作品的一个小系列，这也让我一阵小得意。印象颇深的，那次还同时得到了哈贝马斯的《哲学—政治剪影》（ *Philosophical-Political Profiles* ）英文初版精装本，以及附有哈贝马斯详细答复的赫尔德（David Held）和汤普森（John Thompson）所编的重要的早期讨论集。

忘记准确的年月了，总之是还想要为"当代政治哲学读本"系列编译《新法兰克福与新实用主义》那会儿，为了给读本选篇目，我想要找伯恩斯坦的另一个论文集《新星丛》，但偏巧这本书没有电子版，我只好求助于其时还在淮海路上任职的童世骏教授，于是我就在某一天收到了寄件人为上海社科院党委办公室的伯恩斯坦这本书的复印件。我果然从其中选出了一篇拟收入我们的读本的伯氏名文，中文译题为《怒对理性》，可是我们的读本却被遥遥无期地搁置——呵呵，人世间有许多计划和方案不都是这样的运命嘛！

虽然读本没有编成，但是《新星丛》中还是有一篇重要的文章《否定—和解》给了我不少帮助和启发，那时我正在为京城一家小报写专栏，在一篇题为《暮垂鸱翔》的分 3 次连载的小文中，我详尽地引述和讨论了伯恩斯坦的这篇颇能体现其对黑格尔哲学之功底和领会的文章，这时再想到崔伟奇同学关于要读原文的豪言和忠告，不禁有些苦涩地笑出声来。

还有两则小故事：一是 2017 年 8 月，大雨中的奥斯陆，在贺敏年同学的导航和陪同下，我在一家旧书店中见到了伯恩斯坦的又一个文集，好像就叫《哲学剪影》，回到有 Wi-Fi 的旅店，就把这个消息告诉了童教授，他当场就发给我此书的电子版——呵呵，这次再用不着复印件了，但我仍然把这本纸质书带回了国内，稍稍扩展了原有的那个伯著"系列"。二是去年此时，我在杭州偶遇萧阳教授，"半熟"了之后，我就问他后来在哪里念的博士。他告诉我是在 New School，还主动告诉我，他的导师就是理查德·伯恩斯坦，所以我可以说：我没有见过伯恩斯坦，但是我见过伯恩斯坦的学生！由此也想到昨天在课上讲实用主义，讲到像罗蒂这样的哲学家，一定程度上也包括伯恩斯坦，他们似乎不应该成为我们"研究"的对象，而更多地应该作为启发我们哲学"运思"的源泉，至少应以佐料和羽翼来对待，而这样对待他们恰恰是对他们最大的尊重——就如同阿伦特对《实践与行动》的印象，这样做的最终目的也无非是像他们那样"以新鲜而独特的方式做哲学"。

最后是一则图书广告:《实践与行动》已经收入本人主持的"社会科学方法论译丛"，由曾翻译麦卡锡的《哈贝马斯的批判理论》的王江涛博士译出，即将由浙江大学出版社出版。

2019 年 10 月 11 日，车行沪杭线，将至杭州

岛田虔次·陈俊民·吴咏慧

　　约莫是在1987年前后吧，当代著名的关学学者陈俊民教授的小书《张载哲学思想及关学学派》在北京的人民出版社出版了。我先是在吉大图书馆阅览室见到，后又在北京某书店购入此著，初读之下，如饮甘泉，即修书与作者，称许之谓"尽美矣，尚可尽善"（80年代中期，中国哲学史研究中所谓"范畴与逻辑结构论"风起云涌，陈著可为此范式下作业之翘楚，此"尽善"也；然则如何走出哲学史研究中"黑格尔－列宁"范式，则尚有待探索，此"可尽善者也"），并表达了在次年报考陕师大研究生，投于其门墙之下的愿望。当其时也，俊民教授以陕师大副校长身份兼任该校出版社社长，还在其任上推出了蒋国保先生翻译的岛田虔次《朱子学与阳明学》一著，并亲为题签。

　　时光转移到了1997年前后，其时我已在浙大玉泉校区的人文学院任教，而俊民教授也早已卸去一切行政职务，"息影"求是园。那时我入职未久，青春的迷惘尚有残余，会不时到其府上请益。一次，俊民教授语我，正应允晨文化之邀点校《朱子文集》，并颇欲参考是书国学基本丛书版，却苦于寻觅无门。我当即应曰：手边正有此著。俊民教授闻听大喜。此一听一诺尚有两个"后果"：一是使用者将此书还给所有者时，现代线装之装订线均已脱落，可谓"书叶翩翩"；二是余英时先生为《朱子文集》允晨版撰序3万余言，且"下笔不能自休"，还在此后将此序扩展成了数10万言的巨帙《朱熹的历史世界》。不过我最近偶然见到余门高足王汎森院士的一个演讲，其谓余公"下笔不能自休"的结果乃是先完成了大著，再提供的小序！

又一次在俊民教授府上，我谈及刚获读三联简体字版吴咏慧著《哈佛琐记》，俊民教授告诉我他与作者相熟，并委托我在书肆上找一本给他。待我送书到其府上时，俊民教授取出3本书连同他的《关中三李年谱》一起送给我。这3本书分别是余英时先生的《中国知识阶层史论·古代篇》，黄进兴的《历史主义与历史理论》，以及允晨原版的《哈佛琐记》。中间一著，还曾连同《优入圣域》，在俊民教授早已离任的陕西师大出版。

自在浙大退休后，听说俊民教授应其在母校掌门的学生之邀重返关中，执教于陕西师大。后又有若干传说，然则终究是没了音讯。一者80年代是再也回不去了，任是好汉，也再无复当年之勇，此先天而天弗违；二者人总要学会渐渐长大，人生遭际中，错过的总会多过相遇的，此后天而奉天时也。

回首苍茫，也无风雨也无晴，只岛田氏和沟口氏两著尚留案头。最近偶见孙歌说，沟口、岛田两种范式是竞争的，其实何尝不是互补的？挫折，曲折，展开？是也非也，尚待展开！此刻，我只想起多年前，有某生读了我的《古典·革命·风月》后，掷书叹曰：此著颇有《哈佛琐记》风，然胜于前著些些！……

2018年"五一"节以微信书写于杭州皋亭山
下，时阵雨方歇，众生将至，而望辰阁在望

哲学的世界视域与世界视域中的哲学
——读杨国荣的《哲学的视域》

在以视觉中心论为文化底色的希腊哲学所肇始的西方哲学传统中，哲学与视域的关联，以及由此引发的与哲学的视域和视域中的哲学相关的讨论，本来就是哲学研究的题中应有之义。把柏拉图的理念论"正名"为相论，这无疑是从词源学的角度更好地揭示了理念的"视觉"本义。从视域论的视野，理念既是"见"，也可以被泛化为"所见者"。这种视野更可以被推广到西方哲学的历史发展中除本体论转向之外的另外两次转向——认识论的转向和语言学的转向，而转向本身就隐喻了"视域"的转换和变化。虽然哲学的视域论渊源有自，但是当我们谈论哲学的视域和视域中的哲学时，却往往首先是在 20 世纪哲学革命的"视域"中展开的；在中文世界倡导哲学的视域论最为有力，阐发视域论的哲学内涵最为丰赡的杨国荣教授的哲学工作就同样是在这种"视域"下展开的。

杨国荣自觉地把 20 世纪两大主要的哲学传统——分析哲学和现象学——作为其哲学视域论的基本背景。在这种视域中对分析哲学的讨论并不是泛泛地，而是在与中国哲学的比照中具体地进行的。针对那种认为分析哲学与中国哲学是"两种迥然相异的哲学趋向"的皮相之论，杨国荣认为，与指向语言联系在一起的逻辑分析所蕴含的"观点的论证"，可以分别用中国哲学的表述"言之成理"和"持之有故"来概括，而这种意义上的逻辑分析，同时又是一个"讲道理"或"说理"的过程。在分析哲学的一般特征的烛照下，杨国荣分别从既成性与生成性的统一、哲学的历史与哲学的理论的统一两个方面刻画中国哲学自身的特点，并由此从历史的维度和理论的维度具体展开中国哲学与分析哲学之关系的讨论。从历史的也就是既成性的角度看，"中国哲学并不以对概念的界定与辨析、对理论体系作形式上的建构为主要的关注之点"[1]，于是在揭示中国哲学的历史形态，特别是在用"形式的系统性"来澄清和重构"实质的系统性"时，分析哲学的研究方式就大有可为了；与此相关联，从理论的也就是生成性的角度，重点则在于"逻辑分析与形上智慧的互动"，逻辑分析是分析哲学之胜场，智慧沉思是哲学之"本原向度"，两者的互动和统一要求在成己与成物的过程所生成的意义世界中把"语义上行"与"语义下行"结合起来，把"是什么"、"意味着什么"和"应当成为什么"的追问结合起来："就分析哲学与中国哲学的关系而言，在'成己''成物'的过程中理解'意义'，也就是在更广的视野之下回归存在、追寻智慧。"[2]

如果说杨国荣对分析哲学的讨论主要是比照着中国哲学来进行的，那么至少在比较外显的意义和层面上，他对现象学的讨论则似乎是比照着分析哲学来展开的。在此，现象学作为一种重要的哲学进路和视域的内涵和特征得到了更为细致的刻画，例如他从意向性出发，分别辨析

---

1 杨国荣:《哲学的视域》，北京：生活·读书·新知三联书店，2014 年，第 370 页。
2 同上书，第 375 页。

和论述了纯粹意识、明见性、本质还原、先验还原、一般规定、本质规定、主体间性、生活世界、面向事物本身，以及意义赋予或意义构造等一系列现象学的基本概念和命题，最后归结于还原前的意向性和还原后的意向性区分之成立及其意义，由此把广义上的现象学运动的重要意义，界定为"提供了理解存在的不同进路：从离开人自身的知行过程去构造存在，到联系人自身的知行过程去把握存在"，并进而认为现象学对意识、心理过程的关注有见于"意义的呈现以意义的赋予和意义的构造为前提"，而"被还原的意识仍具有存在的指向"，从而有助于克服分析哲学"不能超出语言之域"而给理解真实世界所造成的种种限制。如果说对广义的现象学运动的具体而微的分析所展示的是杨国荣在作为一门学问的西方哲学上的功底和修养，那么诸如"海德格尔后期在关注语言的同时，又多少表现出陷入语言迷宫的趋向，从现象学和分析哲学的衍化看，这在某种意义上似乎上是一种倒退"这样的论断所绽露的则是他在更具思想性的哲学上的洞察力和裁断力。只要我们注意到哈贝马斯和以克里斯蒂娜·娜丰（Cristina Lafont）与尼古拉斯·康普雷迪斯（Nikolas Kompridis）为代表的哈贝马斯后学对于海德格尔语言哲学的"清算"，就会发现某种程度上在依然笼罩于海德格尔哲学的巨大身影里的中文哲学界，这种洞察力和裁断力是多么清醒和宝贵。当然，与中国哲学视域的比观同样构成了杨国荣对现象学哲学视域之论述的潜在背景，他甚至明确指出，"从中国哲学的视域看，意识、心理的作用同时涉及本体与功夫的关系"，而"现象学对意识、心理的关注，从逻辑上无疑有助于更深入地把握本体与功夫的关系"。[1]

1　杨国荣：《哲学的视域》，第 384 页。

如果说对于分析哲学和现象学这两种哲学视域的上述分疏和辨析还更多的是基于哲学之历史的和既成性的视域而展开的，那么杨国荣关于哲学的学科性和超学科性、哲学的问题与方法的更为系统的探讨则主要是基于哲学之理论的和生成性的视域而展开的。现代哲学在分析哲学与现象学之间的研究路向上的分化与哲学之学科性和超学科性的二重性具有某种程度上的对应关系，而"知识和智慧的内在关联，构成了哲学具有学科性和超学科性二重规定的内在根据"。在同时拒斥"以中释中"和"以西释中"这两种偏颇，并确立了对于哲学之理论的与生成性的上述理解之后，哲学的问题与方法之间关系的讨论就有了一个可靠的出发点。一方面，"作为追问存在的理论活动，哲学研究同时涉及哲学之思与哲学史及现实的社会生活之间的关系。哲学史和现实生活既是哲学研究的二重根据，又构成了哲学研究过程中的相关背景"[1]；另一方面，"如何处理好世界的视域和个性品格这两者之间的关系，是哲学研究面临的另一重要问题。所谓世界的视域或世界的眼光，也就是超越某一种特定的传统，从更广的背景去考察与理解哲学问题"[2]。怎样在哲学的学科性与超学科性之间、理论思辨与逻辑分析之间、个性化与普遍化之间，或归根结底，怎样在中国哲学与西方哲学之间，在既成性与生成性之间——用我们的表述说，哲学的世界视域与世界视域中的哲学之间——在保持必要张力的前提下实现"视域融合"，杨国荣明确诉诸"辩证的观念"，而正是这两者引起了即使是最具同情之了解的批评者的质疑：一方面，如在一次访谈中提问者所提出的，"辩证综合的论述句

1　杨国荣:《哲学的视域》，第14页。

2　同上书，第16页。

式似乎也带有某种限度——忽视对关系两方冲突向度的考察，已经达到的'统一'向度反而阻碍了我们进一步潜入深渊，探测盘根错节的实质关系"[1]；另一方面，如张祥龙所言，"如何在'越出'了'特定的存在视域'之后，还可以说'是人的视域'？看来视域的融合……主要是指形而上学融合了不同的哲学问题……的视域，所以是一种'对……视域的融合'，而不就是'视域本身的融合'。而……表现在当代西方哲学中的后形而上学的基本见地是：人的……生存视域本身，比如时间视域、语言视域，而非对视域的整合，乃是意义或存在之源"[2]。

杨国荣不但意识到了这些疑虑背后真实的问题意识，而且给予了一以贯之的有力回答。针对前者，他在区分世界本身的存在形态与人把握存在的方式和进路的基础上，进而指出，"在注意到'异质''异向'之后，不能仅仅停留于这种差异，而应进而把握其间的现实关联：就其现实性而言，这些不同的规定或向度在真实的世界中并非彼此分离"[3]；针对后者，杨国荣把"以人观之"和"以道观之"与"人的视域"和"视域本身的融合"对应起来，并坚持认为，"从现实的层面看，'以人观之'与'以道观之'本身并非彼此相分"[4]。如同"现实性"这个范畴将会可预料地背负起与黑格尔哲学相关的"沉重"的理论包袱一样，"以人观之"与"以道观之"的辩证，如果处理失当，也无疑将会陷入相对主义与绝对主义之辩的理论"泥沼"。正是在这里，问题被恰当而适时

1　转引自杨国荣：《哲学的视域》，第 429 页。
2　张祥龙：《视域融合及其他——读〈存在之维〉一书有感》（学术通信），载于何锡蓉主编：《具体形上学的思与辩》，北京：北京大学出版社，2015 年，第 155 页。
3　杨国荣：《哲学的视域》，第 430 页。
4　同上书，第 413 页。

地引到了主体性与主体间性之争的方向上，这是因为这一争论既为在当代重启相对主义与绝对主义之辩提供了富有历史内涵的哲学背景，又成了在当前重新探讨这个从哲学之诞生之日起就与其如影随形的"古老"问题的最新理智平台。

早在 1995 年，杨国荣就在《主体间关系论纲》一文中提出要分别从内在关系和外在关系的维度理解和把握主体间性。之所以要把主体间性理解为一种内在关系，是因为"作为关系项的主体只能存在于关系之内，而不能存在于关系之外"[1]。布拉德雷（Bradley）、维特根斯坦和哈贝马斯是强调主体间关系之内在性的代表，这种倾向的问题在于：在布拉德雷那里，"外在的社会规范、律令等等入主自我：我失去了内在的世界而成为普遍大我的化身"[2]；在维特根斯坦那里，"由强调语言的公共性，维特根斯坦又对主体内在精神活动的存在表示怀疑……在从主体走向主体间性之后，又似乎使主体间成为无主体的共同体"[3]；而在哈贝马斯那里，"个体的内在世界向共同体的敞开与共同体的一致对个体之百虑的消融相结合，无疑使主体有被架空之虞"[4]。之所以要把主体间性理解为一种内在关系，则是因为，"主体固然不能离开主体间关系而存在，而只能存在于关系之中，但主体总是包含着不能为关系所同化或消融的方面"[5]。概而言之，"主体间关系既是内在的又是外在的。关系的内在性意味着应当超越封闭的我，从主体走向主体间；关系的外在性则要求肯定

---

1 杨国荣：《主体间关系论纲》，载于杨国荣：《认识与价值》，上海：华东师范大学出版社，2009 年，第 7 页。

2 同上书，第 8 页。

3 同上书，第 8—9 页。

4 同上书，第 9 页。

5 同上。

主体自身的存在意义，避免以关系消融自我"[1]。

这篇不足万言的《论纲》写于 20 多年前，但在其对中西哲学的看似稍有些随意的指点中就已经充分崭露出作者敏锐的哲学洞见和超前的问题意识。例如，在批评存在主义关于"共在不过是一种沉沦的状态，而不同于本真的存在"的观点时，作者运用儒家"日用即道"的哲学慧见，进而指出，"不能由此将主体间的共在视为主体的沉沦。作为存在的家，生活世界在安顿自我的同时，也为主体性的展示提供了可能……日用常行本身即有其超越性的一面，在生活世界中的主体间交往中，总是内在地渗入了求真、向善、趋美的过程"[2]。从二战以后德国哲学界"终结"和"告别"海德格尔哲学的"视域"看，这种观察无疑是呼应了以维尔纳·马克斯（Werner Marx）和迪特尔·亨利希（Dieter Henrich）等为代表的从实践哲学角度对海氏之学的扬弃和转化。事实上，从所谓存在与空间之关系的角度对作为一种本体论前提的与他人的共在的探讨，似乎也与亨利希后来在对"共在中的主体性"的探讨中所强调的"身体作为共在的条件"有可以相互发明之处，而《论纲》中所提示的不但要像哈贝马斯所阐释的米德（G. H. Mead）那样把有组织的共同体概括为普遍化的他人，而且要把"体制世界视为普遍化的他人"，则同样与亨利希所阐释的社会秩序中的个体与主体性有彼此呼应之妙，当然这两者无疑都是通过哈贝马斯的"透镜"甚或"视域"所看到的"镜像"。

就中文哲学的视域而言，《论纲》在强调主体间关系的外在性时所

1　杨国荣：《主体间关系论纲》，第 11 页。

2　同上书，第 5 页。

着力强调“关系中的主体有其内在世界。主体间的相互理解、沟通固然需要主体内在世界的彼此敞开，但敞开之中总是蕴含着不敞开。‘我’之中不敞开的方面不仅非关系所能同化而且构成了理解和沟通所以可能的条件”[1]，也与劳思光在《当代西方思想的困局》和《论非绝对主义的新基础主义》等处对哈贝马斯所下的“但书”颇可比观：“我对于哈贝马斯另有评论：他太强调‘自我社会化’的观念。我们要解释文化秩序是可以用哈贝马斯的理论，但问题是文化秩序上在意识内在还有个根，所以我们不是凭空说要达成‘自我社会化’。”[2]哈贝马斯“只强调交互主体性（即主体间性——引者注），对主体性的内在世界便了解得太少”[3]，“哲学思维预认自我意识及自主性，作为意义世界及文化世界之原始观念，不能取消，而意义世界与文化世界即在我们当前的生活世界中被给予，不需要证明其为‘有’”[4]，此即哈贝马斯笔下的亨利希那种“在反思之前就已经熟悉的无以名状的有意识的生活”[5]。

劳思光几乎可以说是中文世界的哲学家中给予哈贝马斯以最高评价的哲学家，他甚至认为，哲学界之所以常常觉得哈贝马斯不够伟大，只是因为他距离我们太近：他称哈贝马斯为“唯一最有建设意识的哲学家”，“近年来我有一个看法：从20世纪中期哲学思想往后看，正式面对世界性危机——特别是西方危机的人，主要还是哈贝马斯。他是唯

---

1 杨国荣：《主体间关系论纲》，第10页。

2 劳思光：《当代西方思想的困局》，上海：华东师范大学出版社，2016年，第208页。

3 劳思光：《论非绝对主义的新基础主义》（下），载于刘笑敢主编：《中国哲学与文化》（第四辑），桂林：广西师范大学出版社，2008年，第21页。

4 同上书，第28页。

5 哈贝马斯：《后形而上学思想》，曹卫东、付德根译，南京：译林出版社，2012年，第25页。

一有正面主张的人"[1]。杨国荣也高度评价哈贝马斯的哲学范式转型:"哈贝马斯以交往理论在当代哲学中独树一帜。交往理论的注重之点首先便是主体间关系:它在某种意义上以更自觉、更系统的形式表现了主体到主体间的视域转换。"[2]但颇富理趣的是,对于劳思光的"但书",哈贝马斯满可以回应:"主体间性的语言结构所建立起来,并贯穿着新老自我的相互关系的自我关系不必把前语言的主体性当作前提,因为,一切称得上是主体性的东西,哪怕是还十分原始的自在存在,都是教化过程中语言媒介不断强迫个体化所造成的结果",所以,"一种靠语用学获得这一认识的社会理论也就必须放弃通常所说的卢梭主义"[3]。对于杨国荣的"视域转换",我们也似乎可以援引哈贝马斯的这番话:"亨利希给人这样一种印象,就是盲目依赖语境,来来回回不断地变换范式,因而再也无法获得合理的意义。"[4]

持平而论,在主体性与主体间性的拉锯中,如果说主体间性肯定不是包治百病的不二法门,那么主体性也肯定不"只是纯粹自我捍卫这块沼泽地里喷出的气泡"。无论如何,与哈贝马斯笔下的亨利希不同,杨国荣对"语境"的"依赖"完全不是"盲目"的,他和哈贝马斯、亨利希和劳思光一样深谙"辩证综合"的观念:在哈贝马斯那里,为了"澄清意义视界的变移和它们的实际有效范围之间的辩证作用"[5],就"只有与自身保持最大的距离,人类精神才能认识到他自身作为个体存在所

---

1 劳思光:《当代西方思想的困局》,第 206 页。

2 杨国荣:《主体间关系论纲》,第 9 页。

3 哈贝马斯:《后形而上学思想》,第 26 页。

4 同上书,第 254—255 页。

5 同上书,第 41 页。

具有的无可替代的独特性"[1]；而如亨利希所言，主体性与主体间性的争论"从内部表现为切身的冲突，从外部表现为相互渐行渐远——这样就有法国关于'他异性'的争论、英美关于'他心'的争论和德国的辩证哲学的变样"[2]；最后如劳思光所强调，为了因应世界性的哲学危机和文化危机，我们一方面要改换异质文化之沟通范式，另一方面要确认"开放成素"之实在性。的确，从这样一个"辩证综合"的角度看，我们一方面要努力并庆幸于从劳思光所谓"视域的独断抑制"（dogmatic inhibition of horizon）中"解放"出来，另一方面又要警惕甚至节制于哈贝马斯在肯定有些言过其实地指斥亨利希时所拈出的所谓"视域的泛滥"。

质言之，如果说对于辩证综合的论述句式的某种"误用"唯当昧于现实性时才会发生，那么"以人观之"和"以道观之"之间的视域转换和融合也恰恰只有当我们回到引出辩证综合的论述句式之必要性的具体的哲学问题中去才能避免此类句式的"空转"。就此而言，杨国荣的哲学视域论中更为可贵和能够带来启发作用的或许就主要不是他关于视域论的哲学论述，而更在于用视域论来具体地处理和解决哲学问题，甚至非哲学的问题，例如从"以人观之"和"以物观之"的双重视域对生态问题的探讨，从认同和承认的双重视域对中国哲学"合法性"问题的处理，从现实性和理想性的双重视域对贤能政治问题的澄清，特别是，对于从体和用的双重视域处理古今中西问题的重新检讨。正是在具体地处理和解决哲学问题，甚至非哲学的问题时，无论"对视域的融合"还是

1　哈贝马斯：《后形而上学思想》，第 174 页。

2　亨利希：《思想与自身存在》，郑辟瑞译，杭州：浙江大学出版社，2013 年，第 95 页。

"视域本身的融合"就都至少在二阶的层面上成了"意义或存在之源"。

最为重要的是，这种哲学的视域论最终指向的乃是哲学本身的自我认同问题，就如同具体的哲学问题本身聚焦和收敛了无论"对视域的融合"还是"视域本身的融合"，世界的概念聚焦和收敛了无论哲学的世界视域还是世界视域中的哲学。的确，杨国荣步武金岳霖在《冯友兰〈中国哲学史〉审查报告》提出的普遍哲学的眼光和视野，并进一步发挥了他的老师冯契关于中西方哲学在中国土地上的合流"是一件具有世界意义的大事"这一哲学论断的哲学意义，"将'学无中西'的观念与世界哲学的构想联系起来"。哲学的世界视域论无疑与劳思光在用"义命分立"挑战"义命合一"时所强调的"China in World"，而非"China against World"有异曲同工之妙，而世界视域中的哲学则更是呼应了从康德到牟宗三对于"学院意义的哲学概念"与"世界意义的哲学概念"的区分和阐发中所包含的哲学的自我期许。在某种程度上，对于这种世界视域中的哲学依然是一种"理论视域"中的而非"生存视域"中的哲学的疑问，正是通过进一步阐发这种意义上的世界概念和这种意义上的哲学概念而得以消解的。[1]

1　本文撰写时未能标明引文出处，接到责任编辑（《哲学分析》杂志编辑）此一要求时，我正在闵行公寓等候当晚飞阿姆斯特丹，赴卑尔根访问，手边资料全无，出国后自然也是无以应命；"急中生智"，经电话商之于杨国荣教授，确定由杨教授的学生许春协助补齐脚注。许春经过一番努力完成了这项工作，并纠正了引文中的若干小讹误，在此特别对杨国荣教授和许春表示衷心感谢。

"这个弯就绕得太大了"
——彭小瑜教授印象

"彭小瑜教授是个有学问的人"，这大概没什么人会反对；"彭小瑜教授是个有趣的人"，也许就有人会问为什么；"彭小瑜教授是个正派的人"，即使有人问为什么，我也不会告诉你。

我并不认识彭小瑜教授，最早知道他，还是通过他那部《教会法研究》——彭教授曾在海外专治此学，书前又有海内权威马克垚教授背书，所以应该是一本不错的书。大学时因为对中国史分期问题的兴趣，研究生时因为跟范明生先生学亚细亚生产方式，我念过侯外庐先生的《中国封建社会史论》，记得还辅之以马克垚教授的《西欧封建经济形态研究》。坊间有人说外庐先生对中国封建之了解不无问题，但他的"封建"概念却是最准确的，因为他最早是翻译《资本论》出身的！而马克垚教授之领域，一直主要是在世界中古史，到学术生涯的后期则编过一部《中西封建社会比较研究》。

犹记在《教会法研究》出版近10年之后，彭小瑜教授在主题为"理想政体：古今中外的探求"的中国文化论坛第7届年度论坛上发表了一个报告，题为《西方修道制度与宪政思想的起源：兼论中西政治制度比较的范式联系》。这个报告引起了热烈的讨论，看上去，报告所在的那个分组的主流意见似乎是要把"专制"理解和把握为一个描述性的或中性的概念。在回应这些讨论的阶段，小瑜教授先是澄清要把专制主义和中央集权区分开来，"专制之下，不可能有有效率的中央集权"，所以"这两个概念是有内在冲突的"。在面对进一步的"质疑"时，小瑜教授似乎是慢慢开始"动了正义的火气"（注意这里的引号！）："专制就意味着是恐惧的统治，但你可以说专制不是恐惧的统治，让每个人都很舒服，那我也无话可说。如果我是一个中学生，我看到你说专制主义，脑子里会有一个非常直接、简单的想法。""火气"的最后就是那个金句："我更多的是从普通学生，甚至小学生、中学生的角度来看这个问题的，也即是常人的角度。如果我有孩子在上高中，他们来问我'专制'这个词的意思，我跟他们说你不要误会了，专制不是坏的意思……这个弯就绕得太大了。"

日前，《文汇学人》上刊出了一篇小瑜教授的书评，题为《"封建，非圣人意也"？说说中世纪盛期的欧洲》，所评论的就是普林斯顿大学威廉·乔丹（William Jordan）的《中世纪盛期的欧洲》。此文在高度评价乔丹此著"成了晚近史学界对西方文明所做思考和所持信念淋漓尽致的展示，有助于我们理解欧美学者对西方文明的深度认知"，且以行家笔法缕述西欧封建要义之余，还别样地就"这个弯就绕得太大了"引申到中国史：一方面认为《中世纪盛期的欧洲》所描绘的社会状况，在很多方面接近顾炎武所谓"寓封建之意于郡县之中"的理想；另一方面又认为"很难说'天下'是我们独有的观念，而西方世界没有"。全文所述重点则在于：一方面，"与罗马帝国的情况类似，中世纪欧洲自始至终没有发展起来以'专制主义中央集权'为特征的君主制国家；同样与罗马帝国类似，中世纪欧洲在进入盛期之后始终在文化、经济和政治制度上具备和维持着高度同一性和高度认同感"；另一方面，"很多中国史学者承认周王室有天下共主地位，能够维持天下统一的局面，但是大家长期一直不能摆脱的一个观念是，周王室衰微之后，秦统一六国，秦汉以来的专制主义中央集权君主制成为巩固和维护统一的唯一有效工具"。而全文的结论则是"石破天惊"（同样注意这里的引号！）的这一句："柳宗元说，'封建非圣人意也'，恐怕是说错了。封建，也许恰恰是远古圣人之理想。"

唐人刘知几有史才、史学、史识之论，敢问小瑜教授其近之乎？吾未敢遽然妄断。倒是念到文中"我们不应该用'皇帝'这个称呼来翻译和界定罗马帝国统治者的头衔。其实他们始终没有建立明确的世袭制，长期保持着元老院，也没有系统地消除各地历史悠久和强大的自治制度和文化……没有企图对广大边缘地区进行深入和微观的直接社会控制"这句时，我想起了同样是前面那届论坛上的一个有趣对话：在一位大牌法学教授大谈亲亲并非秦始皇之后政治的主要原则，并以汉武帝杀太子乃是"杜绝亲亲"为之"举证"时，周振鹤教授的回应是："我用一句话可以反驳你，他为什么不选别人的儿子，还是要选自己的人？"

"切记，人灵之得救，在教会中常应视为至高无上之法律。"这是《教会法研究》终卷引用的1983年《教会法典》中的最后一条教规。转录此语别无他意，只是为了证明我确实有小瑜教授的这部书。

2018 年 11 月 19 日午后，岛上久雨放晴

条头糕
——想起了克艰先生

　　昨晚偶然在系学生会公众号（？）推送的一篇系友访谈中见到当年华师大自然辩证法研究所的一张师生旧照，在那扑面而来的年代感中，我从后排找到了一身行头颇为"时尚"的陈克艰先生——这是我第一次见到克艰先生年青时的形象，联想到头天晚上幸运地听一位师长谈到当年华师大的种种旧事，其中提到其时校内有若干数学王子云云，我没有当场确认克艰先生当时是否属于"王子"之列，无论如何，这张照片上的克艰先生已经不再在数学王国中"临渊羡鱼"，而是到哲理园地中"退而结网"了，但那张照片上的神色和意气，却依稀还有当年"王子"的面影和遗响。

　　我有机缘认识克艰先生，是通过20世纪90年代初在徐家汇历史所课堂上带我读过《心体与性体》的罗义俊师。义俊师见我好读牟著，就对我说，他的一位朋友，也就是克艰先生，读牟深入，甚有心得。但我已经忘记第一次见到克艰先生的情形了。只记得那时候，我经常往义俊师在江宁路的府上跑，要么是去借还牟著，例如社科院港台书库所失藏的《圆善论》和《时代与感受》，要么干脆就是去聊天请益，义俊师以弟子待我，以"贤契"相称，有时还会留饭。但我并未在义俊师府上见过克艰师。《理性与生命》出来那会儿，有一次在义俊师家里，他取出已分别由克艰师和他签名的两册书，有些郑重地交到我手上，那应该是我第一次见到克艰先生的手迹。

虽然我是通过义俊师才认识克艰先生的，但当然我在此前就早已经知道他的大名了，走向未来丛书中的《上帝怎样掷骰子》不说，80年代末，我很喜欢读他刊发在《书林》上的文章。后来世纪集团推出了《书窗》，克艰先生在上面发表的谈论牟宗三哲学的大文一时广为传诵，这篇文字其实就是《理性与生命》中他执编的那一卷的导言。我读了这篇文字，自然是佩服得紧。克艰先生貌不惊人，我认识他时，他已可谓小老头了，但他举手投足间似有一股精光闪出，见识更是高人数头，让人徒生只堪追随何可攀缘之叹。而其臧否人物，几乎不稍假借，一般人可能觉得难以亲近，而在我听来，则极感痛快——总之，克艰先生不但是高人，而且是真人，确是芸芸众生中高保真层级之稀见类也。

我和克艰先生交往并不多，在读新儒学时，我那时仍幻想对分析哲学"极深研几"，但我的逻辑素养不灵，而且有些畏难，有一次我就对克艰先生吐露了自己的心事，他一方面为我推荐了柯比（Copi）的逻辑教材，一方面又让我有空时去他在社会学所的研究室，他会为我"拎一拎"逻辑知识纲要。听了他的话，我有一次真的跑到了他的研究室，想请他为我"拎一拎"我的"软肋"，可是那天他的研究室里好多人，他正在和别人聊天，自然也就没有"拎"成。又有一次，我和他谈到了其时刚出的《形而上学的巴比伦塔》一书，便想和他交换下看法，听听他的意见，但当他听说这本书的两位作者后，却脱出一句：这两位（尤其是其中一位）的写作风格有点儿像是条头糕啊！听到他这传神的印象和观感后，我一时笑了出来，自然也就没有再"深问"下去了。

克艰先生论人论事极为犀利。有一次他谈到国内西方哲学研究的两位前辈时，他称他们散发着陈腐之气，而且硬伤很多。他又说，世上最让人没有阅读兴致的文字莫过于博士论文，因此，如果他要批某位学者的文章不好读，没意思，他就称之为在写博士论文。

记忆中我在杭大念博士，写"最无意思"的文章期间，还和克艰先生通过几次信，其中一次是我那时想复印社科院图书馆所藏的海德格尔的《形而上学导论》英译本，后来了解到此书在克艰先生那里。我后来如愿地复印到了这本书，而且至今保存在手边，虽然我都没有读过哪怕其中一页。

大概是在我毕业从教后，或者是在新世纪之后，克艰先生迎来了他写作生涯中的高峰，他发表了很多文章，而且出了好几个集子。他送给我或者通过他的朋友三辉严博非先生转寄给我的应该有《拾荒者言》《唯识的结构》《"双搞斋"言筌》。比较难忘的是，他还寄送给我一套其为新世纪万有文库标校的《国史旧闻》。又有一次聊天时（也许是电话中），他似乎是随口说了一句：你写和译都是灵的。这句话不但让我意外，更是汗颜，于是就装作没有听到，直接忽略过去了。

有一次，克艰先生和义俊师一起来杭州开会，住在西湖边上一家老旧饭店里，我一早跑去看他们，其实我到得太早了，但他们还是起来并开始聊天了。他俩聊着的时候，我不太插得上话，但我要说，那几乎是我平生有过的最美妙的听话经历，几乎没有之一。

克艰先生后来又编了《吴以义科学史论集》，听说还译了《城与人》——重要的是，他还批评过很多人，某几次还引起了不小的波动。克艰先生的文字我百读不厌，他在篇写杨振宁和周润发的文字中称道后者知深浅进退，深明自己作为明星的价值与前者的价值是两种不同的价值。在我看来，这也同样适用于克艰先生所批评的那些人的价值与克艰先生及其批评的价值，但是现如今那些人仍然满世界在飞奔，而克艰先生却"消隐"了。

己亥中秋正午，人在大巴上

迟到之迟到
——汉语哲学论坛散记

　　于余杭韩公近年倡导之汉语哲学论坛，我要算是一个迟到者。回想起来，似乎头两届论坛时，韩公即已邀我参与，却也都阴差阳错地闪过去了。这次算是第3届，承韩公雅意，再三邀我参加，且会议在我曾任教过的浙大举行，似乎再无坚辞推却之理由了。

　　坐周末的班车下午从舟山校区出发，到达西溪校区正门时刚好7点半，距离说好的晚宴开始时间已过一个小时，即与办会秘书小郭联系，询问是否已经散场。对方调侃："大伙儿都在等您呐！"心头一热，就快步来到杭大路上的聚餐地。除了大春师兄和王俊主任兼主人还有小郭，只有3位客人：关子尹教授，王路教授，还有初次谋面的萧阳教授。呵呵，事先在微信群里可劲儿晒宝石山初阳台照片的韩公和龙飞兄想必不是去省亲就是去别处逍遥了吧！

　　犹记多年前在中山大学的西学东渐馆成立大会上曾见过一次关子尹教授，但他应该未必会记得我了。在得到《语默无常》这个重要文集之前，他给我的印象也就是卡西尔（Cassirer）《人文科学的逻辑》和克朗纳（Kroner）《论康德与黑格尔》两本书的译者，再有就是周保松君那篇有名而感人的关于关老师的文字了。说来惭愧，亦似乎与汉语哲学的主题无甚关联，关教授留给我印象最深的那篇文字却是谈西方哲学史之分期和撰作的——那篇文字所透显出的西哲（史）学养恐怕在汉语世界难作第二人想也！

王路教授算是我熟悉的老前辈了，记得我在杭大念博时就曾给他写过一封求教信，起因似乎是想寻找斯特劳森某篇文章的出处，当时他热心地回复了我，让我至今心存感念。王路教授丰沛的著述中，我印象最深的是两本书：一是《走进分析哲学》，当年我修改自己的博士论文时，这本书刚刚出版，我是第一次从他那里得知斯特劳森还有一个哲学自传；二是《寂寞求真》，这是王路教授早年的回忆录，回忆的是他前20年的求学生涯，不太夸张地说，这个小册子也曾伴我度过早年在杭州的些许寂寞时光。王路教授这次见到我很亲切，他又非常健谈，以至于一晚上差不多都是我和他两人在那里一捧一逗。聊到兴起时，我就对他说，您身处中国学术界之暴风眼和最佳观景点，理应把这些见闻再次记录下来，继前20年的《寂寞求真》之后，也该为后20年留下一部《闹中取静》。听到我的"劝进"，王路教授一方面慷慨地讲给我听好多学界故事和段子，另一方面最后却叹了一声："《闹中取静》是不能写了！"我急问为何，只听他淡然答曰："《寂寞求真》伴随着一种激越向上的旋律，而这20年，我所见到的却都是急剧下坠的情景，你让我又如何下笔呢？"

王、萧两位乃是社科院哲学所的老同事，席间听到他们说道自从1993年之后就再未谋面，真所谓世事悠悠白云苍狗，闻之不免令人唏嘘。说起来，我也该是在那一年"认识"萧阳教授的，盖因那年俊彦云集的《哲学评论》第一辑（估计也只出了这一辑，俊彦嘛，也只能云集一时）上发表了署名萧阳的一篇名文《罗尔斯的〈正义论〉及其中译》，此文才情洋溢而又深思熟虑，读之不免令人心仪甚至心折。更为重要的是，这篇书评似是在中文世界第一次提出将"civil disobedience"译为"公民不服从"，此译法经过一阵子"消化"之后风行一时，尤其是《正义论》之主译者何怀宏教授从善如流，已在姗姗来迟的修订译本中全面采用此译。听到我的"恭维"，萧阳教授很接地气地回应我说，虽然我们之前并不相识，但他也曾在应约为《东亚的共和主义》一书所撰的一章中，为我的译介工作"点赞"。不过正如我之做翻译工作严格说来乃是不够资质的，我之从事政治哲学从一个较低的标准来看也是不够格的：我竟然是在第二天经过萧阳教授的自我剖白、夫子自道，才恍然省悟，那篇书卷气十足的书评原竟是悼亡自伤兼反省之作！见惯大阵仗的他却也不无自得地告诉我：当年叶秀山先生极欣赏他这篇文字。听到这里，我也不禁想起自己在追念从未有幸谋面的叶先生的那篇小文中的一句话："在（叶先生）那悠然见南山的恬淡情致之下，却也分明有猛志固常在之刚毅的呈现。"

第二天上午会议正式开始，头一个报告人是关子尹教授，讲的是从梅洛－庞蒂（Merleau-Ponty）的具身原则看《说文解字》的部首法则。关教授之儒雅博学一如往昔，报告内容之精深更让浅学如我者无法赞一词！纯粹从形式的角度看，大概港台地区教授之课务均甚繁重，习以成性，使得他们的报告听上去和看上去每每都像是在念课件。有个"不可告人"的小心结是，在茶歇和午歇时，我几次都想把自己随身带着的《语默无常》一书拿出来请眼前的名家签名，但是众目睽睽之下，我又想起多年前倪玄那次会上，沪上某名流在全体大会的众目睽睽之下当场站起来热烈恭维关教授的那一幕，我的那种会不时发作的名人癖终于还是被很不情愿地克制住了！

轮到我自己发言了，盖因我对于汉语哲学之"形式"素未措意，就只好讲点汉语哲学之"内容"。我的讲题是去年底在上海中西文化与比较哲学年会上曾经扼要讲过的，这次稍作展开，以至于主持人盛丹艳女史几次提醒我时间已到，但其实又并未展开充分。从事后反响看，我的报告在萧阳教授那里得到了最热烈的反应："我现在理解你为什么不顾主持人的提醒坚持要把话讲完，因为你后面讲的实在是太重要了！"

　　值得一记的是，我在开始报告时，曾自嘲何其有幸，平生待过两个"有哲学的哲学系"。似乎有人听错了话外之音，故意给我挖坑：那中间30年（1988—2017年）呢？我即兴答曰：断片儿啊！我的临场发挥取得了良好的剧场效应，但会错意的空间也并不是没有的。萧阳教授后来就充满善意地对我说：看得出来，你回到这里有宾至如归的感觉！我也想起余杭韩公有次在一篇书评中夸赞完我对人的言语"别有一番深入的理解"之后，写道："我先前只从字面意思来理解他人心思，因此常常会错意。后来渐渐地意识到这一点，但也就听之任之。"

　　古人云功夫在诗外，现代人则可说学问在会外，至少会外似乎会有些更有质量也更有趣味的信息。晚上一众人在西溪湿地用餐，虽然除对白酒外的所有酒都过敏的萧阳教授并未喝酒，但我似乎是有些酒意了。相邻而坐的萧阳教授耳语给我一些信息，以作为对我白天报告的"补充"，我听完却是站起身来，对着如同隔着地球南北极之远的王路教授，遥举酒杯，祝酒曰："王路教授说他和萧阳从93年后再未见面，而我和萧阳已有100年未见了！"

　　杭州的秋夜，阴雨绵绵，归途的中巴车上却是热气腾腾。坐在车尾，余兴未了，我们还偶然谈到了一位京中的德国哲学学者，萧阳教授评价其为一位雅各宾自由主义者，而且是在他那篇悼亡兼反思之作后的雅各宾自由主义者。听完他的话，我不禁再次灵光一现，忍不住"补刀"曰：查尔斯·拉莫尔（Charles Larmore）曾说自由主义是一位迟到者（the later），那么我们这位雅各宾自由主义者就是第二次迟到者，真可谓迟到之迟到！

所谓彩云易散，良宵苦短，第二天一早我就因为临时有事而离开了会议，那么，相对于汉语哲学论坛，我就既是一位迟到者，又是一个早退者！

2018年光棍节次一日午前，以手机写作于千岛新城寓所

一代人有一代人之学术
——序《公共证成与美好生活》

　　整整 12 年前的这个时节，浙江大学外国哲学研究所联合华东师范大学中国现代思想文化研究所，在杭州召开了一个主题为"当前中文语境下如何做政治哲学？"的"清谈会"。那次会议可谓汇集了其时最有代表性和即将最有代表性的绝大部分政治哲学学者。作为主办方的代表，我也承乏在会议上做了题为《摆荡于竞争与和解之间：当代自由主义之观察》的发言。我在其中尝试提出，与至善论和解和与传统和解是当代自由主义在面对关于国家中立性原则和文化多元主义的批评和争论时所呈现出的两种最有潜力的趋向。由此返回到自由主义政治哲学的立身之本，我又提出，关于自由的价值与自由主义之价值根基的辩论，要求我们重新考虑和审视基本上可以看作自由主义之价值原点和中轴的自主性理想，而这种理想很久以前是作为斗争与解放的号角和目标在历史上起到了无可取代的积极的鼓舞作用，但在此后的历史脉动中又曾反复作为团结与和解的阻力和障碍被反省甚至鞭笞，虽然这种反省和鞭笞的能力本身是舍自主性而无从设想的。

　　这个后来以繁简两体分别发表于《思想》和《吉林大学社科学报》的发言稿脱胎于我为其时刚编译完成的《自由主义中立性及其批评者》

所撰写的序言，如同我的其他总序和编序一样，亦可谓以写意笔法"先立乎其大"，而于需精笔细描处则"语焉未详"也。为了弥补前愆，其时前后，包括此前发表的数论，我还拟定了一个《当代政治哲学十论》的写作计划。这其中就涵盖了《与至善论和解：当代自由主义的方向》《基本自由及其优先性的论证》《少数人权利理论在何种意义上是一种自由民族主义理论》《自由的价值与自由主义的基础论辩》等篇什，试图围绕自由主义政治哲学内外的种种争论，对前述两种趋势以及自由主义的基础论辩做一番深入细致的讨论和裁断。

时光蹉跎于彼，与世浮沉至今，这个虽非一时兴起的写作计划也如同我的其他或更为"宏大"或更为"微观"的规划一样，总是迁延着迟迟未能付诸实施和完成。于是乎，在某种"壮志未酬"的空漠中，当我3年前审核惠春寿君的博士论文初稿时，比较 self-serving 地说，首先引起我关注的是其论文内容与我曾关切的主题之间的相关性。我高兴地注意到，在我所粗略谈及的自由主义的两大趋势和一个根本概念上，此文都从所谓公共证成的范式转移出发，做出了基于细致绵密论证的实质性推进，其程度甚至超过了我最初之预想和预期。我还记得，在当年的论文答辩会上，我曾笑谓，世上总有些先生把培养学生的目标定位于 copy 自己，而我的"志向"既没有他们那么大，也没有他们那么小。我还笑谈，格雷（Gray）曾说自由主义有两张面孔，而我自己身上也是有足够的丰富性可供才性各异的学生们各自"分有"并"发扬"的，这当然是兼有自得、自嘲甚至自惭的笑谈了。

一代人有一代人之学术，居今而言，眼前这篇又经过3年修订即将付梓的博士论文，显然有其既更为"有限"也更为"宏大"的理论抱负。这里的"有限"可以说是"专业"的代名词，也可从其字面的意义上来理解：这就是要在公共证成的视野转换，甚至范式转移的角度来重新理解由罗尔斯晚期哲学为主要文本所引发的一系列自由主义内外的重要的理论和实践问题。所谓"宏大"，则是就此工作实际已达到的深度及其可预期的理论前景而言，按照作者的解读，一旦我们把公共证成范式的"理论"潜力充分释放和发挥出来，其"实践"后果将使得罗尔斯后期哲学的可期影响远远超过启蒙谋划的修补甚至奠基本身，而成了对这种谋划本身的彻底刷新。

一代人有一代人之学术，而每一代人又都是在其所属的学术共同体和传统中工作的。就中文政治哲学从业者而论，一方面要在后韦伯的智性高度，把对学术志业的真诚坚守和对社会现实的真切关怀内在地结合起来；另一方面，又要把对所谓西学前沿的"跟踪"甚至"翻新"与中文学术写作的"增量"和"照亮"结合起来。这些无疑都是践履非易的要求，而本书作者在这两方面都做出了可贵的努力并取得了有效的，甚至是有目共睹的成果。仅就其最要者而论，作者不满足于中英文世界其同类的高质量研究中"满足"于论证政治自由主义之为一种"普遍主义"，而是通过论证公共理性并非理性的公共使用，致力于把一种合理公民的理想与以儒家思想为代表的政治文化以新的方式"耦合"在一起，虽然这种"耦合"方式在某些论证环节，甚至精神气质上透显出一丝实用主义的气息，但是平心而论，它又何尝不是以一种"由用以得体"的方式提出了中国现代化进程的一个参与者视角的新版本呢？

一代人有一代人之学术，惠春寿君1997年入浙江大学哲学系就学，4年后在我名下直攻博士学位，于2016年完成学业，然后到华东师范大学思勉人文高等研究院担任青年研究员。我和春寿君相识于当年在西溪校区的本科生课堂，还记得我们在课堂上讨论"西化"与"化西"之辩证，辨析把西方"复杂化"和"简单化"之佯谬；在从西溪至紫金港的班车上琢磨第三种自由概念，谈论杰梅里·沃尔德伦（Jeremy Waldron）和雷纳·福斯特；通过越洋电话讨论博士论文写作，一直到上个月在闵大荒樱桃河畔我的办公室一起议论所谓"高阶自主性"。岁月悠悠，那天看着春寿君侃侃而谈的样子，我不禁想起近 30 年前在淮海中路 622 弄 7 号读到《论戴震与章学诚》所引《答沈枫墀论学》中，实斋论风气而引发余英时先生击节称赏乃至再三致意的那席话，愿引而与此书作者共勉：

> 学业不得不随一时盛衰而为风气……博览以验其趣之所入，习试以求其性之所安，旁通以究其量之所至，是亦足以进乎道矣……风气纵有循环，而君子之所以自树，则固毁誉不能倾，而盛衰之运不足为荣瘁矣，岂不卓欤！

2019 年 5 月 18 日正午，千岛新城

"话旧如春梦，听歌放酒狂"
——立春日在故乡逛书城

　　诸暨乃是我的故乡，我在这里完成了从小学到高中成年前的全部教育历程，工作成家之后自然也是时常来归这里。然则，故乡之于我的关于书的记忆却是较为稀疏淡漠的：我当然记得儿时曾在老家所在乡镇的小书铺上漏夜排队购买《成语词典》，这种"好学"精神得到了一向器重我的那位与亚圣同姓的小学语文老师的赞扬；忘记是小学高年级还是初中低年级，我曾骑着一辆可能是从我姑姑家里借来的自行车翻过一座山岭，一路骑到邻县富阳章村镇，兴冲冲买了人民文学社那套棕红色封面的《红楼梦》，而这一"壮举"却挨了我母亲的一顿责骂；我的父亲是50年代的大学生，他把俄文版的普希金和托尔斯泰的著作留在了我爷爷那幢老屋的小书柜中，这个我自然是没有福分消受的，而那些书后来竟也不知所终了，我现在身边还只留着他当年在北京东安市场买到的笛卡儿的《哲学原理》、斯宾诺莎的《知性改进论》、贝克莱（Berkeley）的《人类知识原理》和黑格尔的《小逻辑》，当然也还有《德意志意识形态》、《哲学笔记》和《李大钊选集》，以及后来阴差阳错地"决定"了我的大学本科专业的恩格斯那部未完成的光辉著作《自然辩证法》；我上高中的草塔镇上也几乎没有书可买，现在回想起来，那时那里大概只有《文笔精华》之类的准教辅读物可供选购，而我只记得当年到县城参加高考体检那次在新华书店买了本"白皮书"——胡乔木的《关于人道主义和异化问题》，从这个作品之"出笼"时间推算，我的记忆应当大致不差。可以聊补一笔的是，年前从舟山校区回到紫金港，在我旧居阳台上布满灰尘的旧书架上，我随手翻出了徐调孚先生的《中国文学名著讲话》，那还是中华书局版1981年成都第一次印刷本，印数达15万8千册，扉页上的"题记"表明，此著乃是1982年8月8日我到县城参加中专招生体检时在新华书店买到的。之所以还要在这里提到这本"启蒙读物"，除了要借机表达对文学前辈之敬意，还是因为我偶然在此书第38页上看到了《乐府诗集》中的《白石郎曲》："积石如玉，列松如翠。郎艳独绝，世无其二。"记得国清小友曾在给我那本访书记所写的一篇书评中引用这个句子来"恭维"我，想来他大概就是从调孚先生的这部名著中记下这个句子的吧！

丁酉正月初七是立春日，乡居聊赖中，忽然想到该在这万物开始萌动的时节到县城去逛逛书店，以排遣眼前这悠长的假日。于是就在午后趁着这乍暖还寒的薄阴天，坐乡村公交一溜烟地来到了浦阳江畔的诸暨书城。也因为往年曾来造访过数次，我对访书本身倒是并没有什么期待，就算是借此重温和恢复我在岛城的那种生活方式吧。果不其然，整个二楼除了小小的影像部全是教辅读物外，一楼的哲学和社科类书架也寥寥可数，在庞大的铺面中几乎可以忽略不计。正在我有些漫不经心地巡视书架时，只见韦卓民先生旧译的佩顿（H. J. Paton）的那部《康德的经验形而上学：〈纯粹理性批判〉上半部注释》赫然在目，而封面上那种凝重的暗黑色在那一片花绿色中又是那么扎眼，简直卓荦到不合群。说起来，这还是我初次在实体书店见到这本书，想起那年在紫金港图书馆，一次闲逛时偶然发现架上的这本书后急令钢祥小友从网上为我搜寻此书的那一幕，我几乎感到了一丝心酸，心酸归心酸，佩顿的书好似一块巨砖，我是不打算再买了，还是把它留给比我更能真正识此书的人吧。但经过此书之刺激，我那份觅书的兴头又高涨起来了，果然，书架上竟还有我写过书评的那部《罗素传》，不过只有去年刚出的第二卷；也还有我同样写过书评的童世骏教授的《论规则》，但这会儿我也只是抽下来看了看那书的腰封。《罗素传》旁边是彼得·盖伊（Peter Gay）的《弗洛伊德传》，是商务的印本，"块头"和《米塞斯大传》差不多，依稀记得此书也是我的旧友汪宇先生帮助"引进"的，于是我并没有再取下来翻看查验。像其他这类"品级"的书店一样，汉译名著的品类照例屈指可数，我是怀抱着留作纪念的心情选了一册黄宝生先生翻译的《薄伽梵歌》，但是我当然几乎可以肯定这本书我已经买过至少两个版本了，同样是宝生先生翻译的《瑜伽经》倒可能是初版，那么就更应该收上一册了。转过架去，似乎是"经典性"要差得多的"时论性"的作品，秋风同志的《嵌入文明：中国自由主义之省思》，似乎是"旧著"了，但我竟然在别处没有见过，还是不妨收上一册，而这似乎是我去年暑假在舟山参加罗卫东教授主持的启蒙会议上和他"共会"之后第二次买他的书了，不过我还是打算将来在另外一个场合"正式"发表对他的"新观感"；贝淡宁（Daniel A. Bell）教授论著之中文译品，我记得收过若干种，但眼前这本《中国新儒家》却没有什么印象，虽然其中那篇《在北京教政治理论》我应该是在网上读过的；还有"经典与解释"丛编之新品——伯纳德特（Benardete）教授的《苏格拉底的再次起航》和陈柱老前辈那部《诸子概论》，我还是让钢祥小友到网上去下单了；还有一册《柏拉图与古典乐教》，其中吸引我的倒并不是那些译文，而是"旧文新刊"的那篇《学诗百法》（很抱歉我没有记下作者的名字，只记得似乎是一位刘姓的先生），单文近百页，几乎就是一个小册子的篇幅了，值得在网上打折时收之。

选完了书，抄完了单，我来到了一个看着像是礼品书专架的区域，出乎意料的是，这些书的品质也还是显得颇为整齐的。例如有一册《历代两浙词人小传》，是蔚为大观的"浙江文丛"中的一种，拜赵园女史反复表彰和阐释的"光明俊伟"一语之所赐，我不久前才刚收了这套丛书中的《祁彪佳日记》；架上还有一种上海书店出版社影印的《中国古今地名大辞典》，眼前这部书那似曾相识的不俗的装帧让我想起去年在体育场路晓风书屋"咬牙"而入的那套5大卷的《食货》影印本。毋庸讳言，沪浙两地书籍装帧质量和格调的差距确实是一个甚至有些令人气馁的不争事实，虽然我们平素买书时并不总是像董桥先生那样"最终，迷的是装帧"，但认真说来，这确实不仅是一种装帧工艺上的差距，而且是一种出版文化的差距。我由此不禁联想起一则段子，去年暑假，余杭韩公水法教授和童世骏书记在北国春城同会，一次他用短信向我爆料："有5位我的学界朋友和熟人分别从祖国各地会聚到上海。我对童书记说，上海从此就要成为学术中心了。童书记说，上海从来就是学术中心。你看，到底是书记高屋建瓴！"

紧挨着我迅速地扫过的外国文学书架的是所谓散文随笔专柜，满满当当地装了四五个书架，想到这儿毕竟还只是一个小小县城的书店，我不禁要像某些潮流人物那样感叹：难道这真是一个散文（随笔）的时代？但是想到连我自己也竟然已经出了3本混充的随笔集，就不禁又有一种从哑然失笑到无地自容的心境转换。在更为草草地浏览了规整划一到颇有严阵以待架势的所谓名家专柜之后，我的那种有些自卑的心绪又似乎得到了某种平复,是的,我初中时就学会了契诃夫那句名言,"这世上有大狗,也有小狗",云云。其实我也是后来才知道,"晓梦迷蝴蝶"的庄生在他的《齐物论》中对此自有更妙的说法:"激者,謞者,叱者,吸者,叫者,譹者,宎者,咬者,前者唱于而随者唱喁。泠风则小和,飘风则大和。"太炎先生在其《齐物论释》则如是说:"世界名言各异,乃至家鸡野鹊,各有殊音,自抒其意。"再请看日本人石井刚在《齐物的哲学》一书中对此做出的阐释:"真理不在语言能够表象的范围中,但是,人只能依靠语言来进行思考,而人的语言永远是'杂糅万变'的,像'万窍怒呺'的地籁喧嚣一样。虽然如此,这种'吹万不同'才是每一个个体讴歌其生命的如实写照,我们在这种多声并存的世界当中,依靠有限的语言,寻求可能的真理表述。这是章太炎的哲学实践,也是他从《庄子·齐物论》中的'天籁'寓言得到的重要观点。"

约莫是靠着"国学热"之推波助澜以至于水涨船高,古典文学(献)的架子品质也相当不错,有《稀见明人诗话十六种》《越缦堂书目笺证》,中华书局所出的《学林漫录》第18集中还有一篇题为《钱锺书与吕思勉》的文字。不过花这么长的时间转悠下来,印象最深的还是上海古籍"国学典藏"中的那部《礼记》,是元人陈澔《礼记集说》之最新标点整理本,此书此前似乎只有江苏古籍(凤凰出版社)出过一个点校本。在一个后线装甚至后国学基本丛书的时代,我相信更多人接触到陈澔这本集说基本上是通过中国书店80年代影印的宋元人注《四书五经》,我自己架上的是初版的平装本,这套书最近好像又以精装重印了,这在某种程度上似乎佐证了我所直觉到的这套书之"版本价值"。而说到所谓"版本价值",在我身上倒还有个现成的例子:王应麟的《困学纪闻》,如我这般年纪的失学一辈,最早看到的应该多是辽宁教育出版社的新世纪万有文库之简体横排白文本，于是等上海古籍的三家注本出来时，我就如获至宝地急急收了一部，去年在我卜居的千岛之城见到前述的"典藏"本，我又毫不犹豫地收了一部。本以为这该是"压轴戏"了，不想去年底在我近年常去光顾的"通雅轩"见到了中华书局"王应麟著作集"中的《困学纪闻注》，一者因为不久前刚刚过世的傅璇琮先生所主编的这套著作集中已出的每一种我都已经收了，二者因为点校者孙通海先生似乎是我的"旧识"（纯粹字面意义上的），于是在犹豫多次后，终于还是在去年底某网店搞活动时入了一套！等货到手时，我翻检着这个光目录和索引就占了一卷半的7册本，不禁口中念念有词："这下可是齐活了！"

看完琳琅满目的国学书架，直觉告诉我，自己在故乡县城聊以遣日的访书活动就该要接近尾声了，然则，"把最好的留在最后"（save the best for last）这句洋歌词也总是屡试不爽，就在我快要浏览完世界史专架时，眼前忽然出现一本其貌不扬的小书：《21世纪初的冲突》，取下一瞧，原来是当代德国史学大家汉斯－乌尔里希·韦勒（Hans-Ulrich Wehler）的一部论文集，作者是所谓"德意志特殊道路"理论的主要倡导者之一。如同我在《北美访书记》的题为《从文化政治到政治文化》一节中所自陈，近10年来，因向某些时贤看齐，我对所谓"德国问题"至少是与此有关的中文译作也是情有独钟。这种癖好和热情当年甚至影响到了我的某位现在北大做博士后的学生，据说去年他还在系上开设了一门相关的专题研讨课，于是我马上就如同以往看到相关好书时那样用"简讯"把这则"书讯"告知了他，不想正月初五就回到帝都开始工作的他即刻回复说："已经买了这本书，而且在去年写讲义时就用上了。"

俗语云，"教会徒弟，饿死师傅"，既然这学生都已经"单飞"了，这老师的访书活动也确实可以"收山"了，那么"志""据""依""游"就只剩"游于艺"了：路过艺术图书专柜时，许是受到了刚在二楼影像部错过的管平湖那张琴碟之激发，我几乎是一眼就瞥见了倒数第二格书架上的那册《半屋琴馀》，开首第一篇即为《酒狂》。我虽偶尔听听琴曲，但却并不识琴音，也许这部谈琴论艺的散文随笔集可以给我补充些背景知识吧。不过当我最后取下这本小书走去付账柜台时，我想起的却是年前两位现在分别在沪甬两地任教的过去的学生"漂洋过海来看我"时的情景：美酒香茶之余，他们中的一位向我"敬献"了特意委托友人从西安兴教寺拓印来的一轴《玄奘负笈图》，另一位则贻我以一片林友仁的《雪夜闻钟》琴碟，而我家无长物，所能"预先""回赠"的却依然只有自己那一小册即将刊出的"随笔集"！

　　就在傍晚快5点钟的样子，携着故乡访书的小小斩获，我独自跨上正对着诸暨书城的浣江桥。站在桥中央，往下游方向望去，浦阳江在这里有一个几乎是90度的大转弯；站在桥中央，俯瞰江水静流，江岸两侧的步道上是散步健身的我的乡人。站在桥中央，面对自己的"母亲河"，在这立春日黄昏的寒意中，我心中竟涌起了一种迷离之伤感和一种伤感之迷离：迷离之伤感是因为眼前毕竟是我生于斯长于斯的故乡，而我其实却觉得陌生了；伤感之迷离则是因为在我内心，在那种既是日常的，更是反省的意义上，也大概早已认他乡作故乡了。

2017年2月4日，凌晨二时，草于故乡客居中

2017年2月11日，元宵节，订于千岛新城客居

一半勾留是此"库"
——重访"博库"

　　"博库"是杭州规模最大的书城，我作为"老杭州"，又是"老书迷"，何谈"重访"呢？由此想起了近20年前，文二路那家书城大概才刚开张不久，那时候我住在玉泉的教工宿舍，进城甚是便捷；我几乎每十天半月甚至每周都要用大半天时间来逛杭城的大小书店，印象中每次从解放路书店出来，基于一种"自然的必然性"，一定都已经是饥肠辘辘的了，于是就会带着在书店的战利品在浣纱路上的一家云南米线店解决精神食粮之余的物质食粮问题，那种别样的满足感似乎到现在还逗留和低回在我记忆深处的某个角落。那时候还有一位来听我课的经济学院的澳门籍学生，他也算是个书迷吧，有一次我们还相约一起连环逛杭州的各家书店，具体细节都已经淡忘了，比如有没有一起吃米线之类的，呵呵，那都是些什么样的岁月啊！近10年来，因为我搬家到紫金港，进城不是很便利了，加之家累愈重，网购（虽然多是委托钢祥小友代办的）则愈加轻便，是以去"博库"的时间和次数也就越来越少了。而从前年开始，我把日常起居的中心从杭州迁徙到了舟山，虽未像某些"大咖"动辄喜欢宣称的那样闭起关来，但确也是"一去不回头"地认认真真地做起了"岛民"，于是"博库"之于我似乎就更成为可望而不可即的遥远回忆了。

正月里难得有闲在杭州清静地住上些时日，就忽然想到可去"博库"书城逛逛，于是匆忙地带上小女，在学校食堂急急地用完午餐，就坐10路公交悠悠地来到久违了的这家书城。一进门，感觉陈列厅的布置倒是没有什么变化，只不过摆放的愈发是些所谓的畅销书了，稍作停留，就径直把貌似也爱看书的小女"安顿"到三楼的儿童书区域，还叮嘱她："不准乱说乱动，有事情到二楼来找我！"记忆中二楼是哲学社科还有古典文史的卖场。可是，吩咐小女的话音刚落，我却"鬼使神差"地朝三楼连接区北侧走去，我应该是想起了以前似乎很少来这片区域，想看看这里藏着些什么名堂吧！这一看可不要紧，作为曾经的高中理科生和科学哲学（自然辩证法）本科生，我就驻足在科普区域旁的一般科学书架前挪不动步子了。拢共也就三四个书架，我大约转悠了有两个小时，其实也就是东翻西翻，最后选中的书却是不多。我大学时节路过津门时激动地收过的《激动人心的年代》的作者李醒民教授所翻译的迪昂（Pierre Duhem）那部《德国的科学》，我应当早就买过了。有关爱因斯坦的图籍，我似乎向来颇喜搜罗，当年在普林斯顿那家"半元书店"也收过几本，不过湖南科技出版社的那套《爱因斯坦全集》，书既没有出齐，而我也没有打算要全收，只记得一次曾在校园内那家夜行时偶尔会去光顾的二手教材书店里，见到了第一卷，并几乎无本钱地拿了下来的那一幕。剑桥的科学史学者劳埃德爵士（Sir G. E. R. Lloyd）的书，我已经收过好几种了，例如同属上海科教"哲人石"系列中的《早期希腊科学》和《古代世界的现代思考》，而眼前的这册《形成中的学科》，也是似曾相识的，但我最后还是决定拿下来——好书不嫌两回买啊！席文（Sivin）教授在中科院的讲演稿《科学史方法论讲演录》的中英对照本，我应该还是初次见到，虽然我并不是第一次知道他的大名，这里还有一个关联是，我依稀记得这位席公曾是吴以义先生当年在宾夕法尼亚大学做博士后的合作导师。索尔斯坦·凡勃伦（Thorstein Veblen）的《科学在现代文明中的地位》，虽然2012年就在"汉译名著"经济学系列中出了中译本，但对我来说好像是一本"新书"，倒是《有闲阶级论》那个所谓"内部参考"的中文初版本我是在上海社科院念书时一次遇到图书馆清仓处理时斩获的。我于经济学是百分百的外行，但越是如此，就还越能也越值得保持对此类"形成中的学科"的一份智识史的兴趣吧，就正如那年我买凯恩斯（Keynes）的尊人的那本政治经济学教科书时的心情。不过这种心情肯定不只是我所独有的，只要看看此书版权页就知道了：原版是劳特利奇1994年的本子！

　　三楼既然是我以往所不熟悉的区域，那就大可继续转转，绕过整个自然科学区域，再折回来，就是汉语言文字类专架，看上去书的品类应该说是相当整齐了，作为大学时跑去中文系完整地听过古汉语课的一名古代文史业余爱好者，我倒是记得这个领域不少学者之大名（这原本就是我的强项嘛），例如魏建功、王利器，还有我的母校吉林大学的林沄教授。书架上就有魏建功先生的《汉字形体变迁史》，此书是他抗战时期在西南联合大学所开设的一门课程的授课提纲，是商务2013年初印本。王利器先生校点整理的古籍，特别是新编诸子集成中的多种，我是基本没有落下过的，巧的是年前还在翻阅他的回忆录《往日心痕》，并对老先生那种越挫越勇的犀利笔调印象很深。书架上这册他所校点的《文则·文章精义》是去年底刚刚重印的，我此前应当还没有见过。林沄教授的大名，我在吉大念书时就已经如雷贯耳了，但他的这册《古文字学简论》，却一直是只闻其名未见其书，今日在此得见焉有不收之理？

想起当年因为选听古汉语课，在长春重庆路古籍书店除了"邂逅"林庚先生的《天问论笺》，还配备了杨树达的《词诠》和《古书句读释例》，裴学海的《古书虚词集释》，而对于我这种程度的古汉语爱好者来说，俞樾的《古书疑义举例》自然是令人望而却步的了，但眼前书架上却有一部许威汉和金甲两位先生的《俞樾〈古书疑义举例〉评注》，大概可以为我"扫盲"之用，于是赶紧取下收于囊中。中华书局整体"引进"的王叔岷著作集，我当年在杭州"书林"收过不少种，眼前这册《古籍虚字广义》，算是10年前的旧书了，"博库"毕竟是家大业大，颇有些"家底""存货"，那么我自然也就不能有所辜负了。

选完这些书，已经好几个小时过去了，我急忙回到同层的儿童书片区，只见小女还在津津有味地享受她的精神食粮。于是先问她饿了没有，她回没有；那么要回去了吗？她回还要再待一会儿。于是我告诉她自己要到二楼去转一转，要找我就下楼来。扔下这句话，我就坐电梯来到自己以前光顾时的"主战场"。书城的格局，这些年已经有了些变化，二楼入口转角处摆放了高及梁柱的书架，上面都是关于书的书——近些年来出版这类"软性"书籍似乎成为一种小小的风气了，想想也是，连我自己都写了《访书记》啦！不过一下子看到林林总总这么多书之书，我还是小吃了一惊，而这类书之书品质之良莠不齐，更是一个"硬性"的事实。匆匆地抽、插着书架上的书，"上穷碧落下黄泉"，选了三种书之书，一是《集书人》，这是法兰克福书展前主席彼得·魏特哈斯（Peter Weidhaas）的回忆录，讲的是书背后的故事，副标题中有"秘辛"二字，以此公识书之广，历书事之丰，此语也应当不算夸大其词。二是马海甸的《我的西书架》，此公曾主持《大公报》文学版20年之久，而此书也应该是有相当质量的一个集子。三是刘铮编的《日本读书论》，这位刘铮兄的笔名"乔纳森"更是风靡网络，大有让人爱恨交织之叹，而我必须说，眼前这部书在书之书中无疑属最上乘，遗憾的是我竟然是在此书面世两年多后才第一次得见——原来做"岛民"也是有代价的啊！

翻完书之书，看书的时间几乎已经没有了，一者书城已经快要打烊了，二者我们也必须去补充物质食粮了。于是我匆匆地来到哲学类书架前，以最快的速度把架子上的书迅速浏览了大半，心想要仔细看完这些架子，我必须另找时间了。但是我总得从这里选走一本书吧，匆忙中看到了中国哲学架子上张祥龙教授的那部《拒秦兴汉和应对佛教的儒家哲学》，其实此书刚出来时我就已经买了，这是祥龙教授中国哲学演讲系列中的第三部，前两部《孔子的现象学阐释九讲》和《先秦儒家哲学九讲》依然在我的书架上，而这第三部却不知放在何处了，那么就只好再买一次了。之所以如此，也是因为我寒假乡居中零星念了前两部中的若干文字，觉得颇为过瘾，而阅读的体会也印证了一位多年前从我们学科毕业的学生的一句"兴"到之语："'兴'字极要紧，张老师学问的精彩处正在这个字上吧？"正所谓士别三日当刮目相看，若是不信，试看祥龙教授自己如何论"兴"的："兴是一种在主客分裂前的起兴、风化，也就是《论语》中提出的'始翕从纯'态或语言的乐态，它以自由的方式凭空发生，蓬蓬浩浩而行，引导转化各种意识而不被规范，率性起止而绝不拼凑矫情。这就是兴，它跟乐的状态是内在相通的。只要想象一下，一种少了兴的诗是多么干枯，我们就能知道兴的伟大力量。一切意义缺失和虚伪横行，都要到兴、到乐那里得到拯救。""兴是海德格尔讲的'dichten'：创作、诗化出一个前行的视域，一种原本的押韵，因为这个押韵，我们才被发动、感动，觉得意义风起云涌，人生充盈着意趣、和谐（昌盛、趣味），由此而相信成为人或仁是最美好之事。""'帘外雨潺潺，春意阑珊'，这就已经是在起兴了，'罗衾不耐五更寒'，这是描述。下阕'独自莫凭栏，无限江山'，好。一个人时不时要凭栏，如果接下来说'不忍［看］江山'之类的，气象一下子就没有了。'独自莫凭栏'后马上横出一个'无限江山'，这样才叫好。不光写诗是好，哲学上也要靠这个才好。"哈哈，好一个"哲学上也要靠这个才好"！

好与不好，道不清说不明（听说最近有我们的某位其实没有"退休"的同事新开了个名为"不道不明"的博客……），这我且不管，可是从"博库"回家的路上，我也终于还是忍不住"起"了"兴"，"照例"就给虽远在星岛却时刻关注祖国书情的长刚小友发去了一则信息："《读书论》出了这么久我都不知道，看来不逛'博库'，不玩'豆瓣'，只依靠'万圣'新到货品还是会错过不少好书啊！"不想当即得西北汉子刚友即"兴"回复："《读书论》'万圣'是肯定进过的。'豆瓣'也得关注到正确的豆友，不过像你的口味得关注很多豆友才行，还不如逛'博库'来得快。现在'豆瓣'早已不同以前了，今早刚看到一个友邻在感叹，'豆瓣'现在不光有陈寅恪研究小组，还有'小三'抱团组。"

2017 年 2 月 11 日午夜，紫金港

"今趣岂异于古，天听可期诸人"
——三月帝都访书行

　　说起来我第一次到琉璃厂已是近 30 年前的事了，记不得是在大学时节自由行还是在读研究生期间做外调，也不记得是"商务"还是"中华"那时在琉璃厂设有门市部，只记得我曾经在那里"邂逅"了托克维尔（Tocqueville）的《旧制度与大革命》初版精装本，并一直珍藏到今，依旧如新。毕业从教以后来往帝都的次数并不算太少，却不知什么原因，再也没有重访"旧地"的心绪和机缘了。最近 10 多年，每次赴京，会前会后都是在成府路一带活动，惯常的模式，不是下了飞机直奔"豆瓣"，就是出了"万圣"直接逃离帝都。这次是应一位正在北大做博士后的过去的学生之邀，赴京"雅集"。因为我从朱家尖岛上"腾空"出发，选择的航班降落在南苑机场，加之以时间尚充裕，而且我在京城其实并不甚辨东西，也可谓基本"找不着北"的方向感，竟然觉得从着陆地转到西郊圆明园之前到琉璃厂去转一转，所遛之弯也并不算大，甚至是基本"顺道"的，于是就这样地起了 30 年后重游之兴。

　　来接机者是我过去班上的一位学生，保送到北大读研有年。我的廉价航班很准时，他的盛情接机更到位。但因为航班既然廉价，也就没有免费午餐，于是我们会合后打车到琉璃厂"地标"中国书店门口，就直接先找餐馆——一家京味小馆，这位学生随叶闯教授做分析哲学，头脑颇为清楚，小菜也点得清爽。意外的是北京的气温竟比舟山海岛上还高，体感上甚至有点儿闷热（我也是后来才反应过来，这在相当程度上要归因于空气的湿度），于是我破天荒地在去年"国庆"手臂受伤后主动要了一瓶啤酒（虽然之前白酒、红酒、黄酒一直照喝不误）。笑谈了一小时后，那份"冷泉"带来的清冽才让我体感上暂时恢复了舒爽。在微微的酒意中，我们就步入了中国书店琉璃厂店的大门。

这看上去是个主营艺术和书法类图书的门市，有些慢悠悠地转了一圈，架上要么是大套的法书集，要么是少儿的书法入门书，最后我就只抄了两张单，要了两册特价书。所谓抄单，是指在逛实体书店时记下想买的书到网上去下单，正所谓"形势比人强"，近年我也开始养成这个"不良"习惯了。不过这次大老远地跑到中国书店来抄单，除了价格的考量，我还有相互关联的两个理由可说：首先我所看中的两本书都是浙江"本埠"所出，一是浙江人民美术出版社近年做得颇为风靡的"艺文类聚"中的《宋雪岩梅花喜神谱》，二是中国美院出版社所出"南山博文"中戴家妙的《〈寐叟题跋〉研究》，即使要在实体店买，我也不必舍近求远了；其次我在这里买了，还得带着走甚至扛回去，从老旧手机发短信委托小友在网上操作，我只要在家里等着收书就是了。两册特价书一本是秦文锦编集的《金文集联》，1998年初版，我得到的是2009年第四次印刷本；另一本是尚秉和的《辛壬春秋》，我早收有《周易尚氏学》，而眼前此书却前所未见，必须拿下！

眼看着在这号称最大的书店街却没有什么"旧书"可买，我不免有些纳闷，于是就向店员打听是怎么回事，答曰再往前走不远处就是旧书店。眼看时间已经不早，于是两人赶紧赶过去，其实两家店乃是在同一屋檐下的，只不过中间被一些书画营销工作室所区隔了。说到这里，也许无须声明，我所谓"旧书"，在所有访书类别中乃是"最低端无档次"的一类，第一不是线装旧书，而是洋装新书；第二我所谓访旧书也并无固定专题或定位，例如专门盯着民国旧书或是期刊，或是专访某个或某几个专题的书，而只是按照自己散乱的兴趣和对于性价比的粗浅考量来随性地进行的。兴趣虽然散乱，主要还是限于文史哲，偶涉其他门类；至于"性比价"考量，遗憾的是往往与书店或书商的眼光基本一致，凡是我认为定价应该较高的书也一定便宜不了！虽然捡漏空间几乎为零，而且在经济和有用两种标准的混合作用下，即使对于自己所中意的书，我毕竟还是会有个心理价位的——我绝不参与竞拍，或以竞拍的心态去淘所谓旧书，在这些限制之下，其实"突围"的空间相当有限，但是正如幸福感总是来自限制而不是无度，所谓淘书的乐趣不也正是在这局促的空间中产生的吗？实在说来，给定这些条件，也就只有每一个人阅读和"收藏"趣味的个性化差异成了我们从旧书堆中"全身而退"的不二法门。

约莫用了将近两个小时把书架上摆放得很整齐的旧书匆匆扫视了一遍，最后选了这样几本书：几乎可以说是一直陪伴和沾溉我们这一代读书人的商务"汉译世界学术名著丛书"在几代人心目中都具有特殊的地位，这些书的若干早期印本在书架上占据了显著的位置，本来，这套书的红皮哲学类中鲜会有品种是我落下没有收过的，但我最近几次想读读西田几多郎的《善的研究》时，却在自己的书架上几经翻找未果，偶尔几次在书店也没有找到，刚好在这里就见到了。赫尔岑（Herzen）的《科学中华而不实的作风》我肯定也是收过的，但也翻找不出来了。当然，我想要在这里收这本书，还有另一个书架上见到的屠格涅夫《回忆录》，是因为最近刚刚翻到英国学者克劳德（Crowder）的那本《自由与多元论：以赛亚·伯林思想研究》中关于《俄国思想家》的那一节，而其实我早已在从余杭塘河边迁走前的杭州书林淘"旧书"时拿下了河北教育的那套《屠格涅夫全集》。叔本华的《作为意志和表象的世界》，我手里的那本忘记是在长春红旗街书店还是在上海南京东路学术书苑得到的，虽然也算"老旧"，但也依稀记得当年得到此书时一方面因为不是初印本而恨恨不已，另一方面同样因为不是后来无数次翻印（包括"盗印"）的"汉译名著"本而沾沾自喜。另外，那个典型商务风的本子还有一个典型的缺陷：因为书太厚，所以那种装订法在翻读过程中极易导致书脊因脱线开裂，而眼前的就是正宗的初印本，但是取下来瞄了一眼价格，加之以那种不忍弃旧物的心态还是让我马上就打消了在走到了人生的大半程时"以新代旧"的俗念。还是把注意力转移到别的方面吧，"退一步海阔天空"，在非"汉译名著"中同样有书可淘啊！艾耶尔（Ayer）编的那个小册子《哲学中的革命》，商务和上海译文都出过译本，我在博士论文中参考过这本书，因为其中有斯特劳森的《构造和分析》，但我竟记不起自己有没有买过商务的译本了，印象中我在参考文献中所列的确实是译文社的本子，只不过它用的是"变革"而非"革命"，而我不久前才知道此书的译者李步楼先生已经过世了，这是我偶尔查阅鲍桑葵（Basanquet）《美学史》的商务李氏新译本时才获悉的，因为我有点儿不能确信两位李先生是不是同一个人！这中间的原因，除了我并不是很了解李步楼先生的主要工作领域（就是说，他怎么会翻译《美学史》这部书）外，还有就是我记得自己有商务早年所出的那册墨绿精装的《美学史》，译者是张今先生。一部名著出多种译本说起来乃是常态，这方面尤以商务为不惜工本和代价，例如随着陈嘉映所译《哲学研究》精装本的问世，维特根斯坦这部著作的 3 个被公认最有资质和质量的译本就在商务汇聚了，恕我孤陋寡闻，这在世界出版界应该也不会很常见吧！李步楼先生早年出身北大哲学系，虽然一直在武汉一个不甚知名的研究机构供职，但却对西学译介事业做出了极重要的贡献，他的译品中，除了《哲学研究》，我最难忘的自然要数马尔康姆的《回忆维特根斯坦》了。像这样学问功夫深厚又译而少作甚至不作的学人往往会让人生出一份分外的敬意，我想起的另一个例子是张金言先生，他的译品我手里只有罗素的《人类的知识》和维特根斯坦的《论确实性》，而我之所以对他有这么深的印象，还有一笔自学成才的李幼蒸先生的贡献：我记得在《纯粹现象学通论》的译后记中，译者曾经谈到他和张金言先生在 70 年代末 80 年代初相与论学的动人一幕！高本汉的《中国音韵学研究》商务缩印本，正月里在杭州的博库书城见到时颇为惊艳，却在这里"邂逅"初印，要价也就相当于现在重印本的定价，"外行看名头"，此书令人惊叹的还有它的 3 位译者：赵元任、罗常培和李方桂。在语言学领域，这种"名著名译"的另一个例子我想起来是高名凯之译索绪尔。当然，既然号称"淘书"，除了所谓初版本，书的装帧也一定是一个重要的考量，摩尔根（Morgan）的《古代社会》，印象中几乎所有的二手旧书店都会有，那个蓝皮的上下册自己也早已有藏，不过眼下却在这里遇到了三联 1957 年初版初印的精装本，白底蓝线套印，甚为清雅，连同行的那位学生也啧啧称好，虽然他做的是分析哲学，但还是可见在北大所受的熏染对人的品位明明还是有所改善的！

在这家估摸着应该是中国大陆规模最大的实体旧书店，其实价既不廉，而真正让人眼前一亮的货品也是少之又少，我所得到的其他几本书更无非印证了我逛这类店纯粹是在怀旧罢了：在我的大学时代，张隆溪教授还是学术新锐，他最初也是以编译闻名的，架子上有一册他早年选编的《比较文学译文集》，是北大出版社1982年的印本；有一册《陈独秀书信集》，是新华出版社1987年的本子，封底上还标着"内部发行"的字样；同一年出版、同样为"内部发行"的还有昆德拉（Kundera）的《为了告别的聚会》，这是我当年比较"沉迷"的作家版昆德拉三书的一种，另外两种分别是《生命中不能承受之轻》和《生活在别处》，在某种程度上，夸张点儿说，我与昆德拉作品中某种风格的契合，或者说，他的"调调"（或许庄重些说是生命情调或心境）对我的影响可谓深入骨髓，这就不需要我举例说明了。另有两小册近代史笔记，一是左舜生的《中国近代史话二集》，是著名的"文星丛刊"的一种，我之所以对这套书有如此深刻的印象，大概还是因为殷海光先生编译的那册海耶克（Hayek）的《到奴役之路》吧；另有一册80年代岳麓书社"笔记丛刊"中朱德裳的《三十年闻见录》，虽然作者声名不彰，而同类笔记几乎可说是多如牛毛，但以我不广的见闻，却仍然以为颇有可观之处，虽然这类文字往往良莠难辨，外行也很难分清各条之原始出处为何。说到"原始出处"，我就想起早年曾见到叶秀山先生那篇《科学性思维方式视角中的柏拉图"理念论"》文后附有一段向杨向奎先生致意的文字，当时对此还颇为"纳闷"，不想却在这里碰到了其文之"原始出处"——《庆祝杨向奎先生教研六十年论文集》（河北教育出版社，1998年），叶秀山先生和何兆武先生同列为此书编委，除了叶文，书中还收有何译的《论优美感与崇高感》序言。眼尖的我还发现此书最后还有胡适之先生的学生徐芳女士给杨老学长的一封信："你真可以说是胡适先生、傅斯年先生和顾颉刚先生的得意门生……其实我也是他们的学生，我们可以说是同门学友。"

第二天中午在哲学系简单就餐后，兴致颇高的余杭韩公水法教授似乎是忘记了他此前已带我"四访北大"，又提出要带我在未名湖畔走走，以弥补我"三访北大"留下之"憾"。不过在迈开大步之前，似乎是"心有灵犀一点通"，他老又忽然想起要先领我"瞻仰"下小韩公林合教授的研究室，正在他遥指给我看林合教授研究室之所在时，忽然自言自语道："原来林合今天在办公室啊！"这一"啊"可不要紧，不但"四访北大"泡了汤，那天下午我整个儿又成了逃会的会议代表！其实我和林合教授并不算很熟，印象中也就见过三五面，不过多年前在我之前任教的浙江大学召开的一次会议上，我和他同样也是"逃会"在灵峰山庄门口的咖啡吧里小坐了一小会儿，记得那次他所谈事实和事件的本体论给我留下了深刻的印象，几乎可以说是醍醐灌顶。大概两年前，因为推荐一位保研的学生，我和他有过一次电邮往来，那次"往来"的一个额外的成果是他寄送给我一本新译的麦克道威尔（McDowell）《心灵与世界》，可巧的是，那一年我的博士生课程上读的正是他的这个译本，更为让人欣慰的是，我自己虽然还没有写过关于麦克道威尔的哲学文字，却先后有我的两位学生分别写过两篇关于麦氏的论文并都发表在浙大所谓的"一级刊物"《自然辩证法研究》上！与多年前那次"偶遇"相比，这次"偶遇"相谈就要久长得多了，而且大部分时间都是林合教授在谈，我在提问和倾听，以至于当老韩公得知后都有些讶异："林合平时话很少的啊！"虽然一个是正宗学院哲学家，一个是同样正宗的山寨哲学家，我们所谈的却都是正宗的哲学话题，重点是在于林合教授关于中国哲学的两本书：《虚己以游世》和《游外以冥内》。林合教授对于自己的工作烂熟于心，侃侃而谈之余还不时随意地取出后一本书翻到某页就念了起来！如前所说，这种"交谈"中基本上都是我在倾听，只有一处插话自己还觉得有些分量。当林合教授表示自己做中国哲学只是为了换换脑筋，或者往往是在工作间歇或者没有其他研究任务时进行的，我插了一句："其实其他时候是在研究哲学，这时候才是在做哲学！"听了我话，林合教授不但不以为忤，还会心地笑了笑。林合教授很客气，大概也是因为知道我"好书"，临别时还不断问我他写的哪些书我还没有，当我回说都已经买了（我都不好意思说，他的"庄子书"我都买了两版！），他似乎微微有些失望，于是拿起一巨册估计应该是他所编的陈启伟先生的文集《西方哲学研究》，说："对，这个可以给你！"没错！这个我是愿意要的，我想起以前买过此书的前身辽大出版社版，但目前这个本子所收应当更全。林合教授还是很客气，临出门前，又给了我一巨册商务精装的《〈逻辑哲学论〉研究》，我照例心安理得地接下了，一是因为这个本子我确实还没有，二是那时我又想起了陈嘉映当年的那个警句："这是专为一本薄薄的哲学书写的厚厚的一本研究性著作，这在用汉语研究西方哲学的著作中不常见，一般是反过来，中国人写一篇短短的文章把西方古今全说了一遍。"当然我也并没有在后排"对号入座"，而没有这样做确实不是因为我骄傲，而是因为我谦虚！

　　第三天中午在勺园用过午餐后，就进入了我此次京城访书行的最后一站——多年前到过的博雅堂书店，在我们保研来到这里的两个学生的陪同下，我趁去机场前剩下的一点时间，迅速地扫了一遍全部书架，最后选了3本书。第一本是中华书局所出"武威历代诗词丛书"中的《姑臧李郭二家诗草·燕京杂咏·张玉溪先生诗》，我对这3位作者全无了解，之所以要这本书，除了应景的"燕京杂咏"4个字，还因为寒假在杭州博库书城收过一册同一系列中的《李益诗集》。第二本也是中华书局所出的袁行霈先生的《陶渊明集笺注》，陶集的本子我收过不少，却一直没有这一种，大学时代因为耽读林庚先生的《唐诗综论》而"爱师及生"，在当年吉大出版社的门市部买了行霈先生的《中国诗歌艺术研究》，那是此书的初版，记得当年还在《读书》上见到了初为行霈先生的研究生，后成为林庚先生助手的商伟的一篇谈林小文。我当年是在千岛之城舟山得到的林庚先生的《唐诗综论》，时光流转，巧合的是年前一次逛已不在原址的同一家书店时，我又在那里得到了恭祝袁行霈教授八秩华诞文集《双清集》，论文章内容，此集中应以葛晓音教授那篇为最佳，不过在现已是哥伦比亚大学讲座教授的商伟的那篇以陶诗为名（"虽未量岁功，即事多所欣"）的忆师文字中，我却读到了此集中最有意思的一个情节："有一次聊天，好像是谈到了俄国的哪位作家，袁先生正好起身去接电话了，杨先生（袁夫人）评论说：你的袁老师没有俄国'情结'。我听了有些愕然，怎么会呢？"可是"转念一想"，又觉得"还真的有些道理"。从事实和根据两方面，商伟对此给出的解释是："记得先生自己说过，他向来是闲云野鹤的逍遥派，对这类（以集体组织的方式大张旗鼓地学习苏俄文化的）有组织的、一边倒的活动，没什么兴趣，在那些群情激昂的狂热场面中，也显得落落寡合，心不在焉，甚至还多少有些反感和抵触。更重要的是，以先生的性格，我想恐怕也很难认同俄国小说中常见的自我戏剧化的倾向和斯拉夫气质——当然，契诃夫的小说戏剧，还有屠格涅夫的有些作品除外。就个人的涵养和趣味情调而言，袁先生是传统的、文人的。"那么，就让我带点儿"自我戏剧化"地说，在这博雅堂书店，"博雅"如我，收行霈先生的这部陶集注本，可谓得其时得其地也。

　　第三本同样是中华书局所出的徐仁甫文集中的《乾惕居论学文集》，这个著作集我收过若干种，记不起有没有这一本了，只记得其中的《杜诗注解商榷》我一定是收过的。所谓蜀学确实是一个有趣有料的话题，且不说更早处于风口浪尖的廖平和近年风生水起的刘咸炘，在和庞石帚、白敦仁差不多"规格"的层面上的，除了眼前的徐仁甫，我忽然想起了以前念过的《杜诗杂说全编》的作者曹慕樊，特别是其对《又呈吴郎》中"即防远客虽多事，便插疏篱却甚真"一联的独特解释，此解之确当与否姑且不论，但其中在反讽王湘绮对此诗之讥刺（"叫化腔，亦创格，不害为切至，然卑之甚"）时所崭露的诗人和解诗人的平民情怀（"王闿运坐食啸傲，腐心江湖。宜不知天地之大，江河之远"），却足以让人为之动容。拙见以为，对此的一个不太恰当的类比是我过去的同事缪哲在《祸枣集》中对杨绛《干校六记》的别样解读："有知识者与无知识者的区别，是前者受了苦会抱怨，会诉苦，后者却讷讷不能言。故有知识的人，道义上有为后者代言的义务。"看了这句话，我不禁想起了此前在琉璃厂见到的一册京都博物馆所藏中国书画图录上陈鸿寿的一幅集联："所乐自在山水，为人不外修齐，人品若山崇峻，情怀与水清幽，今趣岂异于古，天听可期诸人。"无疑，无论文还是字，这都是"有知识者"才写得出的，但是最适宜以此数语自省、自警和自励的，不也正是所谓的"有知识者"吗？

2017 年 4 月 12 日，千岛新城客居

"异日必享盛名，足以自开学派"

——得《壮议轩日记》记

我之得悉张舜徽先生之著述，最早应始于 80 年代中期在长春重庆路古籍书店获购的《周秦道论发微》一著。其缘端盖在于我在吉大中文系旁听的古代汉语课程上那位给我以极大教益的王老师对此书之有所称引，就正如我同样是在他的课堂上才初次得知高亨先生的老子注、周易注和诗经注。而此后我虽未事国学，但于舜徽先生之著述，从《中国古代史籍校读法》到《清代扬州学记》，从新世纪万有文库本的《清人笔记条辨》到"张舜徽集"中的《清人文集别录》，也算是续有收藏，只是既未系统研读，也未刻意求全罢了。

古人所谓独学而无友，则孤陋而寡闻，自大学毕业离开长春之后，我就再未有机缘听人与我谈及舜徽先生之道德文章，回想起来似乎只有一次例外，那应该是在杭大念博期间，偶然认识了一位古籍所还是历史系的研究生，与之交谈中不知话题怎么转到其所业上头，只记得他滔滔不绝地对我发挥了一通对舜徽先生学问之观感与仰慕，而所谈之具体内容甚至连这位老兄姓甚名谁，我如今都已不能准确追忆了。

既然不能正面攻城拔寨，也就只好抄些旁门小道了。未知从何时开始，我就颇喜搜集和披览近世学人之书信日记，经年累月，寒宅此类文献插架盖不下百十余部。大约两周前，忽从《中华读书报》王洪波先生所发状态中读到周国林教授绍介《壮议轩日记》的文章，当即委托钢祥小友从网上搜索此书信息，意外的是除了原有的影印版，所有主流购书网站包括孔网上都没有此书点校本的任何信息，失望、好奇和不甘之余，我就私信给王洪波先生求取书讯，不料洪波先生慨然答允为我求取一部，意外之外，亦甚感其情之可感也！

今午收到华中师大出版社白炜先生快递来的舜徽先生这部日记，尚未展卷，即已感书香扑面。这也让我有些无来由地想起当年在上海社科院念书时，从某渠道得知华中师大出版社刚出了韦卓民先生遗译的康德第一批判，但当时连南京东路的学术书苑都还没有这部书，正在苦于购书无门之际，忽然想起邻舍有一位学习数量经济学的同学是从武汉大学考研过来的，于是急中生智请他找在武汉的老同学为我代购此书，由此收到的那册韦译本《纯粹理性批判》也就成了我唯一一本从头至尾念完的中译本，呵呵，那都是什么样的年代啊！

除了上面这个其实已在别处曝过的旧掌故，我还想起不久前在定海旧城的一家小书铺见到的应该是由舜徽先生主导创办的《中国历史文献研究集刊》创刊号，虽然店主颇为识货，但于此卷索价并不甚昂贵，我还是稍作犹豫就咬牙将其收于囊中了，印象中最引我注意的一篇文献乃是马宗霍与章士钊论韩柳文。日前在思勉人文高等研究院参加图书资料委员会会议时，聊及图书资料之数字化，我还感叹这数通书信大概是舍此集刊无以获睹的。今观《壮议轩日记》首页以及周国林教授所撰整理后记，其中言及1942年舜徽先生受钱基博、马宗霍两位前辈学者之邀，到《围城》中所描摹的蓝田师范学院任教，于是恍然省悟，马宗霍先生之重要信函首发于舜徽先生所创之"集刊"，那也应该是"不为无因""其来有自"的呀！

2018 年圣诞节夜记于千岛新城寓所，时窗外冬雨沥沥

塞纳河注入了泰晤士河

　　张继亮小友寄来了他参与修订的埃里耶·阿雷维（Elie Halevy）的名作《哲学激进主义的兴起》商务中译新版，在感谢他的盛意和祝贺他的劳绩的同时，也让我想起了一些往事。

　　阿雷维的这部思想史名作，我最初是通过耽读商务版黑皮本萨拜因（Sabine）的《政治学说史》而得知其名的，而一直并没有见过原作。但由于年轻时对政治思想史的兴趣，包括对英国政治思想的兴趣——例如还读过欧内斯特·巴克爵士（Sir Ernest Barker）的同名著作，我就仍然对这部法国人撰写的英国功利主义思想史有一种神秘而好奇的印象。

　　推想起来，我的这种印象应该还有个原因。如果说巴克勋爵所梳理阐述的继功利主义而起的社会自由主义乃是"莱茵河注入泰晤士河"之产物（见金岳霖博士论文《T. H. 格林的政治学说》所引霍布豪斯[Leonard Trelawney Hobhouse] 之语），那么，阿雷维的书所处理的所谓哲学激进主义在某种程度上就是"塞纳河注入泰晤士河"之产物。此书英译本序言的作者林赛（A. D. Lindsay）已经把这段思想史的因缘和因缘提要钩玄了出来："现在我们并不认为完全的自由放任或者幸福的计算必然能够带来福祉。人们更容易忘记这些理论的优点，持续不懈的无私和公共精神、高昂的普遍主义，以及对清晰无畏的思维产生的可靠的力量具有的充分合理的信仰。正如阿雷维先生向我们显示的那样，这些观念大都受益于法国思想。最为有趣的事件要属这些观念在英法两国之间的交流互换——洛克这位最具英国气质、信奉常识的至上性、崇拜事实、宽容和热爱自由，而又讨厌按照逻辑的后果设计原则的哲学家是如何在信奉清晰一贯之体系的法国开花结果，而后转过来又以法国的形式激励边沁及其继承者的。"

这段文约义丰的话无疑会让我们想起林林总总的思想史片断和故实，而它首先让我想起的却是哈耶克（Hayek）对于英、法两种思想和心智类型的区分，哈翁也分别以演化型的和建构型的命名之。据说这种区分法和类型学可以追溯到威廉·詹姆斯（William James）对于软心肠和硬心肠哲学家的区分，以及在古希腊神话中就存在，后来又得到以赛亚·伯林发挥的狐狸型和刺猬型的区分。而在我看来这里重要的在于，如哈翁自己所强调的，法国型的并不一定限于法国人，英国型的也未必限于英国人，反之亦然——例如边沁（Jeremy Bentham）和葛德文（William Godwin）是法国型的，而孟德斯鸠（Montesquieu）和托克维尔却是英国型的，如此等等。这实在是很有趣而又平实的现象，难免会让我想起"古代人并不是生活在古代的人，有现代的古代人；现代人也并不就是生活在现代的人，古代也有现代人"这个当世"警句"——这世间的道理原本就是很平实的啊！

回到思想史和谱系学的层面，用不那么"平实"的话来说，哲学激进主义的社会关切以一种转化了的哲学方式被"扬弃"在社会自由主义之中，这就正如功利主义要素以经济学的方式存留于黑格尔哲学之中。信笔至此，想起当代那种以"学术"的方式"论证"黑格尔乃是一个精致的利己主义者或黑格尔哲学是一种精致利己主义的哲学的"生产方式",我实在忍不住地笑了出来。

不太"平实"地笑完之后,也还有两个"平实"的问题:一是我未读哈耶克多年,但我猜想哈翁在提出他的英法类型学时或许应当参证和引用过阿雷维这部书,盼哈学专家冯克利、高全喜或韦森诸教授能予以证实;二是阿雷维此著的荐语中有一条说,此著可与拉吉罗(Guido de Ruggiero)的《欧洲自由主义史》并称为自由主义思想史研究上的双璧——据我所知,拉吉罗此著也早有中译,但几乎无法卒读,吾小友继亮可有重译之志乎?

2019 年 11 月 2 日午后,千岛新城寓所

遥远的星辰

——从博雅堂到万圣书园

很久没有在帝都好好地逛逛书店了！一者近些年进京的频率似较往年更为稀疏，这是"绝对值"的减少；二者即使到了跟前儿也每每是步履匆匆，这是"相对值"的挤压，例如上月赴京参加启真馆活动，驻地就在中关村，却也只是顺带转了转附近的中国书店中关村店，待到晚上与学生喝完酒，忆完旧，却早已是意兴阑珊，估摸着事先想好要去的万圣也早该打烊了；三是抽象说来，也就是一旦开始考虑要不要去逛书店，就必定已经有某种阑珊的意绪出现在那种思虑中了："著书多，没有穷尽，读书多，身体疲倦。"何况买书乎？

这次到京，却少见的有两个完整的下午待在北大附近，于是我就觉得是一定要去转一转书店了。这不，人还没有到，就有过去的学生在我发布的状态下，建议我去逛逛重整后的博雅堂。回想起来我第一次去博雅堂还是由当年在启真馆支援工作的长刚小友带我过去的，而这都已经是好多年以前的事了。

我在北大附近的陕西餐馆用完午餐，就由另一位过去的学生带着来到了博雅堂。除了从一部关于张东荪早期思想的新著得知"哈佛燕京丛书"又出了新的一辑，新书展台上似乎也并没有什么真正让人眼前一亮

156

的"新书"，无非是些中西古典学的零落货品。于是我就还是从进门右侧摆放词典的那个书架开始了习惯性的"地毯式"搜索，转了两三排架子，才在某个不起眼处发现了袁行霈先生的一本散文集《愈庐夜谭》，想起我最近一次由两位过去的学生陪着来整修前的博雅堂，印象中最深的就是要了一册多年一直错过的《陶渊明集笺注》，就未免有些哑然。虽然现在逛书店，心境是与过去有些不同了，如果说过去往往是以满载而归为成就，那么现在有时却会以两手空空为斩获了。当然了，这都是极而言之的说法，逛书店总还是希望有实质性收获的，不然我也就不会经常感慨现在的书店耐看而不耐逛了。

这里毕竟是博雅堂！博雅堂还是有些耐逛的！我的搜索也还是有些成果的。所谓博雅，说白些无非就是文史哲。《傅璇琮先生纪念集》里的某些文字记得当时在网上就已读过，例如陈尚君教授的那篇"压卷之作"。站在那里翻阅了集子中罗宗强先生的那篇小文，文章最后引用了傅先生生前给他的私信，谓"北罗（宗强）南陈（允吉），是可以托生死之交"，想起上周还在岛城的新华书店重收了复旦新刊的《唐音佛教辨思录》，就不禁有些感慨。我最早是从《未定稿》上的一个访谈中得知允吉先生之大名，记忆中他似曾在那篇访谈中忆及少时在太湖边上的生活，然则遍检作为是书附录的这篇访谈，却始终没有找到当年留下鲜明印象的相关段落，记忆真有若是之欺我乎？走笔这里，我又想起早年在《文史知识》上读到的郭在贻和项楚先生的两篇令人感奋的治学谈。记得少不更事的我还给项楚先生写去了一封"读者来信"，然则我又能够谈些什么呢？想来无非是表示对前辈学者之仰慕，从而以这种有些独特的方式来励志吧！记忆中项楚先生还给我回了一封信，并说了些鼓励我的话。可惜这封信也早已经遍寻无踪了，难道这又是记忆"欺我"之一例？

　　前面我说到书店之"耐逛"，平面地说，当然是指书的品种要多要全，还有个立体的意思则是要有些"家底"——书店不能只是清一色的新书，还得有些"库存"。赵园女史的《地之子》，我此前好像并未收过，眼前的虽是个重印本，但也是整整10年之前的了。而她的另一册散文集《世事苍茫》，似乎比前一本书更没有印象了！我读过其《独语》和《红之羽》当中的某些篇什，记得当年还曾向钢祥小友推荐过，但《世事苍茫》前言中引用的钱谦益的话——"古人诗暮年必大进。诗不大进必日落，虽欲不进，不可得也。欲求进，必自能变始，不变则不能进"，我是真的没有印象了。博雅堂的"家底"还体现在某个书架底部的一套中华版《元和姓纂》上，用陈尚君的话："岑仲勉一生最重要的成就是《元和姓纂四校记》……中华书局委托孙望、郁贤皓、陶敏整理该书，将《姓纂》原书和《四校记》拼合，1994年出版，并编有索引。从署名来说岑氏一生最重要的著作，与林宝与3位整理者一并列出，稍有些吃亏，但其学术意义仍无法遮掩。"

　　哲学类的书，有一部"经典与解释"丛编中的《现实与理性：黑格尔与客观精神》，记得我那位过去的学生刚引我进店时就拿起它对我说："这是一本新书，就是太贵了，不过我还是已经买了！"是的，这位学生专攻黑格尔，似乎没有不买这书的道理。我拿起这本事先就知道的书翻起目录，发现竟有一章题为《托克维尔—黑格尔：关于现代性的无声对话》，想到上午还在暑期学校的课堂上"酣畅淋漓"（课程负责人方博语）地大谈韦尔默（Wellmer）对托克维尔与黑格尔之"互释"，不禁吃了一惊。看来，这书不但学生得念，先生也得去念念了！被我收入囊中的还有恩斯特·布洛赫（Ernst Bloch）的《基督教中的无神论》及其独特的"三段论":"宗教中最好的东西就是招致持异论者","哪里有希望,哪里就有宗教","只有一个无神论者才能成为一个好的基督徒,只有一个基督徒才能成为一个好的无神论者"。

从"效用递减"的角度,逛完博雅堂再逛万圣大概并不能算是一个好的选择,即使是在时隔整整一天之后也是如此!自从万圣搬迁到成府路上新址之后,我这只是第二次光临。不知为什么,新店总比旧店少了些感觉。不过刚进门就在新书橱窗中见到的商务新品斯特劳森的《怀疑主义与自然主义及其变种》,还是让我稍稍提起了精神。记得当年还是薛平先生提醒我注意此书对于理解斯氏哲学之重要性的。的确,我们不但经常通过别人的推荐和引导才意识到有些作品的重要性,我们也常常由别人的转述才留意到一些先前没有充分留意到的表述和品评之精彩处。例如眼前这部《金景芳先生编年事辑》转述金毓黻《静晤室日记》中援引锺书君之尊人钱基博老先生分别用"妩媚"和"武谲"形容梁任公和胡适之,看到子泉老先生对"妩媚"的那番解读,想起上月在高瑞泉教授荣休会上复旦吴教授用"妩媚"来刻画高教授的人格形态,又觉得似乎应该区分出"妩媚"的不同形态。"妩媚"基本上是一个美学范畴,属于非决定性判断。它充其量介于道德与审美之间,这也就意味着它在与道德的结合上具有两可和歧义性,而未必只有《静晤室日记》作者所解读的那种唯一的可能性。

或许,我的这种解读似乎是过于迂回了,但是一方面,"只有辗转迂回获得的东西才会真正留在记忆里"(爱德华·摩根·福斯特[Edward Morgan Forster]语),就正如我在博雅堂遇到浙大出版社"蒋礼鸿全集"丛书中的《敦煌变文字义通释》以及蒋礼鸿先生与任铭善先生合作的《古汉语通论》。另一方面,"最漫长的旅程"本就是迂回之路,通往一颗星辰的途程当然是遥远的，就正如我们通达理想之物的过程往往是迂回的。遥远性不在于物理的距离，而在于过程的迂回，这就是海德格尔之所以说"走向一颗星"，他既不说奔向一颗星，更不说飞向一颗星，因为那样就少了迂回之感，而迂回之感却一定是包含在"走向"之中的。我想起前一阵子忽然想找梁存秀先生那部自己不知因何而错过的文集《自由之路》，但网上却显示已经脱销，我于是想到直接求助于商务印书馆的陈小文君，不料小文君回我："这书没有库存了，要不我把自己这部给你吧！"这自然是万万使不得的，不想今天在万圣的一个角落，我却迂回地得到了这部书！

从万圣出来是此行的最后一个议程，余杭韩公继多年前的那次后再次招我饮于海淀体育馆附近的那家淮扬餐厅。当晚聊了很多，但因为自己毫无征兆地喝个大醉，几乎都已经记不得了，只有韩公谈到自己的师承时说的那番话仍然记忆犹新。据韩公说，蓝公武先生早年在北大开讲康德哲学，他的老师齐良骥先生和牟宗三先生就是课上拢共四名学生中的两名。说完这一句，韩公马上补充：这些可都是从（王）太庆先生那里听来的，你看，连自己的师承这样的掌故也还都是迂回地得来的！

2018 年 7 月 31 日晨，千岛新城寓所

"莫说相公痴，更有痴似相公者"
——给书友钢祥

　　想起来，目前所任教的这所学府，有一个小小的福利，似乎是每年可以选择到无锡太湖边上的一家疗养院参加学校安排的年度体检。与以往那种一大早空腹去排队，然后走马灯地完成例行"公事"之体验不同，因为事先会安排在疗养院住上一晚，于是整个节奏就松弛了下来，舒适得多，也人性化得多了。上月初，照例从中北校区出发来到此地，这一天院里貌似门可罗雀，到下午两点多，人就已经空了下来。距离预定的团体晚餐还有两个多小时，该去哪里转转呢？记得去年来此时，除了可以眺望鼋头渚的"好望角"，我还忙里偷闲去到江南大学附近的那个片区逛了逛，还转了一家位于大型卖场中的装饰精美且颇有书卷气息但却是无书可买的书局，那么这次就该"改弦更张"，往城里去找找旧书了。于是就让一位精通网事的朋友帮我在网上查了查，说是在南禅寺就有一家书城，据说那里是会有些旧书可觅的。

　　用刚学会不久的"滴滴"约了一辆出租车，就从疗养院的大门口出发，奔南禅寺而去。无锡的城区，想起来我只在 1993 年研究生毕业前夕来过一趟，印象早已经淡漠了，只记得惠山和惠泉是去过的。出租车先是沿着太湖绕了一阵，然后应该是走了类似二环这样的线路，20 来

161

分钟就到了南禅寺门前。这是一座颇有历史的老寺院，可惜那应该是最有看头的佛塔却在整修，而我也无心流连，于是匆匆进到大殿看了看，就急欲淘旧书去了。

但是刚刚攻略好的书城的铺面上并未见到什么旧书，只有一家也号称"三联"的批发店中有些品类不整的二手书，我于其中翻到了一本介绍"上博"珍藏的精装册子，虽然品相陈旧，但书的内容却是靠谱的，就如同古代文学从业者之于现代文学从业者，整天与旧物打交道的人笔下也往往更有"古意"些。问店主这里可还有别的旧书铺，答曰没有了，就她一家。待我付完款，却又告诉我，一直往里走还有些书铺，那里是有旧书可淘的。

如同在别处自供过的，说起来有些不登大雅之堂，我所谓"旧书"，基本限于1984年底我所亲身经历的全国范围内图书第一次涨价前的文史哲类出版物。而眼前的这个旧书市场，就我有限的淘书经历而言，已经要算是十分难得的所在了。这儿有点儿像是那种旧货古玩市场，三长排整齐的小木屋，纵向行道左侧以邮票、钱币和像章等小收藏为主，右侧却是有10多家旧书铺以"三"字状排开。终于到了向往的所在，我没有来得及先通观一番，就选了一家品品不错的扎了进去，开始我那惯常的地毯式搜寻了。店铺中并没有想象或预期中的"大货"，零零碎碎的斩获倒是不少，例如曹未风的若干早期的莎剧译本《马克白斯》和《凡隆纳的二绅士》，以及一些古诗词选本，其中以一册《清人绝句五十家掇英》似较稀见。但因流连于书丛，待我从这家铺子中结完账出来，剩下的时间却已经不多了，盖因我刚开逛时问过，书市到5点就要打烊歇业了，于是急匆匆地提着刚"扫"来的那堆书，还不甘心地想看看其他铺子里还有什么货可淘。但这时候大部分店铺都已经关门，就只剩下最北侧的两家还开着，其中一家看上去书品较好，主人却走开了，隔壁那家还没有下班的女主人热情地招呼我，但我进去瞅了一眼，她的铺子里实在没有什么家底，不忍拂了人家的好意，就选了一册可给小女看的冯春译的《普希金童话诗》，忙又折回到旁边那家铺子。这时店主已经回来，一看就是个有点儿书卷气的中年男子，还跟我介绍自己是学文学出身，这不，一上来就向我推荐了杨周翰译的《蓝登传》，上海译文1980年版的，果然书品不凡！与刚才那家我几乎在那里"竭泽而渔"的铺子相比，这家似乎书品要更好些，我在那里所得的"初版书"还有聂绀弩的《中国古典小说论集》，戴不凡的《小说见闻录》，刘开扬的《唐诗论文集》，甚至还有吴奔星的《中国现代诗人论》！

带着未能尽兴的遗憾，当晚在住处检阅战利品时，我就悻悻然地只"晒"了一套书——《东林书院志》，并在发布的状态中"题字"道：何谓得其所哉！太湖之滨，夜阑岑寂，"晒"完了书，就想起可与在德国陪我逛书店、曾和无锡有某种特殊"因缘"的李哲罕君聊会儿天，听完我的描述，他告诉我他对那家书城似乎也有些印象。而当我说颇想找个时日专程再来一趟时，哲罕君却笑谓："专程就没有必要了吧！老师可以等明年来体检时再去逛啊！"

转眼就又到了月底，上周二晚上是我本学期最后一堂博士生课，周三下午则是本系的博士生答辩，而周五则要在思勉人文高等研究院开一天会，只有中间的周四是空的。忽然想到何不就趁这天再到无锡去逛逛旧书市呢！查看了一下交通情况，早上7点不到有一辆大巴从汽车南站发往无锡，从常规到达时间来看，这一趟应该是最合适我出行的。但是天气预报显示周四是继周二和周三之后的又一个雾霾天，而且有大雾，我有点儿开始担心早上能否成行。饶是如此，我还是把闹钟定在了6点不到，想着起床后直接打车到南站正好能赶上那趟车。我于清晨的浓雾中准时到了车站，果然发现有不少趟线路因为大雾已经停运了，幸运的是到无锡这趟车依然正常，只是上了车，师傅才告知今天高速封道，只能走国道。话音刚落，只听到前排一位上海口音的老者慢悠悠道：难得走一次慢速，也挺好！

这天路况果然不好，光出城就用了一个小时，而且这趟车还要在嘉定上客，我又一时兴起，觉得不妨回程时在嘉定逛逛，但是"去哪儿网"上却怎么也找不到嘉定这个汽车站名！而且一路堵车，大巴走走停停，到了昆山附近就已经 10 点多了。这时一直帮我网上买书的钢祥小友忽然发来微信，问我《余英时回忆录》还有没有买，他订了两册，已到上海海关，如果能够如期到达，他想送给我一册！于是急忙回说，我已委托即将来沪讲学的一位台湾友人代购，如果没有买到，我愿意接受馈赠！刚回完信，又想起自己头天晚上在涵芬楼闲逛时见到了一册王鼎钧老先生的访谈录《东鸣西应记》，就拍了图片给钢祥，问他这个收了没有。不想钢祥小友却回给我一张图，是他书架上琳琅满目的鼎公著述，凡是台版和简体字版，都几乎已经收集全了。看着那张图，我忽然有感，于是就下载了那张图，并在大巴上发了一条状态，照例"题字"曰：某书友的鼎公专柜……"莫说相公痴，更有痴似相公者"！

大巴以超出平时一倍的时间，终于到达了无锡汽车站。而我的二次书城行，不枉长途奔袭，也还是有些收获的，这次主要是从头至尾排查了前次未到的应该是这个旧书市中规模最大的一家书铺。清代佚名的《杜诗言志》，是我此前从未听闻的；朱自清古典文学专集之二《古诗歌笺释三种》，我也并不熟悉；闻一多的《神话与诗》，虽然我已有了全集本，但这个全集选刊本并不常见；刘开扬的《唐诗通论》，与上次的

《唐诗论文集》正好配套；詹瑛的《李白诗文系年》，让我想起今年10月去柏林飞机上翻阅的安旗的那本小册《李白年谱》；《桂海虞衡志校补》，这部"志"我还是通过董桥的介绍才得知其名的；《稼轩长短句》，上海人民1975年版，我忘了自己有没有这个本子，也是经过一位同事提醒，才知道这个本子乃是陈允吉先生点校的；上海书店据神州国光社旧版影印的《三朝野记》，看着这个本子，我想起的却是早年在沪上所得的《东林始末》；最"神"的是国际文化出版公司1989年版的《艾略特诗学文集》和《艾略特传》，90年代初我曾于当时还在人民广场的上海图书馆中的一家书店中见到过，那种颇想收之于囊中却因囊中羞涩而只好作罢的心情似乎至今都还记忆犹新！

与上次的"偶遇"相比，这次的时间要更为充裕了些，我还遇上了前次向我荐书的那位中年男子，他一下就认出了我，并马上告诉我他手里刚有一些书，可惜今天没有拿来，还说下次会带过来，可我却不知道自己的下次会是哪次了！除了这家店，我还转了另外一家前次没有遇上的铺子。大学时节其中每篇都念过的李泽厚《美学论集》的第一版第一次印刷本，只要10元；屠格涅夫的《烟》和《贵族之家》，是早年的竖排插图本，让人颇难释手；莫洛亚（Maurois）的《拜伦传》，浙江文艺1985年版，是艾略特译者裘小龙牵头的译本，这使我想起启真馆有个莫洛亚传记系列，记不得那一种是否采用的裘译。

呵呵，说到启真馆，我就想起中午刚到前面那家收获最丰的书铺开始觅书时，忽然手机上收到王志毅兄的微信：问我是否在舟山，我回说在无锡找小旧书；志毅又问是开会吗，我回刚好今天有空，专程；志毅回说江苏还是比浙江好；我回说对的，江苏有文化！

下午4点45分，我就准时坐上了从南京到广州的绿皮火车，预谋到上海南站附近的桂林路上去找在挪威陪我逛书店的贺君喝上两杯。列车缓慢地运行在我年轻时一个一个数过站的经典的京杭线上，在已经降临的夜色中我想起了自己的青春岁月，便忽然取出离开旧书市时在上次去过的那家铺子中发现的平明出版社版李健吾译巴尔扎克的《司汤达研究》，拍下封面发了个状态，并再次"题字"："青春已逝，剩下的是无尽的劳作。"猜猜这是哪位大神转述的哪位大神的话？

晚上7点半的样子，我终于在桂林路上一家餐厅门口与等我的贺君见面了，见我大包小包的样子，贺君也许是想起了去年8月在挪威书镇的那一幕，嘴上嘟囔道："这个事儿吧，光有热情不行，光有激情也不行！"

2018年12月3日，时近午夜，千岛新城寓所

荒原寻荒小记

　　这要算是我第二次到访越中旧城，虽然预备第二天要参加书友钢祥君的婚礼，此次却似乎并未有访书的打算，只是当晚与从杭州过来的友人在府山西路上吃过绍兴老酒，回到府山脚下的那家据说其历史可以追溯至张宗子的酒店时，于不经意间路过范文澜故居，于是拍图发了一条状态。同为书友的绍兴人蒋益小弟见"状"后即猜中道："您是来参加婚礼的吗？"得到我如实的回答后，蒋小弟又说："我还在学校，不然我步行10分钟就可以去看您！"看我有些"无言以对"，书友又问："打算去荒原书店转转吗？"对这家书店，我此前已有所耳闻，从书友发来的图示看，离我当晚所住之地不到两公里，仿佛为了提高其建议的说服力，蒋小弟还发来了某绍兴籍著名哲学翻译家与书店主人的合影，照片上我们这位翻译家依然是那副"垮""痞"参半的模样，而无形中这家书店之于我的"吸收力"却似乎真的是有些见涨了！

　　如同我在别处交代过的，我第一次来绍兴就只是在咸亨酒店站着喝了两碗太雕酒，这次略有余暇，不但第二天一早登上府山俯瞰绍兴全城，而且平生第一次参观了从百草园到三味书屋的所有"景点"，不消说，感触甚至震撼依然还是有的，不过不能也无法在这里详说了。我对迅翁只有一点保留:《采薇》中讽刺义不食粟者，说是"普天之下，莫非王土"，难道你们在吃的薇不是我们圣上的吗？而我以为，"吃的薇是圣上的"和"义不食粟"并不相左，毋宁说，两者是有紧张的，而没有了这种紧张，所谓"清洁的精神"就真的"无所容于天地之间"了。

周粟可以不食，绍酒还是要喝的，从沈园出来，照例来到咸亨酒店，喝了瓶装和碗装的两种太雕，从沪上过来参加许钢祥君婚礼的何松旭同学就嚷嚷着要带我去八字桥转转，我问不是要去书店吗？他答书店就在八字桥边上。桥果然是旧物，站在其上，原是大可以模仿某当代散文家写西湖的笔调，很有文化腔调地说：我站在了放翁或许曾经站过的桥上！

平实点儿说，这家书店还真算是有腔调的，先是高及屋檐的书架上陈列了不少全集和文集，其中竟有钢祥书友去年帮我从孔网上淘到的《冯至全集》；那套精装版的《迦陵文集》则让我想起那年在余杭塘河边的杭州书林，我"上穷碧落下黄泉"，登上梯子才取下的那套平装版，但因为当天买了另外几套全集和文集，就既未下单，也未归位，待我第二次去时，那套书却已被人买走了，当时颇为后悔，还心想，如果不是我从屋顶预先取下，后面那位读者应该还发现不了这套书！

这主要是一家经营二手书的店，但架上的大部分书却并未明码标价，遇到这种情况，我会把已经标价且已有意入手的书单列，再取下有所属意但需待价而被我沽的书放置一堆，结账时待主人报价后再做取舍。我一边选书，一边对何君说，我们逛这类书店并不是来做冤大头的，在对各类书有个基本心理价位的情况下，我们一是来开开眼界，因为总有我们以前出于各种原因错过的书，二是来捡漏，因为我们的个人偏好总会与书贾随行就市的趋利倾向有某种偏差。这可谓之"拾荒"和

"寻荒"，我当年的老师陈克艰先生不是有部书话就叫《拾荒者言》嘛！还有一种情况则是，有些算是比较别致的书，其实我早就收了，但为了测试下"书温"和店家的眼力，我往往会选出几种，请店家估价，万一拣了漏也可送人呀！叶维廉的《众树歌唱》和马库斯（Marcus）的《老美国志异》果然已经翻了好几倍。至于我从阁楼上昏暗的灯光下找出来的《金蔷薇》作者的一个两卷本文集，以及上海新文艺出版社的郭沫若译《浮士德》，甚至法国人罗斑（Robin）的那部《希腊科学思想与科学精神的起源》以及松旭君翻出来的吴献书译民国精装版《理想国》，店主则婉拒开价，只说价格很高，这不禁让我想起在法兰克福那家古董书店，店员把一部初版的莱因霍尔德著作放在哲罕君和我面前的那一幕——绍兴人的眼光的确还是很锐利的！

一般来说，在有学生义务陪同逛旧书店的情况下，我也同样肩负着义务荐书的光荣任务，此次荒原寻荒，我为松旭君荐的书就包括我大学时买过的中译初版《新工具》，从大学时代就陪伴我的《歌德的格言和感想集》，柏克（Burke）的《美洲三书》，皮平（Pippin）的《作为哲学问题的现代主义》，中华书局早年所出的一本《日本学者论中国哲学史》，还有本初版的《许姬传七十年见闻录》。《美洲三书》是部名译，我记得冯克利先生有次就称道缪哲的译文。缪哲自己的文字，印象最深的仍然是他写杨绛的那篇小文，说来也巧，不久前偶然读到一位沉迷钱学的年轻学者张治的关于杨绛的文字，才恍然省悟，如果说缪文着眼于人情，那么张文则着力于世故，所谓人情世故者，差可于此得一确解也。

三人行，有我师；二人行，可做伴。松旭君左手拿着本《日本学者论中国哲学史》，右手拿着本同样是我找出来的王利器辑录的《历代笑话集》，说是一本 60，一本 50，两者取一，让我为他定夺，我就说，你没得选啊，因为前者我已备，而《历代笑话集》是我要的！面对一本《意大利文艺复兴时期的文化》精装本，我犹豫自己已有了平装本，又想要本精装的该咋办，松旭君快刀斩乱麻：精装您拿下，平装送给我！我不禁感叹，这不但是个 reasonable（合理的），而且是 rational（理性的）决定——与绍兴人相比，宁波人的精明原更是不遑多让啊！

我的学生不但有来自东南的，还有来自西北的。记得上月的一天，松旭君从闵行驱车载我赴此前从未到过的复旦校园内的鹿鸣书店，桂林路上的贺君也在午后闻讯赶到"双旦"校园，他们两人在复旦旧书店和鹿鸣书店一直陪我到晚上 8 点半"鹿鸣"打烊，在回闵大荒喝德啤的路上，只听坐在副驾的贺君既大言炎炎又严丝合缝地对我说："应老，我怎么觉得自己到上海后不管怎么忙碌，每天心里总有某处是空落落的，而今天虽然大部分时间无事可做，却每分每秒都觉得无比充实！"

2019 年 1 月 30 日，诸暨

不看万圣书目之后
——有关最近之购书习惯及若干自省

有相当一段时间，确切地说是在浙里的后半段，除了逛实体店和出差旅行时偷闲访书外，我习惯于定期浏览万圣新到货品书目，找出其中有兴趣的，大部分情况下会先在各大网店上确认下有没到货，然后就让钢祥小友为我下单。网店中，那时到货最快的一般是现已放弃大陆市场的亚马逊。在这个习惯下，再加上在实体店的摄入，我购书的数量上升得比以往任何时候都要快。紫金港房子的各个角落里都塞满了书。当然，这样做有个小前提是那时候所里分配的和自己每每争取到的小经费。有句话叫穷得只能买书了——因为杭州的房子是买不起的！买书是要花银子的，但是现在想来，为花银子而买书实在是一个陋习。

习惯是人生的伟大指南，但是习惯也有发生学（记得李零有一门"汉奸发生学"），有外部条件。至少得有银子买书，还得有空间放书。慢慢地，特别是在迁移起居地之后，我几次挣扎之后终于放弃了看万圣书目下单的习惯。在千岛之城，常会有机缘让我主动和被动地在新城和定海的两家新华书店耗去不少光阴，还有两三家民营书店可去转悠。这些店中的书品比外人想象的要好，虽然我也曾调侃自己：蛰居岛上，应该没有影响我鉴赏书的品位，但却降低了我买书的品位。

出差或旅行到一新地或旧地，是开阔眼界的好机会，无论日程如何紧迫，都会要设法找家书店逛逛。最近的一次是在长春红旗街和桂林路重温大学时代的旧梦。连回杭州，也要争取去下"晓风"——通雅轩，更不用说"博库"，却是基本上没时间去的了。

既然不看万圣书目了，那么除了实体店，还有什么获得图书信息的渠道呢？答曰网络和智能手机，慢慢地集中甚至合一于手机上。微信上面会有各种图书榜单和公众号推送。当然，以作者生作者和以书生书这两条最传统的路径依然有效，而且口耳相传基本能保证品位。例如，唐克扬的著译我一早有收，最近得知此君又出了本《异邦笔记》，而且题材合乎我的兴趣；陈尚君的小册子，我近来几乎每见必收，有趣的是我还从《濠上漫与》这本最新的随笔集中得知陈允吉先生还出过本《追怀故老》，虽从网上读过其中不少篇什，这个册子我还是要去找来的——只为我最早得知允吉先生大名，乃是从他 80 年代在《未定稿》上的一篇访谈。

有些年以来，有关音乐和音乐家的书籍构成我书单上的一个小小的子系列，乐谱是不识的，听乐是难有进阶的，那就还只能诉诸文字了。正如一个人掉了钥匙，别人问他为何只在路灯下寻觅，他答只有这里有照明啊！今人写的旅行图籍，普林斯顿的唐史博士赖瑞和教授的《杜甫的五城》和《坐火车游盛唐》应是其中的上品。由此想到最近一次和大学舍友黄易澎君聊天。黄君多才多艺，"善解人意"，是我大学时代的挚友。谈到旅行，那天他忽然蹦出"壮游"二字，着实让我吃了一惊。黄君不但有一套壮游的理论，而且近年更在践履壮游，这就更是让人艳羡不已，可望而不可即的了。

其实我之买书，正如我之听乐和旅行，多是小打小闹。一是我几乎没有什么大套书，也不刻意搜全集文集，而基本都是一本一本拣选积聚起来的；二是我的书中，闲书数量不少——我尝如此自我开脱：现在一本杂志都要几十元，更何况是一本书。只有一点，杂志看完可以扔（其实我也扔得极不勤），书却很难如此出手。加之我的清理习惯实在是差劲，于是乎就逐渐成灾了。

怎么办？与开源节流相反，应该是节源开流！暑假前即开始后又停顿迄未完工的整理是一个基础工作，是在为"开流"做准备乎？节源方面，万圣书目是放弃了，去实体店的次数也在有形无形间开始滑落——好在我的生活节奏似也不容易有时间悠游各大都会的旧书铺，这类店，我基本上是去一次，作"地毯式搜寻""竭泽而渔"状，然后就不知猴年马月才会再去光顾。简单地说，要反过来尽量把购书变为具身行为：具身行为毕竟是有限的，对着书目下单这样的抽象行为则可以无穷复制！最后就只有各式榜单和公众号推送了，幸运的是，这类榜单上，正如现在各式网红书店里，能入我眼的书实在算不上多，那花花绿绿的大俗封面儿，看一眼就让人油得发腻，还是罢了吧！

很多年前在杭州西溪湿地，在那风物依稀似旧京的外表有些古意的所在中徜徉，我忽闪一念：这里要是有家旧书店该多好！不错，如唐克扬在《异邦笔记》的跋语中所说，"这样的印象确实已经过时，但是却不会从人类经验中完全消失。同样，描写这些'初印象'和'回望'经验的文字也不会彻底死亡，因为对于世界的探索总是熟悉和陌生的变奏"。也如陈尚君教授在《寂寞使学术更加庄严》中所云，"自认寂寞则有自诩高手之嫌，否定寂寞则有负雅意"，那么，所能或所要勉力做到的，也就只有"喧嚣之间，自感还算有所坚守"了。

2019 年 9 月 16 日，午后

"六个一"的故事
——理书小记

我这里所谓"六个一",是指最近理书偶然整出的六种辑丛之第一辑。说是"偶然",盖因此类辑丛我搜罗有"创刊号"的肯定不止这六种,至少我随口还能报出"学人"、"学术思想评论"和"经典与解释",甚至还有"原创学术"以及似乎只出过一辑的其上有萧阳那篇名文的"哲学评论",但为了凑数,这些都只好略去不顾了。

诸君或许有所不知,"走向未来"当年除了丛书,还有辑丛,我忘记它出过几辑,也不能确定我手中这本"创刊号"是从哪里得到的。至今难忘的李泽厚的名篇《启蒙与救亡的双重变奏》就是首发于其上的。我一打开目录,看到的除了金主编观涛先生的《发展的哲学》,还有知识分子许纪霖同学关于知识分子的一篇宏文;除了成都女诗人翟永明的两首诗,还有靳凡的一组散文诗,而"靳凡"不就是《公开的情书》的作者金观涛和刘青峰伉俪的笔名嘛!犹记得那年好像是陪卫东同志在紫金港与金刘夫妇共餐,谈到了以《观念史研究》和《开放中的变迁》为基础的"大数据",有点儿后悔的是那时"追星"意识淡漠,想不起也找不出《公开的情书》请两位签名,否则可真是小"文物"一件啊!

"文化：中国与世界"就无须我在此详细介绍了。巧合的是，其"创刊号"之所以让人印象深刻，乃是因为余英时先生的名文《从价值系统看中国文化的现代意义》的简体字版首发于其上。我翻阅时，发现这一期上我圈点最多的也正是此文。《新教伦理与资本主义精神》三联版的其中一位译者于晓所译的吉尔兹（Geertz）的"深描说"是此辑的压轴篇，我也从头至尾拜读了。记得邓正来后来又重译此文，收在梁治平主编的《法律的文化解释》一书中。此辑中还有熊伟先生的一篇文字《恬然于不居所成》，乃是其于北美海德格尔年会上的发言，最后还引用了海氏的那句名言，"运思的人越稀少，写诗的人越寂寞"。

　　"公共论丛"与"文化：中国与世界"同属三联，其实主要由王焱老哥操持。犹记初见此辑丛时颇觉惊艳，主因是其时自己正在"热火朝天"地垦荒于政治哲学，我后来还引用过《自由与社群》那一辑，而且到现在还不清楚那个叫容迪的作者究竟姓甚名谁，何方人士。"创刊号"上除了李普曼（Lippman）的《公共哲学的复兴》和萨托利（Sartori）的《"宪政"疏议》，主要还重刊了伯林的《两种自由概念》，虽然我早就读过《自由四论》的陈晓林联经译本，但这毕竟是此译文首次以简体字"登陆"。"公共论丛"上让人印象较深的文字，除了王焱论陈寅恪，李强论贡斯当（Constant）以及自由主义的隐蔽主题外，还要数汪丁丁的《哈耶克扩展秩序思想初论》，上中下3篇分3次刊完。记得一次枫林晚活动时我对汪丁丁开玩笑，他的文字最好的有两篇，一篇是《初论》，另一篇是《棕榈树下的沉思》，汪丁丁听完我的话，呵呵地笑了出来。

　　我个人与"公共论丛"还有点小因缘，那年写完《康德、西季维克与两种自由》一文，我交给王焱，但他说我剑走偏锋，没有正面讨论施派，他怕别人不高兴，所以不拟发表。不过后来，他还是采用了我的两篇译文，韦尔默的《现代世界中的自由模式》和史克拉（Judith N. Shklar）的《两种自由在美国》，大概算是"将功补过"吧。王老哥还在最后离开《读书》前发表了我写赵俪生先生的那篇文字，但同时又不愿发表我为叶秀山先生的《美的哲学》一书所写的书评《榜样的力量》，从而具象地向我展示了何谓"榜样的力量"！

"万象译事"乃三联系辑丛之"延伸"，具体渊源可见沈公昌文先生的回忆文字和俞晓群的出版日志。我后来再没见过"译事（二）"，不知"创刊号"是否真成了"终刊号"。不管怎样，"创刊号"上让人印象最深的是关于伯林的一组文字，大概彼时布罗茨基（Brodsky）还未流行，钱文忠翻译了约瑟夫·布罗茨基为祝贺伯林80大寿而写的一篇文字，他还译了伯林自己的《伟大的外行》一文。后来译林社单行本的伯林与伊朗学者的对谈也在这一辑上预先亮相了；另一则伯林关于民族主义的访谈曾为我引用在自己的一篇小文中。这一辑中另一个有特色的栏目是一组关于翻译的文字，作者有思果、董桥和刘绍铭，不过最有意思的是李慎之先生辑录的《钱锺书先生翻译举隅（一）》，我在其中没有看到那个著名的"吃一堑长一智"，而只看到了钱先生把 purification 译作斋心洁己，把 mental fictions 译作乱真，把 selective imitation 译作取舍之工，把 inspiration 译作落笔神来之际！真是相当的"布罗茨基"！

顺便提一下，后来真正做大的不是"万象译事"，而是"万象"。今日午时读了王德威《史诗时代的抒情声音》中关于胡兰成的一章，其中引证刘铮曾在2004年的"万象"上发过一篇关于胡兰成的文字。我想到自己早年搜罗的"万象"正在离我不到50米的书桌上堆着，也许其中就有收有刘铮文章的那一期，于是起身过去寻找，经过一番摸索，竟然真找到了，兴起中当即拍图发了一条状态：并非坐拥"书城"，而是偶遇"万象"！

"思想与文化"乃华师大中国现代思想文化研究所之"所刊"，之所以特意拿出来谈谈，除了因为自己曾经在其中读到过不少精彩的文字，还因为如果不是此次理书，我完全无印象有这份"创刊号"。当然，最主要是因为自己曾在其上发表过一篇文字。大概是十六七年前，我和高力克教授到丽娃河畔参加会议，那要算是我可数的几次携带了完整的论文参加的会议之一。会后不久，杨国荣教授来信希望我把会议论文交给"思想与文化"发表。这要算是我与优雅学府的第一次文字因缘，此外还有两次：一次是许纪霖和刘擎两位同学把我的《康德、西季维克与两种自由》一文收入"知识分子论丛"的《共和、社群与公民》一辑发表；另一次是经童世骏教授推荐，《华东师范大学学报》发表了我翻译的韦尔默的一篇文字《真理、偶然性与现代性》。

最后是"德国哲学"之第一辑，我收藏的这一辑来自那年上海社科院图书馆之清仓处理。其中有陈修斋先生关于莱布尼茨、张世英先生关于黑格尔和陈启伟先生关于维特根斯坦的文字，还有德国哲学家凯伦·格洛伊（Karen Gloy）关于康德的自我意识理论的一篇文字。"德国哲学"换过好几家出版社，发表的文章数量甚多，但是除了倪梁康教授的《康德哲学中的"认之为真"的概念分析》外，大多已无法切记，只有格洛伊的名字被我牢记，且有例为证：某次德国哲学国际会议论文集《哲学与人》中有一篇格洛伊的文字，因为其中提到了斯特劳森，我在修订自己的博士论文时还曾加以引用。

写完"六个一"的"故事"，再一翻检，有个巧合："走向未来"和

"德国哲学"辑丛均创于 1986 年 8 月，已是整整 33 年前的事了，只是一个早已"消亡"，另一个仍在"绵延"，呜呼！

2019 年 8 月 8 日凌晨二时，舟山校区图书馆

ZJG "旧" 书事

　　一直以来，ZJG（紫金港）校区里就有两家二手书店，自然都是以经营教材为主的。那些比我有品位的、比我忙的大人先生们固然很少会光顾那里。我寄居在这个校区里时，不知从何时起，就有了去那两家店转转的习惯，不过频率并不高，一般都是在晚上散步时，或者从食堂步行回小区的路上，偶然兴起就会过去遛个弯儿。去的次数已经记不清了，只记得两家店中一家是由一对夫妇经营的，另一家是由一对父子经营的。除教材外，偶尔也会在那里得些"闲书"，但多已没有印象了，只有两种书至今不忘。一本是保罗·亨利·朗（Paul Henry Lang）的《西方文明中的音乐》，贵州人民出版社全译初版，得获当晚还颇为兴奋，此书的"核心部分"——《十九世纪西方音乐文化史》我在大学和研究生阶段各买过一次，不过目前手里似乎只有一册了。只是有一次网店搞活动时，我又入手了那部大书的广西师大出版社的新版。另一本是六七十年代科学出版社所出的《竺可桢文集》，此书为大开蓝皮精装，颇有旧意。说起来，我虽号称好收近人日记，《竺可桢日记》却还没有，而只在丹青学园那家二手店里得到过其中某卷，且是因为其所记之时与事有关抗战西迁而收下的。不过，竺校长日记中让我印象最深的还是他那年到广州看望陈寅恪一事，其照例邀陈北上，陈答以"不耐开会"（此前有一说法是"畏〔北地之〕寒"），但愿"到京听戏，不是听梅兰芳，而是听张君秋"。

这两天偶然有机缘在 ZJG 盘桓，本打算去据说将建成的西区转转，但因为早上起得晚了，出门时日头已高，去西区途中路过蓝田门口的那家店时，没忍住，就"照例"又进去转了转。适逢毕业季，书店内外堆满了刚回收来的毕业生甩掉的各类教材教辅。我没有去翻那些书，而是径直走到过去觅闲书的那个角落，但书架上并没有什么新异货品，只有一本陈顾远的《中国法制史概要》和一册荣新江的《敦煌学十八讲》，两者虽都是教材，但质实而不失风采。特别是后者，拿起来翻了翻，实在堪称此学之宝典，其内容之博通又几可让人作"掌故"看，惭愧此前未曾留意过。因斩获不多，有些失望中我又回头望了一眼书架，却发现了一册张维良的《箫吹奏法》。说起来，我之得识这位张先生还是因为当年常逛古曲网，他演奏的一阙《平沙落雁》实在让人惊艳。我虽不识乐谱，更不会任何乐器，但这个小册子却是值得留下的。

步出这家店，时已近午，杭州小暑天的阳光终于开始发威了，在那一片明晃晃中，我几乎已经放弃了去西区的打算，还是再去附近碧峰学园的那家书店重访一下吧！走了一个"Z"字形，也就一两百米路，我就来到了以前很熟悉的这家店。刚到门口，就看到那对"父与子"中的"父"正在埋头理书，现在正是他们收书的最旺季，此时不忙，更待何时？这对父子是温州瑞安人，记得以前有一次我到店时，他正在听戏，我就问他是什么戏，他答说是瑞安地方戏，听上去是有点类似绍兴莲花落的那种说唱。父子俩不但都还认识我，见到我还挺亲切。大概因为我以前和其"子"聊过有机会多找些旧书，有时候我去店里他偶尔还会推荐书给我。当我称赞他有些懂书时，他很高兴地说自己做卖书这行已有10多年了。而他确是有些懂书的，当我把选好的书放在他面前，他算好账就嘀咕道：好书都被你挑走了！

半个来小时的徘徊，的确还有些小收获：陈力川的《反文化革命》大概是某位大学生游港时带回来的，翻过就扔掉了，书还有九成新；邱仁宗先生的《科学方法和科学动力学》是我的科哲入门书，记得初版为上海的知识出版社所出，如果不是在这里见到，我还真不知此书还出了第二版和第三版；刘敦桢主编的《中国古代建筑史》是一本教材，精装并附大量图片的一巨册标价仅 52 元，实际售价应该是 5 折；比较有趣的是香港老报人胡菊人的《小说金庸》，我正在纳闷浙里的哪门课会把这书作为教材时，小伙子告诉我，这几册书是从杭州电子科大收来的，那里把这书用作教材！一个意外的收获则是，我还在店里见到了据说师从过郑振铎的高国藩教授的《敦煌曲子词欣赏》，可惜是个复印本。待结账时，小伙子拿起这本"书"，慷慨地对我说："这个一块钱给你吧！"说完，他还有些神秘地翻到自己手机上的某张图，对着那图上的书说："《马恩选集》和《列宁选集》1972 年初印本，不是红棕色的（而是深色皮咖啡色的那种），流传不广，下次我拿来，价格合适的话就给你。"我玩笑似的问他打算要什么价，他却狡黠地笑了笑："你报个价好了！"

在那两家二手书店里，我总会见到我以前同事的一些"重磅"著作，例如"新概念"系列、"史论"系列之类。我原则上并不反对把自己的著作推荐给学生作教材，我还知道有些老师是以很低的折扣把自己的书"批发"甚至赠送给学生的，但是当我在二手书店见到架上的这些书时，心情不免又有点小复杂。但是，想到自己最近终于在囤积这么多年后，下定决心彻底整理并清理那几乎成灾的库存时，我那微微有点儿灰暗的心情似乎顿时"云开雾散"，释然了许多。

2019 年 7 月 7 日晚，人在路途中

"料青山见我应如是"
——又见"欢喜"

"利奇马"来袭的前一天下午，我似乎是应了某种感召，忽然想到不妨去长崎岛上，到久未去过的欢喜书店转一转。

三四年前我重回这座岛上不久，就在到这岛外之岛的一次偶行中遇到了这家书店。那晚我其实先去的是另一家开业未久就又歇业的书店，当时应该是怀着一种不满足的心情从那里出来后，便想着这个步行"小镇"的角落里会不会还有一家书店呢，果真在"小镇"的"角落"处发现了这家店！

不知店主为何要用"欢喜"二字来命名书店，但是又觉得，在这千岛之城，在这岛外之岛的"小镇"上，大概没有比这更朴实，也更恰当的名字了。

这是一家所谓的"情怀"书店，以偏文艺的、画册类、设计类图书为主。特意设置的阅读空间里还放置着些"旧书"，那是只供翻阅并不外卖的，却为这家"新店"平添了些许难得的年代感。而更为难得的则是书店的货品中也不时会有些数年甚至 10 数年前的书籍，这是在时下那种按连锁模式克隆出的书店中所不常见的。在这样的店中见到那样的"老书"，就如同书店门前那平静的香樟湖面上泛起涟漪，亦可谓岁月之

183

褶子也。

　　记忆中我来这家店也就五六七八次，未过十次，印象较深的只有那一两次。第一次是晚上偶然兴起，从惠民桥骑自行车跨过新城大桥来到这里，那次收获的是诺顿音乐断代史丛书中的几种外加若干"软性"读物，其中之一是波兰作家扎加耶夫斯基（Zagajewski）的《另一种美》。第二次是去年，我的几位编内和编外的学生到岛上来看我，我带着他们参观完世界一流的海大图书馆后，就把一干人领到了这家书店来。其中一位学生见到阅读区的几本旧书，颇为兴奋，但我告诉他那是非卖品。而那次我得了什么书，却一时想不起来了——访书的重点在于访而不在于书，而在那样的场景下，访书简直就成了访书店！

　　而眼下要算是我在这家店中最有收获的一次，且看有这样几种书。德国艺术史学者威尔赫姆·韦措尔特（Wilhelm Waetzoldt）的《丢勒和他的时代》我早就耳闻有中译本，但竟一直没有收过这本书，眼前的是2010年7月的第二次印刷本。湖南文艺的"诗苑译林"我从大学时就开始搜罗，但现在手里却只有傅浩的《叶芝诗集》而没有袁可嘉的《叶芝诗选》，"诗苑译林"近年改版重出袁译本，我得到的是第二版第六次印刷本，看到封底上中英文对照印着"当你老了"，才恍然省悟这大概才是这部诗集的最大"买点"。诺曼·莱布雷希特（Norman Lebrecht）的《古典音乐那些事》也已经有第二次印刷本了，自从读了他的《被禁于大都会歌剧院》之后，我对于这位作者的作品几乎是每见即收，不久前还得了他的《为什么是马勒》。有些意外的是书架上有一册华兹华斯经典版的《罗马帝国衰亡史》，我给自己找的购买理由一是书价不高，二是"便于查阅"。同样有些意外，但令我最有斩获感的是廖伟棠的一本音乐随笔集《反调》，我第一次知道这位作者是那年在紫金港见到的

《野蛮夜歌》，不明就里地收了一册，但从此就记下了这个名字。眼下的这个随笔集中有关于赵已然和汤姆·威茨（Tom Waits）的文字，还有《崔健与香港》一文。多年之后，这些都会成为这个夏天最重要的回忆，这个夏天会因为"利奇马"而被记住，也会因为这一际遇而被记住。

2019 年 8 月 16 日凌晨

"今夜月色真美"
——读书日的记忆

    从未去考察过眼前这个"读书日"始于何年，所谓"读书人"，天天读书乃本分也，何来"读书日"一说？奈何在网络时代，读书日也自然地沾上了消费色彩，各大网店甚至新华书店都会在这天前后想着法儿地促销，读书日于是变身成了"买书日"，而我自己，作为"读书人"，在这读书日，竟也是乐此不疲地陷身和献身其中。眼看又一个读书日将临，于是想到把我这些年在读书日买书的经历简记下来，就算作庆祝和纪念吧。

    2016 年的读书日，我是在舟山临城的新城书城度过的，那应该是我"决计""定居"千岛之城后印象最深的一次读书日活动了。盖因新华书店的书平时几乎从不打折，但在读书日则是全场折扣。可能是事前得了消息，我把那座书城里陈列在橱窗中的"镇店之宝"《黄式三黄以周合集》特意留到了读书日那天赶去收于囊中，用心真不可谓不"险恶"也！想想在读书日，在舟山本岛上得到一套由本岛一所大学的学者们所整理的祖居定海双桥的大儒者黄氏父子的全集，也算是美事一桩，虽然合集的主体黄以周的《礼书通故》的中华书局第一版第一次印刷本我已经第一时间置办了。那个读书日抱着同样的心情收下的还有《金性尧集外文编》3大卷，我一直在搜读出生在定海的这位文载道先生的文字，而除了少时父亲送给我的启蒙读物《唐诗三百首新注》外的金氏全集正编，当年还是在成府路上的那家豆瓣书店买下的。由此想到了一则笑话，在一般人印象中，舟山乃是个不毛之地，或者只是浙东名城宁波的"近郊"，还记得那年启真馆的启蒙会议在舟山校区召开，其时"吾道"尚未"南矣"的高全喜教授从帝都飞到栎社机场后随即打的到浙大海洋学院，待下车时才发现车费得六七百！而同样与会的姚中秋教授则似颇有"大儒"气象，记得他刚赶到席上就夸舟山不错，说是从朱家尖的普陀山机场一路行到惠民桥的舟山校区，颇有在"米国"的感觉嘛！我猜想他所指的大概是海岛上那种城不城乡不乡的感觉吧！当席间聊到海岛历史上可曾出过"大儒"时，我就提出了定海双桥黄氏的名字，中秋教授闻听若有所思，还问到黄氏祖居是否尚在云云。

转年的读书日，我刚巧在杭州。记得那天在西溪校区办完事，已是晚上7点多，忽然想到可去杭大隔壁天目山路上那家博库书城转转。书城里门可罗雀，我也是到了店内才想起当天是读书日，因为全场都在打折！正所谓赶得早不如赶得巧，这样的机会我焉能放过！犹记那时我在西溪办公室的书正在等待起运，于是我就把那天收入的那堆书一并放到了办公室，后来一股脑儿运到了舟山。那些书中，印象比较深的，一是广陵书社影印的《缘督庐日记》，这套书后来重印了，但我在"博库"打折得到的却是第一次印刷本。这套书让我想起当年在杭大后门因为嫌其品相而错过的岳麓书社整理本《湘绮楼日记》，后来孔网把它给炒上去了，价格比装帧雅致的台版还要高。二是不久前过世的李学勤先生主持点校的《十三经注疏》精装竖排本中的若干种，此书的平装横排本当年一出来我就在杭州书林还是"晓风"收了一套，而当时只能望之兴叹的精装本过去了 10 多年虽然价格仍然不菲，但那份年代感却似乎让人觉得有了些收藏价值。其实我此前曾在文二路的"博库"见到过零散的几册，当时如获至宝，这里又重逢另外数种，虽不能配齐，也觉得足够庆幸。但这份喜悦后来却是与得到的书一样打了折扣：我的一位同事一天在所发状态里"晒"了从某大平台以极低的折扣所得的这套精装横排本。三是文物出版社影印马宗霍先生辑纂的《书林藻鉴·书林纪事》，这位马先生乃是与厉以宁教授一起翻译罗斯托夫采夫的《罗马帝国社会经济史》的马雍教授之尊人，马先生主要是一位经学家，书史辑轶乃其余事尔。

时光悠悠，前天下午得暇又在临城转悠，一入新城书城，前次我搬离新城时帮我给书打包的小蒋就热切地迎上来告诉我，世界读书日活动这两天正在打折，要买大书趁早！话还没说完就领我到他负责的二楼古籍书柜前。这小伙子还是位业余史学家，不知是不是受《明朝那些事儿》的影响，也主攻明史，还在某 APP 上写稿。我每次去，他都给我推荐明史方面的著作，这回又是张铨的《国史纪闻》和孙传庭的《孙忠靖公全集》，我拿过来一看，又是他上次向我推荐过的"山右丛书"的新品。见我对"明朝那些事儿"意兴有些寥落，而选了我每去他都大力推荐的"泉州文库"中蔡清的《易经蒙引》、吕大圭的《春秋或问》和李光坡的《仪礼述注》，他就一边感叹我买书之大手笔，一边嘟囔：原来你喜欢经部，那我下次见到经部就都订！见他那实诚的书商样儿，我不禁补了一刀：史部的书，是知道买去了也不会看，所以难受；经部的书，是虽知买去了同样不会看，但是不买难受，所以买。他闻听我的绕圈，先是有些茫然地愣了愣，开窍后又慢慢憨憨地笑了开来。

毕竟是读书日活动，书店一楼柜台的展台上还赫然摆放着当年在

《读书》上著有一篇《英伦三月话读书》的叶秀山先生的遗著《哲学的希望》，这让我想起那年在杭州解放路新华书店得到叶先生的康德书的情景，流光飞舞，而今叶先生逝去竟也已经二年多了——是的，"浅葱樱正在引诱夕暮降下，春天正在逐步消逝"，真所谓希望是本无所谓有无所谓无的，但所幸的是叶先生的书却是留了下来。也同样如漱石所云，"俯卧是春天的姿态，只要躺着便能拥有春天"，对于春天如此，那么，对于书，特别是叶先生的书，不也同样如此吗？

　　　　　　　　2019 年 4 月 23 日，世界读书日，人在旅途
　　　　　　　　中，车行于跨海大桥上，近远处雾霭迷茫

暮春意识流一束（外一则）

一

一位可敬的同事在位于二次南渡之起点开封府之河南大学访问，于微信群内传来校园内一尊李大钊先生雕像，我只晓得守常先生乃河北乐亭人氏，并不清楚其与河大有何渊源，却知道嵇文甫和冯友兰两位先生均曾任教于河大，而其先后和关涉却也均不甚了了也。

冯友兰任教河大之经历俱见于《三松堂自序》，此自序由三联正式刊行前曾部分发表于当年颇有影响的《中国哲学》辑刊。记得这个辑刊上其时亦曾发表冯友兰就《美的历程》给李泽厚的一封信，其中云：大作给玄学"评"了反，甚好，甚佩，接下来要给道学"评反"……盖其时正新编第五册《通论道学》之一节也。

李泽厚乃是一位思想家，但他经常"正言若反"，例如每每表彰实证研究，曾在某处表示最愿编阮籍年谱，又说一直想从事李卓吾以降之晚明研究云云。大学时受其"影响"，虽然没有能力编嗣宗年谱，我却写了一篇关于王弼"贵无论"的学士学位论文。而有关晚明的图籍嘛，我也不时借来翻阅，这其中就有嵇文甫的《左派王学》、《晚明思想史论》和《王船山学术论丛》。

晚明思想之流变至为复杂，各派均在其中争夺解释权，从阳明后学衍变到船山气学之归属（宿），处处刀光剑影，硝烟弥漫。于是想起去年某次在闵行冯契先生学术展室见到的冯友兰给《中国古代哲学的逻辑发展》的作者的一封信，里面又有与致李泽厚信中类似的一个警句，大意云，船山为中国古代哲学之总结没有错，但更重要的，船山乃是一位道学家！

为气论"评反"乃当今潮流，我曾关注过的学习者中，大陆有谢遐龄教授之高论，台湾地区有杨儒宾教授之大著。最近杨教授且有论德行之知之宏文，前曾转发，且拟作为本学期俺之实践理性课程最后一节之阅读文本。

由此意识最终流回到前次课上，与诸生一起读完麦克道威尔于伍德布里奇演讲康德、塞拉斯与意向性之第一讲时，有某生叹云：读完麦克道威尔，知道了塞拉斯为什么是错的，但却不知道麦克道威尔为什么是对的。又云：麦氏一会儿用黑格尔校正康德，一会儿用康德校正黑格尔，前者常常很有力，后者每每很无力。这时又有某生应和云：如果要有力嘛，那就得用马克思来校正黑格尔……闻听此言，一屋子人若有所悟地大笑了起来。

对了，此刻俺正在等待小女下课，而当年指导俺大学毕业论文的与冯友兰先生同乡的李景林师正在河南博物馆演讲庄子的逍遥游。

2019 年 4 月 13 日，下午四时，翁山公园北门外

二

我做了个"纤毫毕真"的梦:一个灰色的基调,连人的着装也都以死灰色为主,行走在空旷的街道上,见前面在嘻哈的行人中有一人貌似老鹤,于是就像那年在蓝旗营天桥上那样上前相认,老鹤似乎也认出了我,并露出惯常的那种略带醉意的浅笑,于是加入队伍,两人相与同行。走着走着就来到一家如仓库般的书店,其格局有点儿像30多年前长春那个开在一所中学礼堂里的特价书市,道说是书店准备歇业,正在清仓处理,但又门可罗雀,连营业员都几乎见不到,这不正是我理想的淘书格局吗,而且货品中颇多旧版平装书,于是一拥而入,分头找书。老鹤颇有雅趣,而且那趣味也都算有点儿智识含量的,例如各地的风物志,以及旧版的世界地图之类的。我也抖着自己的小机灵(国清有一次书评我当中的话……)和那份小沉郁的文人气(执拗的低音……),选了几堆自以为既有些小冷僻又有些小格调的旧书,有些都已经卷边了,但猜想既已是清仓,总不至于如琉璃厂中国书店那般讹人价,但旧版平装书的具体书目却是记不清了,反倒记着两种精装书,一是全集版的牟宗三先生《历史哲学》,一是一至六册精装本《中国哲学史新编》(其第七册是先在香港出版的,后由广东人民出版社出的简体字版),想到自己架上那"套"和苗力田主编的《亚里士多德全集》、李秋零几乎独立完成的《康德著作全集》,还有蒙森(Mommsen)的《罗马史》中译本一样是我一册一册凑起来的,心中就有些不甘,于是就取下一册翻到版权页,却发现是第二次印刷本,于是内心略平——此处可解梦,因冯氏此书应该不存在既是精装又是第二次印刷的版本,正如那年我梦游琉璃厂商务旧门市部,见到马克思·韦伯的亲弟阿尔弗雷德·韦伯(Alfred

Weber）的康德《道德形而上学》评注中译精装本！虽然是在梦中，但我还是有一种"自然而然的精明"：为了确认此处的旧版平装并非宰人价，我就先把选中的几堆书中的一堆让店员去划价，以此测温试水，一会儿店员抱着那堆书回来了，并出示我一份清单，我一看价格均平实，心中暗喜，但最后却发现一本价格六七百的无厘头著作（可能是一本漂亮的漫画礼品书或者国家社科成果精品文库之类……），一下子把总价抬到了超出我心理预期的价位，于是我当即义正词严道：这本书不是我选的！不料店员却坚持认为我选了这本书，而且那架势似乎是要强卖的样子，这时平时好脾气的我那犟劲儿也终于上来了，本着一种宁为玉碎不为瓦全的精神，我不再与店员理论，并全部放弃了千挑万选的那几堆书，而这时的老鹤却在我身后发出了那似曾相识的胶东人的坏笑，于是醉醒，碰杯中发出梦落地的声音。

2019 年 1 月 10 日，晨起记之

"子规声里雨如烟"
——孟夏杭州行散记

　　小满后的第一个周末，在岛城"闭关"静养 10 多天后，因为于情于理都无法推却的两场小活动，我还是按时坐上了去往杭城的大巴——不知不觉间，杭州于我竟也成为"异地"了，虽个中况味不足为外人道，而归来后"洗释"数天依然挥之不去，推想起来，"治愈"端赖文字，而此亦本"小记"之所以作也。

　　岛城之与沪杭间的距离，无论心理的还是物理的，在可见的将来，大概都还是需要我不断地"丈量"下去，而这两条"路"至少有一节是相通的，那就是都要经过连岛跨海大桥。从镇海"登陆"，经宁波绕城北线，由河姆渡转进余姚，已是夕阳西下。孟夏时节傍晚的天候，令人神怡而兴旺，却又不乏幽远岑寂之感。一路奔袭入城，待我到吴山广场转角的延安南路下车时，杭州城早已是灯火璀璨。依稀记得附近那家大型商城中有一家口碑不赖的西西弗书店，于是就想到那里去逛逛，并顺道解决迟到的晚餐。信步向前中，却发现已快走到解放路天桥，那么我该是已经错过"西西弗"了。坐了 4 个小时的车，还背着有些沉重的旅行包，看着延安路上攒动的人群，忽然间感到有些神疲思殆，于是还是决定先到武林广场附近办入住，放下行囊后再作计议。而待我重新下楼，已是快 9 点半了，离印象中附近"晓风"总店的打烊时间只有半个小时了，但我还是决计赶过去逛个夜场，所谓"乘兴而去"，无非是相较于我刚下车时直接打车去店，浪费了半个多小时而已。

"晓风"的哲学和人文类图书多年前就已经"退缩"到正厅内侧的一个小开间里了，不过在我每次进店必先到的这个角落，都还是会有些收获的。陈小文同志在一个小群里"显摆"过的滕尼斯（Tönnies）的《共同体与社会》新译本，我还是初见实体书，在一众或"土豪"或"鸡汤"的图籍中，打开装帧已算雅致的商务精装版，翻见书里满篇满页的"本质意志"和"抉择意志"，我不禁要像俞宣孟师当年在他那部《现代西方的超越思考》后记中那样感叹："这些古往今来的哲人啊！"而旁边那册貌不惊人，却一开始就引起我注意的《帝国的辩解：亨利·梅因与自由帝国主义的终结》中就有这样的话："梅因在古代／原始社会的社团性质和现代社会的个人主义基础间作的对比，不仅直接塑造了滕尼斯在《共同体与社会》中对此二元论产生的共鸣，而且还与涂尔干早期关于简单社会中的机械团结和复杂社会中的有机团结的区分的构想产生了共鸣。"雅斯贝尔斯的《历史的起源与目标》在当年华夏版的译本脱销近 20 年后，终于一气推出了两个新译本。犹记我的一位好"晒"书好写书跋的同事曾在其状态中调侃华东师大出版社那个译本的译者在译后记中"夸耀"在雅斯贝尔斯的家用几天时间"翻阅了雅斯贝尔斯的 12000 册藏书"。我对此类数字没有那么敏感，倒是在眼前这个漓江社的译本中发现了作者的这样的一句话："今天，一种哲思的吸引力贯穿全世界，这种哲思在虚无主义中找到真理，它肯定所有的冷酷和无情，在所谓的纯粹世俗人道主义中，号召人们成为一种没有安慰和希望的奇异的英雄此在。这是对尼采的模仿，但却不具备尼采克服虚无主义的意志中那种扣人心弦的张力。"也是无巧不巧，这本书旁边挨着的就是这位"英雄此在"与他那位"绿衣女子"的书信集，这个集子的译者就是刚为我们的"社会科学方法论译丛"翻译过德雷福斯（Dreyfus）的《在世》的朱松峰博士。我不打算在这里抄写书信集中那些扣人心弦的话了，而是想起了我初见此集的英文本，乃是12年前在台大门口的一家原版书店里，而那时我没有买下这本书的唯一理由就是：等将来看译本吧！

虽然哲学书"萎缩"了，"晓风"的古籍图书仍是其一大"亮点"，品种当然无法与"通雅轩"相比，但上古典籍和中华要籍放在这里的书架上反而更有了"凸显度"。这不，前次见过的《朱熹师友门人往还书札汇编》依然在架，洋洋5大卷，与之前已收的《张栻师友门人往还书札汇编》薄薄一册，既鲜明对照，又交相呼应。牟宗三先生称朱子"别子为宗"，而于其《心体与性体》中大力表彰胡五峰、张南轩，"良有以也"！阮毓崧的《重订庄子集注》由上古典籍纳入"中华要籍集释丛书"整理出版了，这套书行销多年，但除了陈奇猷的韩非子和吕氏春秋，王焕镳的墨子，其他品种似乎印象不深，而庄子的旧注，我几乎是每见必收的，虽然我通读的庄子注本是沙少海和陈鼓应两位今人的，甚或还有曹础基的那部《庄子浅注》。不过说到庄子，除了詹康兄以"主体论"解庄，我还想起了那年在燕园韩林合的研究室聊天时，韩教授那句按照《虚己以游世》的方案，能够把庄子的每个句子甚至每个字都讲通的"豪言"——那次他也几乎"黑"遍了天下所有解庄者。当然，要说到"豪"，无论就出身，还是就志业和事业，近现代学术界恐少有人超过聊城傅孟真。眼前的架上刚好有一套中华版的《傅斯年文集》，见到这套书，我眼前一亮，忙问店员，这是刚上架的吗？伙计很专业地回答，出来有段时间了，不过确是刚从仓库移到店里来的！这套书的编者欧阳哲生教授我早有耳闻，但只在两年前余杭韩公水法教授在北京西山召开的新文化运动研讨会上见过一面，当时并无甚深印象。不过数月前偶然在平生第一次去的鹿鸣书店淘到了一册邓广铭先生纪念文集，其中欧阳教授那篇念邓文字却让我吃了一惊，我差不多要将其文推为全书压卷之作！作为编者，欧阳教授坦言："此次增订版没有沿用原《傅斯年全集》之名，而是采用了更为符合内容实际的书名。"而我想说的是，无论从"做不到"还是"做得到"的意义上，傅氏全集在此岸之面世恐怕都还遥遥无期。

半个多小时的突访和"扫荡"，待我走出店门，已经拖过了打烊时间。体育场路上行人已稀，暖风熙和，此刻本该是访湖的好时分。然而一手提着书，上了年纪的我显然已不复年轻时的豪情逸兴了，而且明天上午还要在省社科院做报告，于是还是打车回到了宾馆，在抚摩"战利品"之余，于临睡前在一张便笺上写下了第二天报告的思路后，就在本为己乡的他乡沉沉地睡去了。

次日一早，我还在一楼用早餐，此次报告和聚会的发起人李哲罕君就行色匆匆地从临平赶到了宾馆。谈笑一会儿，待我们穿过环城西路来到凤起路上社科院所在大楼时，距离报告开始时间已经很近了。令人意外而颇感惊喜的是，《浙江学刊》的田明孝先生特意在报告前来到会场向我致意，他还特别提到我 17 年前经其责编发表于该刊的《政治理论史研究的三种范式》一文！这不禁让我想起很多年前在天津还是北京昌平，一位年轻的学者初见我时的感叹："读您的文章，还以为这是一位老先生！"我的报告是围绕自己最近的心得展开的，到场的大部分又是老熟人，所以气氛颇为轻松。一开场我还开玩笑说：虽然这是我第一次来到省社科院，但我大学时就给这里的阳明学和浙东学派学者写过信，当时的王凤贤院长还给我回信，并寄送给我一本《黄宗羲论》。我自嘲说：那时的愿望大概是想了解浙江社科院有没有招研究生，考上研究生回到杭州父母身边，而且能在社科院这样的研究机构工作，这于我就已经是最高的人生理想了——毕竟我那时并没有想到自己后来会这么有出息！听到我充满善意的话，大家都会心地笑了起来。后来还有一位多年前从浙大毕业的学生告诉我：听了我的报告，感觉好像以前的一切都回来了！有些拟于不伦地，这让我想起前年和自己的师兄弟一起见到自己的师母，她对我们说的那句：我一见到你们，所有的记忆都回来了！

哲罕君一早就告诉我，登上社科院顶层可以远眺西湖。不过我们只有到有肉无酒的午餐之后才得暇登上楼顶观湖。但实际上视线前方繁盛的树叶挡住了湖面，我们所能看到的只是西湖边的群山。这时，一贯机警的哲罕君机警地补充道：到冬天就能看到湖面了，因为那时候树叶掉光了！而我则记起了应该是春在堂主俞樾的那句"西湖之胜不在湖而在山"，闻听此语，刚参加了我的报告会，此刻和我们一起登顶观湖的政治学所的李旭同学——被誉为"中国最可能接近哲学家称呼的人"的陈嘉映教授在我目前任教的优雅学府培养出的博士——频频点头，一边重复着刚才那句话，一边还嘟囔着：是哦，如果没有周围的山，而只有那一汪湖水，那确实也没啥好稀罕的啊！

我此行的重点是参加次日在余杭临平举行的一个政治哲学工作坊，这也是哲罕君发起和召集的。有点儿特别的是，这个工作坊的主要参与者都是我过去的学生，包括最早在玉泉政治学理论方向和后来在西溪外国哲学方向招收的学生，以及我留在"浙里"的3位被戏称为"遗腹子"的博士生。这倒也好，除了已经毕业的师兄们报告研究心得和社会见闻，尚在读的师弟们的博士论文选题也可再拿出来打磨打磨。甚至还有两位所谓"编外"成员，从紫金港和更远的绍兴赶过来的王长刚和许钢祥两位书友。钢祥果然是位书友，一进会场就交给我两本书，一是漆永祥教授的自传《五更盘道》，我此前收过他的《汉学师承记笺释》和《清学札记》；二是钱永祥教授主编的《思想》"五四"百年专题，其中有余英时先生的"五四"专文和专访，还有篇多年前从"优雅学府"出走的王晓明教授论中国革命的宏论，以及纪念台湾名译者彭淮栋先生的两篇文字。长刚不但是书友，而且是陇西人，见到我面前的《五更盘道》，忙拿过去翻了翻，并问了个很"专业"的问题：您是从哪里得到这（些）书的出版信息的？

就我个人而言，比较有象征意义的是，我最早招收的硕士生孟军同学和博士生杨立峰同学都分别从昆明和烟台来到了临平。师生多年未见，相谈甚欢，自不待言。难得的是，当天傍晚，在哲罕君的细心安排下，颇为经济地，我还在酒店地下一层的员工活动室，和孟军同学切磋了一把乒乓球，这也算重温了我们师生多年前在玉泉体育馆乒乓球台上"砍瓜切菜"的那一幕。这些听上去都难免有点儿小怀旧的感觉。但是男人之间，哪怕是师生，恐怕也很难或者说抹不开面儿用言语来正面表达这一切。于是，这种意绪就在晚间我为诸位"献歌"时得到了传递甚至渲染。如同我在别处自曝过的，作为音乐细胞全无的天生的五音不全者，同时作为80年代的"遗腹子"，我所能哼几句的也无非是彼岸的罗大佑、陈升一系，以及若干"金（庸）剧"插曲。正如在与杨立峰和贺敏年两君合唱"80后""90后""00后"系列时调侃这些歌曲是一曲不如一曲，一蟹不如一蟹，我也自嘲，如果说玉泉是我的青年时代，西溪是我的中年时代，那么现在则是我的老年时代了。庄重之情每每出之于戏谑之语，我这番话大概也不乏所谓肃剧或者悲喜剧的况味吧！

工作坊的最后一天，师生雨中同游位于余杭西北方向的宋代古刹径山寺。此前我曾路过径山，此番是初次"登堂入室"。近千年的古刹眼前却是清一色的全新建筑，不免让人有些索然。不过，自来不愿从众走现成路的我还是独"辟"蹊径带领众生登上了径山的"最高点"，烟雨迷蒙中从那里远眺"古刹"周围的群山，即使在这孟夏时节，也有一种江南少见的有层次的苍茫感。是的，晚春早已过去，仲夏即将来临，即使是在我这近乎老年的心境中，自然更迭的天候也将在我们的内心堆叠起某种延展感，并在一种随波逐浪的节奏中"化险为夷"，难道不是吗？

　　余杭韩公水法教授曾调侃，自从我两年前开始使用智能手机以后，我那本就微弱不足道的"写作"就进入了所谓"微文时代"。贺敏年君这次更有"神来之笔"，径直要把我的所谓微文集戏称作"漏气集"。说来也"神"，所谓微文的撰作功能在我真可谓为智能手机"量身定做"的，反过来说，智能手机乃是最适合微文的。有两个"微"例为证：一是《余英时回忆录》出版后，我一直想要写篇小文记之，几次坐在电脑前却未遂，直到前一阵静养时，忽然灵感来袭，于是在手机上"一蹴而就"；二是前一阵子惠春寿君约我为他的新著撰一序言，做事一贯心细如发的他还把书稿打印出来送我手中，我不时抽暇翻翻，有一次还在和小女一起去定海时遗忘在公交车上，并在下车后再"飞车"到公交车终点站追回。但就是这样一篇小序，我也同样是几度坐在电脑前却文思枯竭，竟也是前一阵子静养时，一时灵感来袭，在手机上"一蹴而就"，不亦"神乎"！

　　对了，使用智能手机后，还有个习惯是，基本上每游一新地必发一状态，状态一发，此行告终。一个有趣的例子是，去年我的几位编内和编外的学生来岛城游玩，顺便探师。作为"地主"的为师者把他们几位带到"世界级"的大学图书馆，位于长崎岛上的浙江海洋大学图书馆参观，在我和同我一样"好书"的长刚小友上楼参观时，两位 He 君却坐在图书馆入口处干等我们。参观结束后，我一边下楼，一边就发了一条状态，于是刚到一楼出口，就听到两位 He 君在"窃窃私语"：下来了，发状态了！

在离开径山寺的途中，照例为了宣告此行结束，又自然地想到要发一条状态，于是选定了几张图片，可是按我的习惯，基本上每个状态都要有标志性的"题词"。我调侃说，前两天结束静养赴杭时，我发了一句拉丁文，现在该发一句德文了。可是我不会德文，怎么办呢？此时忽然又有"神来之笔"，我想起了据说是那位"最接近哲学家的人"在一次有名的访谈中援引的据说是"英雄此在"在一次课程结束时的一句话。于是我说了这句话的中文，想请车上的诸君把它译为德文好放在我的状态中。车内七嘴八舌，终究没有定论，又或者是不够定论，最后还是我"自力更生"，再次"灵机一动"，在那条状态中"题词"道："然而根本的问题仍然在于——到底人是什么？"一车子人却无法确定这句话的德文怎么讲！

2019 年六一儿童节，千岛新城

匹兹堡的牟宗三
——长春访书小记

　　这是我从 1988 年夏天离开传说中那个"有哲学的哲学系"之后第三次回到长春。与前两次不同的是，此次竟有了"忙里偷闲"访书的机会。严格说来，长春本就是我"访书"生涯的第一站，如今旧地重游，尤其因书之牵念，自然也就更多了一番怀旧的况味。

　　从南校区出发访书前，我先在校园内有意无意地向路人打听了长春的书市行情：一位同学告诉我校园里就有一家书店，不过据说主要是卖教材的；另一位则干脆指着旁边的图书馆说，自己从不逛书店，要看书就去图书馆，可谓"一语未醒梦中人"；最后我于不甘心中步出东门前又问了一位教师模样的中年大婶，这回总算是问有所答了。原来在解放大路的老校区附近就有两家书店，一家位于大学时经常去转悠的同志街和西康路交叉口，名同人书店；另一家则在西康路的东头，后来发现其就是孙正聿教授经常"漫步"的人民大街（原斯大林大街）上的那家此前就有所听闻的学人书店，记得我的大学室友刘杨同学似乎就在他的微信朋友圈中晒过这家在长春极为知名的书店。

　　但我访书的第一站仍然是红旗街书店。长刚小友在看了我当天状态中发布的红旗街新华书店的图片后留言：您老飞越几千公里就是为了去逛新华书店？我只好苦笑回道：你这是没细看我的段子书啊！想想也对，谁又会去细数我时常絮叨的那些陈谷子烂芝麻的旧书事呢？但是红旗街书店确实在我的大学生活中留下了重要的一笔。这片区域本就是长春的重要商业区，那里有我上大学前从未见过的有轨电车，印象中那家以供应汉译名著为主的新华书店更是别具特色。记得那个年头书店里就有一个内部专柜，是专卖学术书的，虽然规模没有后来我在沪上读研究生时经常出没的南京东路学术书苑大，但是书品颇精，而且上架很迅速及时。霍布斯（Hobbes）《利维坦》的商务新译本我就是在那里初次见到的，记得标价近4元，摩挲几回却终于还是怕有断炊之虞而未忍下单。红旗街离南校区很近，待我下车后走到近前，才发现那家令我魂牵梦萦的书店竟还是在那幢老楼里，30多年的时光过去了，我还依稀记得这家店的格局，只是那个所谓内部专柜却再也无法寻觅其踪影了！现在书店里都是大路货，我匆匆地转了转，只选出两本书留作纪念。一是"至元集林"丛书中的《碑志通论》，我此前只在舟山的一家民营书店见过这套书中的几种，多是关于唐诗宋词和民国诗学的；一是著名的德行知识论学者琳达·扎格泽博斯基（Linda Zagzebski）一部书的中译版，此书原名为 *On Epistemology*，即知识论，不知何故译者改取了一个冗长的书名《认识的价值与我们所在意的东西》。看到这书，我不禁想起来有位年轻的知识论学者曾把扎氏的名作《心灵的德行》（*Virtues of the Mind*）初译稿发给我，我看了极有兴趣，如果不是由于我近来对于一向建设颇勤的译丛亦颇有些意兴阑珊以及一些其他的变故，我本应该把这本书纳入我们的"社会科学方法论译丛"的！

从梦已在身后的红旗街书店出来，下一站是我不曾到过的同人书店。出租车把我放在了当年吉大八舍附近的生活圈，从同志街转入西康路，就看到那家书店了。这是一家大型的图书连锁卖场，初看上去乌压压一片，但书品却不俗，设有中华书局、商务印书馆、三联书店，以及"上古"专架。"武威历代诗词丛书"，我此前只在杭州博库书城和北大博雅堂分别收过其中的《李益诗集》和《姑臧李郭二家诗草·燕京杂咏·张玉溪先生诗》，时隔数年，又在这里见到了《阴铿诗集》和《写经楼诗草·聂守仁诗集》。方以智的著述，中华和"上古"都续有整理，分别是"理学丛书"中的《性故注释》和"上古"的《易馀》。同是晚明的儒者王启元，其《清署经谈》为后世"建立孔教论"之先声，是由"上古"据藏于台湾"中研院"傅斯年图书馆的天启二年序刊本整理点校的，可谓得其时也。列入"中国史学基本典籍丛刊"的《荆楚岁时记》，此前我只在黄裳先生的书话中见过绍介和称引，而中华新版陈鼓应著作集中的《春蚕吐丝：殷海光最后的话语》则是最让我"眼前一亮"的，虽然近30年前我就已经在上海社科院港台图书阅览室拜读过这个小册子了。"同人"的哲学书架也不错，除了期盼中的《经验与判断》的李幼蒸先生译本，还见到了不少国内哲学同人的哲学作品，其琳琅满目真让人有"当今学术，一日千里"之叹。这种印象在接下来的学人书店似乎得到了进一步增强。

从同人书店到学人书店的那一小节路，可能是我此行中最贴近长春，最切近地呼吸母校气息的那一刻。位于吉林出版大厦南侧的学人书店，与我们当年上课和自习最常去的文科楼，基本就是隔人民大街而相望。从门口的招贴看，这家书店开张于1997年，至今已有22年的历史了。可能因为我近年蛰居岛上，但觉眼前学人书店的规模已经是实体书店中颇让人开眼界的了。我的母校是一个"有哲学"的大学，长春是一个有文化的城市，坐落在吉大校园内的长春自然也就是个"有哲学"的城市了。书店中吸引我的仍然不外乎哲学和古籍两大部类。在哲学书架上，刚出道的年轻学者的博士论文十分博人眼球，一位川大的青年教师论康德时间观的著作十分引人瞩目；戴维·刘易斯（David Lewis）和麦克道威尔的逻辑和哲学都已有人专论，书架上就有两部关于麦克道威尔的专著，其中一部名为《祛魔与返魅》，此位作者之前出版过关于哈贝马斯、布兰顿（Brandom）以及达米特（Dummett）的两个大部头，其"以经解经"的"转轱辘"式的写作风格颇为别致甚或令人惊叹。当然，貌似"赤手搏龙蛇"的这位作者其实并未"入宝山而空返"，与其前两部书不同，他在此书的后记中承认"在一些时候我们是在一种不称职的情况下极为勉强地展示我们的解读的"——这不幸地让我想起自己在刚刚过去的一学期主持的匹兹堡学派"撒米娜"——但同时他也认为，"阐释者或解读者必须表明其具有'介入性状态'的主体性地位，换言之，阐释者或解读者不可能扮演一个非介入的观察者的角色"。这又几乎无望地"激发"起我无数次预告过的要展开的"解读"旅程。有趣的是，在两种情况下，作者都抨击所谓考证式的文本解读的那种"典型的客观主义的幻觉"，其中甚至有这样振聋发聩的话，"近来在我国盛行的所谓句读式的本文解读是此类客观主义幻相的一种典型形式"。

　　译著和古籍，从来都是我逛书店的重头。所幸学人书店在这两个部类上都表现上佳。刚刚90华诞的哈贝马斯的《分裂的西方》中译本我还是初见，可见我有多久没逛像点样儿的实体书店了，在这世界分裂的当下回看西方的分裂，一定别有意味。留德预备学校同济所出的《洪堡哲学思想评述》乃是慕尼黑著名的贝克出版社"伟大的思想家"系列丛书之一种，看到这本书就会让我记起林远泽教授很久前预告过的《德国语言哲学史》，好在远泽兄12年前在台湾为我复印过的《解释学哲学中的语言学转向》已经列入我们的"社会科学方法论译丛",即将在本周付印。

学人书店一共三层,第三层是艺术和古籍部,展厅布置得赏心悦目,书品也是可圈可点,古籍多是大部头,一套一套的,买得了也搬不动,所以就只是拍了几张图,何时买,甚至买不买,或要随缘了。不过最后还是惦记着刚进门在日记年谱类书架上见到的"中国近现代稀见史料丛刊"中的《吉城日记》和《唐烜日记》。这套书刚开始出时我收过不少种,如《俞樾函札辑证》,后来稍有懈怠;当时翻到《吉城日记》某页,有记云:"好雨。夜梦至浙江书肆,买得洪颐煊《读书杂录》。"见此妙句,有慨于书人之同痴,不禁哑然失笑矣!

是的,大学毕业31年,这只是我第三次回到母校,更多的是午夜梦回。即使是"肉身在场"的前两次,也无暇在从未生活学习过一天的前卫校区转转。这次终于得闲,能够在离开长春前再和母校来一次"亲密接触"。我选择从北门进入校园,刚好是毕业季,骊歌声起,教工活动前的小广场上跳蚤市场热闹非常,纵是如此,我的脚步也是轻盈的,似乎既怕打扰到别人的夏梦,也不想唤醒自己那沉睡的梦魂。而其实,我用这再次离开前的一点时间深入校园,一个直接的目的是再逛下书店,从而为我的长春访书行画下一个句点,因为头一天下午再次把我接到会场的晋运锋学弟告诉我,在知新楼里也有一家学人书店。虽然晋学弟似乎是怕我有过高的期望,特意强调书店很小,但我对敢于开在母校里的书店还是有信心的,且当年理化楼前的那个小书亭即是明证。

果然,一进小书店之门,我就几乎在第一时间发现了郑宇健教授的《规范性:思想和意义之基》赫然在架。回想多年前我曾在《年度学术2005》上读过他一篇关于麦克道威尔的文章,这是在那个年代可和程炼那些堪称中文分析哲学写作之典范（如"先验论证""为国而死"等文）相"媲美"的"大块文章"。坦率地讲，迄今为止我关于麦克道威尔哲学的印象相当程度上仍然是由这篇文字所塑造的。有一年我还曾在宇健教授访问浙大时和他见面聊天，今天能够在这里见到这个文集，自然是喜出望外。在这本书的后记中，作者自陈这是他20多年有关规范性问题思考的总结，还不无踟蹰却也颇为在理地自我剖白："具备某种统一性的历时过程，只有在其接近完成的下游才能获得对整个过程之同一性本质的真正认识……也正像一切内禀着偶然性的进化过程那样，知性探索的路径在回头看时总必唯一，但这路径上的几乎每一个（只向未来开放的）节点都充满着可能的分叉——其中任何一个分叉都会导致回看的下游时点上相关认知的不同，甚至某种不可逆转的类型缺失或局限。"不知怎的，这番话竟有些自然地让我联想起《祛魔与返魅》（郑教授表述为去魅与复魅）后记中的这席话："如果一个著作本文是有思想意义的，而不只是拥有它的语义意义，那么，著作本文的意义便是一个意义的总量，它必然具有这种可能性，即它可以代表一种由新的回顾性的观点不断积累起来一种意义的总量，否则该著作本文便是没有思想意义的（在这种情况下，它也就谈不上有所谓意义的总量）。"这种"转辘辘"似的表述同样"转辘辘"似的让我在作者所贬斥的"句读"之外趋向于把作者念兹在兹的"解读"与前面那种或可以郑教授为代表的"读解"区分开来——再次用作者的表述来讲，"解读"重在"读"，亦即所谓意义的总量；"读解"重在"解"，亦即所谓意义的矢量。而浸润于匹兹堡的黑格尔主义有年的作者毕竟还是有一种"辩证"的眼光和视野的："这里的解读还是可以被视为一种与本文的意义总量联系在一起的解读，因为只要解读满足了哲学解释的要求，它就可以被视为置入了意义向量之矢中的解读。"

呵呵，若果如此，那么，在 30 多年前我所生活学习并展开自己的"访书"活动的吉大和长春，那个场域里就寓居着一个"意义总量"，而我的每一次回返，如果它是拥有"解读者所应有的资格条件"，那么它或许就同样"可以被视为置入了意义向量之矢中的解读"，或者"回返"。

2019 年 6 月 20 日午后，纷纷梅雨中，千岛新城寓所

"不见江南总断肠"

——读《余英时回忆录》小札

　　年前听闻《余英时回忆录》出版之消息，我先是半信半疑：按诸阿伦特，史与诗本为一家，而以史纪事，以诗证史，某种程度上余先生一直都在用他那种史与诗交融的文字"谈论"自己，而其在治史及余事作诗以抒发"中国情怀"的同时，也无时不在"抒发"自己，就此而言，余先生所有的中文书写本身就已经构成了一部"大写的"回忆录，准诸"我在哪里，中国就在哪里"一语，这部回忆录就既可谓"我"之回忆录，亦可谓中国之回忆录，既如此，余先生还要一部"小写的"回忆录做什么呢？然则，只消是"余英时回忆录"这六个大字本身就已经足够吸引眼球了，而我自得到了现在看来比我当年还狂热的余迷钢祥书友代购寄赠的这部回忆录后，于基本无断续的情况下细读之后，最初之印象似亦与我最初之预料并无多大悬殊。

　　迄今为止我几乎没有读到过针对这部回忆录的认真的讨论文字，而我在这里也无意重复和索引余先生绚烂生涯中最有转折性和象征意义的那些关节和桥段，例如他少时在潜山的乡居生活，大学初期的"左倾"，决定离开燕京返港侍亲时刻之"天人交战"，新亚前后的"自由民主"阶段乃至于在哈佛的人文教养过程，而只想提出一个观察，那就是：在整部回忆录中回忆与张光直交谊的文字乃是这部回忆录真正的压卷文字，放大了来说，正是它使得余先生这部小写的回忆录成了一部大写的回忆录，甚至构成了余先生全部志业和整个生涯的一则寓言。

在这一章中，余先生记录了他与张光直交往中两个令人印象最为深刻的细节：一是张光直在兼任"中研院"副院长时，曾提出一个扩充考古组的庞大计划；二是张光直为从更深更广的程度上参与大陆考古，曾数度致信夏鼐。从"私谊"层面，余先生扼腕于张光直在如此重大的事务上有意绕开故人，而其合理推测出的理由乃在于张光直有正当的理由担心在与大陆的关联上别有认知和信守的余先生会阻挠其计划；在"公义"层面，余先生慨叹张光直之一腔热忱被待之以冷眼和戒惧，并由此做出了一些引申和发挥。据实而论，在这两个事例中，都在在交织着私谊和公义、知识与信念、事业与志业乃至于所谓存心伦理与责任伦理之冲突与紧张。差别只是在于，在前一个事例中，我们似乎既可以理解张光直之操作，又能够同情余先生之憾意；而在后一个事例中，前述紧张感无疑会变得更为剧烈难解。与我一向的"观感"有所不同，在此例中我现在无意于直接"选边站"，而只愿意也只能在当下补充一个细节。据张光直夫人李卉女士和陈星灿所编《传薪有斯人》所载张光直与夏鼐之通信，后者对前者的态度随着政局和政治社会舆论之变化当然也是经历了重大改变的，除了称呼上和相互心理距离的调整和改变，还有一个很有戏剧性的细节：夏鼐最初把张光直寄去的一篇谈台湾考古的文字束之高阁，而 1979 年后则立即调出发表，夏鼐对此很坦率，在给张光直的信中直白解释，立即发表大作乃是为了配合那年发表的《告台湾同胞书》。

贺自昭尝拟其历史哲学于西哲黑格尔的船山先生有云，"有即事以穷理，无立理以限事"；余先生的老师辈牟宗三先生接续黑格尔，余先生的学生辈黄仁宇借镜布罗代尔（Braudel），均反复申言道德判断与历史判断之辩证，余先生于此间沟壑必烂熟于胸，而我在此要斗胆拈出的倒是，整部《回忆录》冲突最为紧张、感情最为丰沛以致笔致最为摇曳跌宕的这一节所蕴含的丰富性，其本身已经包含了，甚至超出了余先生那种预定的道德判断和历史判断框架之内容和质素，而伸展向了一个更有张力也更为不确定的开放未知的领域。余先生曾借闻一多的诗句形容亡友张光直为"一座没有爆发的火山"，借用余先生的这一借用，在一个小得多的尺度和大得多的尺度上，《余英时回忆录》的这一压卷之章以及余先生用"尝侨居是山不忍去尔"来表达其念兹在兹的中国，即使在已然崛起的今天，不也依然可谓"一座没有爆发的火山"吗？

可以补记一笔的是，前晚与吴颖骏君第二次聊及读《余英时回忆录》的感受时，我曾经把"一座没有爆发的火山"误记为"一座没有完全爆发的火山"。我的记性当然不可能和余公相提并论，不过在此还可以再记一笔的是，在钢祥君"买一送二"寄赠我的《如沐春风 余英时教授的为学与处世：余英时教授九秩寿庆文集》开篇王汎森院士的忆师文字中，曾言及余先生的一种"特异功能"（原书不在手边，原文待查）：那就是能迅速地在表面了无干系的事项之间找出联系。汎森院士在文末举出的例子是余先生曾推断岳飞之历史地位的变化与岳钟琪事件有关。无疑是在一种完全不相称的尺度上，能否说这篇读余小札对张光直"案"之"抉发"也有一丝丝一些些余先生那"老吏断狱"般的韵味甚或风采？附此一问于骥尾聊博博雅君子一笑尔！

2019 年 5 月 20 日，千岛新城

陈公柔与柏辽兹

　　暑假间在定海书城三楼，偶见一本题为《透过考古学的镜头》的精装小书，因为那雅致的装帧，因为文物出版社的名号，也因为第二作者那"疑似"同行的身份，我打开了这本书。翻看之下，除了"疑似"确证为"属实"，我似乎很自然地就注意到了其中《精神长存：怀念陈公柔先生》一文，在书店里站着读完此文，竟致余香满口，而其出语平淡，所寄遥深，又是当代学人之念师文字中所稀见的。按说我对陈公柔先生之大名只略有印象，而于作者施劲松教授则几乎闻所未闻，但此文中氤氲着的那种散发着古意的淡泊而又浓烈的情致，却在在让我有似曾相识之感，而又一时无从具体指认其出处。

　　又是一次偶然的机会，我与《镜头》的第二作者王齐教授聊到施教授此文。说起来，我与曾任叶秀山先生助手的王教授虽号称"同行"，但是除了叶先生，应该也再没有别的交集和话题了。正所谓"语境即一切"，虽然"语义内容"是施教授的文章，但强大的语境规定却几乎让我在第一时间就冒出了"叶先生写《沈有鼎先生和他的大蒲扇》一文时多大年纪？"这个问题。其实，只有当我提出这个问题后，我才恍然省悟，这与其说这是一个问题，不如说是一个标志——它提示我阅读"精神长存"一文时感受到的那种"似曾相识"的情蕴就在《大蒲扇》一文中。这可算是"问答逻辑"下的"自问自答"了,而其"逻辑",也就是"对话的语境",却是"先于""问答"被给出的——"问答"之所以可能,极而言之,盖在于"意义场域"已经"先于"此而"生成"了!

话虽如此,"问答"之所以为"问答",也之所以为"逻辑",亦还是在于它毕竟并仍然能够"生成"新的"理解"。在这里,如果说"逻辑"是"形式因","问答"是"动力因",那么所谓新的"理解"则正是这两者的拉锯和结合所"生成"的产物。此前,也是在叶先生生前,在一篇题为《生命中那一片自由的天空》的谈论叶先生的音乐情缘的文章中,王教授曾透露,叶先生最为钟情的古典音乐不是理查德·施特劳斯(Richard Georg Strauss)受尼采启发而作的交响诗《查拉图斯特拉如是说》,而是柏辽兹(Hector Louis Berlioz)的充满奇幻诡秘色彩的《幻想交响曲》。坦率说,虽以我多年的资深"叶迷",也一直难得此语之"正解";在读过《死亡对他来说不过是一次"练习"》这篇悼念叶先生的其实已给出前述问题之答案的文章之后,我心中对此也仍有些茫然。恰恰是在目前的"问答逻辑"中,我恍惚一下子明白了过来,只不过对我来说,"答案就在音乐本身"虽然并没有错,但我之"听懂"柏辽兹的《幻想交响曲》,"读懂"关于叶先生的那个音乐之谜,却又是通过《精神长存》和《大蒲扇》两文而实现的。

"知道为什么吗?"——答案就在《精神长存:怀念陈公柔先生》和《沈有鼎先生和他的大蒲扇》这两文中。

2019 年 10 月 27 日晨起

从马南邨到唐蔚芝

——访书记三则

一

忘记是因为中学语文课本中有一篇马南邨的《事事关心》，还是因为我上初中时家里就有父亲所购存的一册《燕山夜话》，总之，因为"风声雨声读书声声声入耳，家事国事天下事事事关心"那副名联，东林党人和东林书院可谓自少时始即在我心目中留下了深刻的烙印。以至于当我在 11 月上旬的最末一天坐上从上海南站到无锡的绿皮火车，开始思忖怎么利用到站后 2 个小时左右的空隙，去附近走访某处景点时，几乎是稍作"搜索"，脑海中就跳出了"东林书院" 4 个大字。从地图上看，东林书院距无锡站颇近，出租车司机也如此告诉我，于是不到下午 4 点的样子，我就登堂入室开始参谒少时心目中的"圣地"了。而书院中最能唤起我记忆和共鸣的，仍然是邓拓那首应该是很晚才挂在前厅墙上的《过东林书院》："东林讲学继龟山，事事关心天地间。莫谓书生空议论，头颅掷处血斑斑。"令人唏嘘的是，此诗之末联竟成了作者本人的谶语。而最让人悲欣交集的则莫过于那副著名的"三声三事联"正是由"三家村"中劫后仅存的廖沫沙所书写的，置身于这样的"语境"，书院墙上显然也是新近才高悬上去的顾宪成那句"天下事有一分可为，亦不肯放手，此圣贤事也。天下事有一分不可为，亦不可犯手，此豪杰事也"似乎成了历史的无情反讽。

据顾氏后人顾文璧先生考辨，这副相传系属于顾宪成名下的"三声三事联"最早是在1947年2月那次重修工程竣工时出现于东林书院旧址内的。而对这副对联的最早记载出现于1921年1月的《无锡大观》（徐振新编辑），据云联语内容与邓拓所记有一字之差，为"事事在心"，而非"事事关心"。但无论如何，如顾先生所说，这副名联之所以相传为顾宪成所作，并为人们所普遍认同，正是因为《事事关心》一文的影响。而邓拓之东林书院行则时在1960年，按照齐慕实（Timothy Cheek）教授的说法，"1960年，邓拓到新儒家政治文化的中心——长江三角洲的无锡一带旅行，明朝时此地的绅士学者以擅长批评时政而闻名于世。邓拓在那里朝拜文人先哲的胜迹，题写诗词表达忠诚不二的情怀，准备从忧虑重重的自我反省回归到公共生活之中"。而对于《燕山夜话》的那篇《事事关心》，齐慕实的解读则是，"邓拓……用马克思主义理论把东林党人的阶级局限性与他们身上更有普遍意义的品质明确地区分开来，强调后者在今天应该发扬光大"。

齐慕实对邓拓精深而精彩的解读无疑需要另文专门解读，这里可以引用的是他对《燕山夜话》的观感："邓拓的杂文对那些每日例行阅读新中国报刊的人来说，也是非比寻常的精神享受。它们富于文采、清晰简洁、轻松活泼、信息丰富，而最重要的是，这些文字充满智性色彩，甚至连那些带有家长口吻、针对青年写作的文章也力图具有趣味性，能激发读者的兴趣……这种文章尊重读者的智力，用伙伴的口吻跟读者分享探索奇妙事物的历程，读过后会令人感到视野拓宽，精神也为之一振。"验之于 1980 年前后我在诸暨乡下上初中时灯下翻读《燕山夜话》的经验,齐说可谓大致不差。齐慕实还谈到,1963 年面世的《燕山夜话》合集是一本精美的木板印刷本,内有"马南邨"亲笔题写的"自序"的漂亮手迹,"总而言之,《燕山夜话》可以说是 1964 年祝贺高中生毕业的最佳赠礼"。把 1979 年后重版的《燕山夜话》留置在家里让我翻阅的我的父亲是经历过"文革"的人,因此,我阅读《燕山夜话》的经历是与阅读同样为父亲所收藏的"文革"读物,例如姚文元的《评〈三家村札记〉》的经历并行不悖的。但我猜想,父亲收藏《燕山夜话》除了基于自身经历的促动,大概也不无将其作为给我的"最佳赠礼"的意味。而巧合的是,当我利用离开无锡前的最后一点时间到此前来过两次的南禅寺旧书肆访书时,竟于书堆中发现了一本此前从未见过的精装本《燕山夜话》——面对此书,刚参观过东林书院的我不禁想起了邓拓《留别人民日报诸同志》开首的那句"分明非梦亦非烟",于是就果断把这个精装本收下了,作为此次无锡之行给自己的"最佳赠品"了。

二

眼前是闵大荒的一个悠长的午后——下课时已是正午了,却并没有什么食欲,但又能去哪里转悠呢?临时起意去城里似乎是有些太赶紧了,福州路上的书店都是国营单位,6 点钟就要准时下班;刚来闵行时去过几次的老沪闵路上的钟书阁又委实没有什么意趣,主要是"潭中水清鱼可数",彼处实在是乏书可淘。那么,就骑车到一街之隔的"南洋公学"去转转吧!从其莲花路门进入,就是开阔的宣怀大道,一路向西，不久就来到了学生生活区，只见眼前人头攒动，彩旗招展，凑近一看，原来是大学生的社团招募活动。我异想天开地以为其中或许有卖旧书的小书摊，或者我就只是要凑个热闹，竟然就下车扎入了人群中，果然有一家诗社的摊位上摆放了几册旧书，但那只是"道具"，并不出卖。在众摊位的入口处是招商银行的招贴，旁边临时架起了投篮机，一时兴起我就想上去玩儿一把，工作人员告诉我需下载银行的APP才能投篮，可是我的手机网速太慢，沿周围转了两圈，都还没有下载完，看管投篮机的帅小伙儿见状发了慈悲，破例让我白玩儿了一次——想当年我是在台湾东华大学与张培伦兄同行时第一次玩儿这种投篮机，后来在杭州又玩过多次，对此项"运动"要算是颇有感觉，成绩也不赖。记得有次李哲罕同学不服要挑战我，不料被我投成手下败将，可是岁月不饶人，这才得了一两百分，就发现体力已经跟不上，于是草草收场，兴虽未尽但也只能服老也。

从投篮机上下来，已经是过午后1点，肚子终于开始抗议了，于是来到以前来过一两回的玉兰苑河边餐厅吃中餐。草草吃完，正要步出餐厅，忽然想起不妨到二楼去看看。上半年曾在那里发现一家书店，过了几个月第二次来时却发现书店已经关门了，现在再上去看看，说不定又开张了呢？说来也是神奇，果然又有一家新书店在原址开张了，名曰"蔚芝"，我依稀记起"蔚芝"乃曾掌南洋公学的唐文治先生之号。果不其然，店内书架上竟摆放着上海交通大学出版社所出的《唐文治文选》！见我将此书取下放在桌子上，书店店长，一位斯文的中年人特意过来提醒我此书不出售。一般来说这种情况下我是不会进一步争执的，但这次却脱口而出：你把书放在书店里怎有不买之理？见我如此"论理"，店长松了口，但还是嘀咕说，此书社里已经没有库存，是特意从校史办公室拿来陈列的，一共只有两本。不料他这么一说，更给我提供了"理据"：既然有两本，我买走一本，你不是还有一本可以陈列吗？不过店长毕竟还是有其"精明"处，待我结账时，他就告诉我，该校出版社的其他书都打5折，但是这本不打折！

写到这里，我不禁想起开学初读到的陈尚君教授《濠上漫与》中那篇推荐《唐文治国学演讲录》的文字，就追踪着想要找蔚芝先生这部演讲录，可是颇为奇怪的是，此书出版才两年，各主流购书平台上却均告无货。我"灵机一动"，忽然想到最近刚刚与我联系上的现在武大攻读博士的刘旭同学，他过去曾经在该校出版社工作，为什么不让他从社里为我找找呢？果然刘同学不负我所望，不久就托他以前的同事从出版社仓库里为我找到了一册！

玉兰苑访书还有个有趣的插曲：那晚我还5折携回了该校出版社所出的《张元济年谱》3大册！犹记数月前曾经从校内涵芬楼购得商务版《张元济全集》，虽然我早已入河北教育出版社的《张元济日记》，但是在闽大荒得到菊生先生全集仍然让我颇为兴奋，记得当晚还发了一条状态，引得远在东京晒书的王前兄的"艳羡"，称自己只有其中的《古籍整理著作》。虽然《年谱》的主要素材取自谱主自己的日记和书信，但仍然相当有料，于是毅然决定入手。回到公寓，网上查验，却发现"通常"的张谱为两卷本，细看版次也一模一样，为何我所得却是3卷本？百思不得其解之余，重新去翻检实体书，竟然发现自己这套书有两个下册！呵呵，想来应该是架上成色一样的3册书放在一起，我不假思索就以为该谱为3卷本，而且结账时竟没有被发现！看来我还得抽暇再去一趟蔚芝书店把这册多出的下卷给送回去，不过在此去之前，还是先让我想一想，是否该超越自己的"小打小闹"，干脆下个"大单"，把同样是尚君教授推介过的商务 2017 年影印版《张菊生先生九十生日纪念册》也给捧回来？

2019 年 12 月 9 日傍晚，千岛新城寓所

三

记得曾在某处自嘲，我所访之"旧书"，基本是指 1984 年底第一轮图书涨价前之中文出版物。语虽稍有夸张，也大致属实。月前得高人指点，来到市内一"旧书"铺，徘徊有时，稍有斩获。然得书后一直无暇董理，今略拣选排比，作一句话"书跋"，聊博博雅君子一笑尔。

1. 大学时在中文系旁听古汉语课时尝"熟读"杨伯峻《孟子译注》，然此书平装版似罕见一卷本，今见香港中华书局版，聊备一格尔。

2. 郑鹤声乡前辈《司马迁年谱》。诸暨籍哲学家多，史学家似少见，柴德赓是一位，郑鹤声是又一位——据说余纪元在山东大学读书时颇得郑先生赏识照应，未知详情究若何，至今思之，令人唏嘘。

3. 由黄裳书话而"熟知"周亮工，一次在"晓风"见到凤凰出版社之周集，虽稍有心动，然略手慢，待再次去时，已被人掠去——《因树屋书影》我已收台北世界书局影印版，然此古典文学社之版本似更有"古意"。

4. 黄秋岳《花随人圣庵摭忆》上海书店出版社大字本。秋岳此著，我已有此版之缩印本，然字小无法卒读，后又得中华书局版，平装及所谓毛边精装版两种，独缺此"祖本"及山西古籍之"山寨版"——可谴

者，山寨版亦曾在书店架上，却终被我弃之。

5.《昌平山水记京东考古录》。吾友文兵指导，久居昌平，熟稔京东山水，亦曾带我游十三陵和潘家峪古长城。问其有此书否，答曰无有。问其愿受此书否，答曰将自购，于是自备一小册。

6.《义府续貂》。蒋云从先生著述，此前似只有新编诸子集成本《商君书锥指》和那年从北大博雅堂所得之全集版《敦煌变文字义通释》，以及其与任铭善先生合著之《古汉语通论》，今见其两大名著之二，乃欣然收之。

7.《马尔特手记》上海文艺出版社本。里尔克此著，此前所收两种中译均宣称自家为最早，其实应以此译为早？

8.《李觏集》。中哲史教科书讲体用观时，每每引述盱江先生语，今见此书，似曾相识，虽已收之，心有狐疑，某天晚上离开书库时，见其理学丛书本赫然在架，由此可见，无论新书旧书，在我，基本皆为收藏而已。

9.大学丛书本冯友兰《中国哲学史》精装一卷本。遍翻前后，此书竟无版权页，纳闷以之问店主，告之应为作教材用之翻印本，乃恍然省悟。然虑及其版式尚可，且仅索价80，乃欣然收之，亦聊备一格尔。

2019年10月30日于闵大荒，时已向晚，天有浮尘

12月7日傍晚补订

"这酒很鲜"
——我与启真馆的因缘

　　日前作为启真馆的"专馆作家"和曾经的"选题顾问"应邀至京参加该馆 10 年馆庆活动,在旧雨新知共聚的即席发言中,我曾笑言与启真的合作是我在浙大的后期生涯中少数"亮点"之一。语虽真诚,但是离京打道回府之后,自然也就把此事置诸脑后了。今午王志毅先生约我为启真的公众号荐书,虽明言所荐书无须限于启真,却再次勾起了我对与启真合作中点滴往事的回忆,权且流水写下来,一者存其真也,二亦聊为启真 10 年贺。

　　说起来,我与启真的因缘还要早于启真。大概是 10 年前,我那时办译丛的热情尚未完全消退。记得还是 2007 年在普林斯顿访问期间,我与时在浙大出版社任职的王长刚小友讨论过一个所谓"普林斯顿译丛",意在选取在普林斯顿大学和普林斯顿高等研究院任职的一些代表性学者的道德和政治哲学著作,组成一个小丛书,后来出于版权等原因,只有哈里·法兰克福(Harry Frankfurt)的两本书和迈克尔·史密斯(Michael Smith)的一本书"入围",3 本书组成一个译丛太小了,于是长刚建议把它们放到刚成立不久的启真馆去出版,并聘我为"选题顾问"。我找了何门高足段素革翻译《事关己者》(这个书名译法也是我

221

贡献的），廖门高徒林航翻译《道德问题》，并自告奋勇承担了《爱之理由》的翻译，遗憾并幸运的是，后一本小书的翻译竟是几年蹉跎后在我的学生贺敏年君的帮助下完成的。

忘记此前还是此后，我和刘训练小友决定把"当代西方政治哲学读本"丛书的第二辑从江苏人民出版社转移到启真馆出版，虽然出于各种原因，后来只出版了五种，但此套书的影响却已经牢固地树立起来了。老当益壮不忘初心的段忠桥教授曾在长春的一次会议上高度肯定这套书对国内政治哲学发展的贡献，甚至由此认定我对中文政治哲学潮流的推动之功较任何一位同龄学者为大，而戏谑不掩诚笃的西南交大的杨顺利小友则在多年前陪我和詹康兄漫步青城山时笑言这套书为不少年轻学者申报社科基金项目提供了选题思路。"饮水思源"，自然地，我在这里也仍然必须对鼎力支持丛书第一辑出版的佘江涛先生表示由衷的感谢和敬意。

2013年和2014年，启真馆分别出版了我的访书记《古典·革命·风月》和段子集《生活并不在别处》。前者源于应训练小弟之邀为《政治思想史》所写的一组专栏，后者则源于早期在朋友间以邮件形式流传的一些闲散文字，是严搏非先生最早提议我把这些文字集成一册，王志毅先生最终促成其面世。先语有云"继之者善也成之者性也"，其此之谓乎？而似乎是"余勇可贾"，去年初我又在启真出版了新集《理智并非干燥的光》。这也就是前面所谓"专馆作家"之所指了。这一文集的部分文字源于《中国社科报》的专栏，在此要感谢柯锦华教授的热情邀请和莫斌、匡钊两位细心编辑。值得追记一笔的是，在志毅的筹划安排下，启真还曾分别在杭州枫林晚和闵行涵芬楼为其中的两本书举行分享会，书虽然没有因此卖出多少，但4位嘉宾朋友罗卫东、张国清、严搏非、高全喜分别给予我不少鼓励，特别是卫东和搏非，所谓其语可感，其情难忘者是也。

犹记《罗素传》第一卷出版之后，我向志毅主动请缨，要求为之写一书评，记得在此期间，我曾与京中一位当红的青年政治哲学学者语及正撰此书评，承他告诉我，他也受约撰评，但如果我写成了，他或会弃笔。而当我后来将这篇"写成"文字发给他时，我得到了7个字的回复："崔颢题诗在上头。"在我而言，除了个人确实较为满意这篇书评文字外，更令我感到高兴并在个人生涯中具有标志性纪念意义的则是，这篇小文的标题后来竟成了我某一集子的书名。

遥忆我在紫金港生活的后来那些年，有不少次，志毅回杭述职时都会约上若干师友在校园内的启真酒店小酌。一次方志伟带了一种家乡的土酒，大家喝得很欢，后来志毅喝醉了，那是我第一次看到他醉酒。又有一次，应该是农历新年将近时分，我提了一大壶日前与一干学生去仓前老二羊锅时带回的土制米酒，刚坐下就给各位杯中满上了此酒，还记得志毅在浙大经济学院求学时的经济思想史老师张旭昆教授就着酒杯抿了一口，当即失声道："这酒很鲜。"

2018 年 6 月 27 日凌晨记于千岛新城寓所

第三次荐书

——为启真馆十年而作

　　作为教书匠，"荐书"的活儿几乎天天都在干，既然名曰"教书"，总是内含着"教人读点儿啥书"。是以，比较有"教书匠"气息地说，"荐书"乃是"教书"的有机组成部分。仍然以我自己为例，我在上课时就会时不时地开始"荐书"，这又有几种情形，最常见的是作为所"教"内容的"旁证"或进一步的"参照"，我们所"教"的书总与我们所"读"的书有关，所以"教书"的过程中难免就会"荐书"，所谓"奇文共欣赏，疑义相与析"者是也。一般来说，所荐的书多半总是自己看过的，特别是资讯闭塞、独学无友的情况下，你没看过这书怎么可能荐书呢？当然这样说显然并不周延，因为我们大可以追问他最初是怎么知道这本书的，或者就是在一种"被抛"的状态中直接"遭遇"的，正如我初中时偶然在一位同学家里遇到的《晚霞消失的时候》。但是在当下信息畅达、出版物众多、知道一个书名差不多就等于读过一本书的情况下，不管是好是坏，是否值得提倡，自己从头到尾看过一本书似乎越发不是荐书的"必要条件"了。显然，在这里为了避免词的"空转"，我们至少需要澄清何谓"读过一本书"，何谓"推荐一本书"，以及为何要推荐这本书，或者说"荐书"的目的是什么以及它能在何种程度上得到兑现。

2006年11月，杭州枫林晚书店的朱升华兄约我为他的电子刊物《书天堂》中题为"一个人的阅读史"的栏目"荐书"，那次荐书分为4个"板块"，一是介绍自己近期的学术工作，二是说出对自己最有影响的一本书，三是汇报自己正在阅读的书，四是向读者推荐10本书。我印象最深的是第四个板块。记得那次我并未在书架上做任何查找，而只是用那时尚称"精准""完备"的大脑搜索功能，搜寻了自己略为"悠长"的阅读史，一番"神游"后就闪现了那10本书，而且对每本书做了理性和感性"交融"的评点。几乎不夸张地说，那次"荐书"在"江湖"上似乎还是有些影响和效应的，一是永远与时俱进、勇立潮头的罗卫东教授很快就在他当时颇为红火的博客上转载了我的书单，记得我还和叶航教授在博客的留言空间中就我们共同的朋友汪丁丁教授的学术风格进行了交流和交锋。印象中汪丁丁好像还颇为"首肯"我对其论著的印象，只是当我告诉他《永远徘徊》是我当年在半山夜市的一堆地摊读物中发现的时候，他笑了起来，那笑声我至今难忘。二是我对于侯外庐的《韧的追求》的解读通过京中一位编辑朋友之朋友的传递而引起了曾任外庐先生助手的包遵信先生的注意，而包先生的反应，可以借用陈寅恪看了余英时那篇《〈论再生缘〉书后》的话："此人知我（侯）。"

2017年8月，我正在卑尔根大学访问，一天接到童世骏教授的"请托"：他向《中华读书报》推荐了我作为"名家"为即将举行的上海书展推荐10本书。身在异国他乡，手边几乎没有中文书籍，这时我使用才3个多月的微信朋友圈帮了我的忙，因为我的所谓朋友圈，除了"晒"书还是"晒"书，我"晒"的不外两类书，一是旧书，一是新书。就是在从卑尔根到奥斯陆的高山雪地火车上，我一边逐日翻检以往的朋友圈状态，一边和同行的贺君"神聊"，终于选出了要推荐的 10 本书以交差。

时光流转，日前王志毅先生告诉我，启真馆的公众号有一个荐书栏目，这一期他想约我作为荐书人，又是推荐 10 本书。荐书的事儿，正如我在《为梁文道荐书》中自曝过的，我是可以不假思索张嘴就来的。但是应承之余，事后想想，竟也有些犯难：我是在向谁推荐书，又该推荐些什么书呢？启真馆公众号的读者，应该都是些爱书的人，那么我就是在向爱书的人推荐书，不过这近于同义反复。而荐什么书又有什么原则可以遵循吗？我想起几天前在京参加启真馆 10 年馆庆活动，志毅谈到对书之所以为书的一种理解：书与论文最大的不同在于其"公共性"，很少有人会看其专业领域之外的论文，但书可就不一定了。志毅对这种出版理念的践履得到了读者的肯定和回报，例如座谈会上当时就有人指出，启真馆的一大特点在于出版了不少使某一专业领域之外的读者也会买也会看的书。但是正如基本上无法事先设计出一本所谓的畅销书，这种出书的理念似乎也难以不折不扣地贯穿在荐书上，虽然从字面上看，荐书无疑本身就是一种具有"公共性"的活动。荐书一定会体现荐书人的趣味和偏好，而所谓"公共性"本身也并非是隔绝于所有这些要素的抽象物。考虑再三，和前两次都不同，我这次决定采用一种最为"机械"的办法，就是把自己书房中近两三年得到的"新书"扫视一遍，从中挑出 10 种书来推荐，不管是否专业，是否"公共"，当然最后还是以我能否说道些推荐语为依凭。而因为目前我的书归置 3 处，加之以个人目力视野所限，挂一漏万，坐井观天，均在所难免，览此"号"者谅之为幸。

1.《个体论：一本描述性形上学的论文》（彼得·弗列得瑞克·史陶

生著，王文方译，联经出版社，2016）

　　当我的一位学生告诉我在那年的上海书展见到这部译著时，我的第一反应虽然是有点儿难以置信，但还是立即让他帮我从网上找一部。当代英美哲学一潮盖一潮，这种"创新"的氛围自然容易使一部50年代的哲学"旧著"遭到轻忽和怠慢——据说做哲学只需要读近两三年的期刊论文就可以了。对此最好的回应也许仍然是这位哲学家自己给出的："即使没有新的真理有待发现，至少还有许多旧的真理有待于重新发现。"顺便说一下，联经"现代名著译丛"近年屡有大作，张旺山的《韦伯方法论文集》和李明辉的《道德底形上学之基础》可谓其中翘楚。至于说到译此类书之难，我想起自己以前的同事包利民教授评论他以前的同事之翻译柏拉图："这样的文字一天最多只能译2000字，否则会把自己给伤了。"也想起多年前在香港的一次会议上听慈继伟教授谈到翻译《正义论》时，说："给我两三年时间，别的什么也不干！"

　　2.《伦理学与哲学的限度》（伯纳德·威廉斯著，陈嘉映译，商务印书馆，2017）

　　这书的作者被译者（估计还有不少人）称作"可能是20世纪后半叶最重要的道德哲学家"。但是威廉斯的文字并不好读，正如对理性主义道德哲学的批评之力量需要相对于理想主义道德哲学来了解，威廉斯的文字其实需要精细翔实的评注来"究元决疑"。我有幸通过某种渠道得知译者曾随文做出大量批注，可惜译文正式刊出时却未保留。此外，我早期亦曾打算译此书而未遂，只译出了原著新版所增A. W. 摩尔（A. W. Moore）的"评注"，蒙译者雅意，此文"采用了应奇的译稿做底本"。

　　3.《总体与无限：论外在性》（伊曼纽尔·列维纳斯著，朱刚译，北京大学出版社，2016）

这学期开了门题为"实践理性"的讨论课，阅读的文献中有列维纳斯（Levinas）的《存在论是基本的吗？》，用的是倪梁康教授主编的《面对实事本身：现象学经典文选》中所收的刘国英之译文，还曾在里面读到这样的句子："人是那个唯一的存在，倘若我不向他表达这相遇本身，我就不能与他相遇。"仔细翻检自己的书库，发现列维纳斯著作之英文本我竟收过不少种，去年12月还在阜尔根市里的那家书店收了一小册《他者的人道主义》（*Humanism of the Other*）。朱刚所译此著乃列维纳斯之代表作，译者同时还出版了一部研究专著《多元与无端》，所谓"研究性翻译"，其此之谓乎？

4.《天下时代：秩序与历史（卷四）》（埃里克·沃格林著，叶颖译，译林出版社，2018）

沃格林（Voegelin）政治哲学，主要经由北大李强教授及其一众弟子之阐述和译述，已在中文世界颇具影响，而《天下时代》之出版似恰当其时，正是通过这部书，沃格林哲学之"秘密"及其现实相关性得到了"终极"呈现，虽然沃格林"并不希望任何人将他有关历史秩序的思考畸变为指引现实政治的学说"，但是要想使"当代最重要的政治哲学家（无论）是哈贝马斯和罗尔斯，还是施特劳斯和沃格林"之类的争论有意义，就至少必须看到沃格林在《天下时代》中坚持"历史的秩序来自秩序的历史"这一原则的同时对该原则的修改，而由这种修改所表现出的根本转变，就是"由基本上是西方式的对历史意义的理解，转变为本质上是普遍主义的理解"。

5.《逻辑之旅：从哥德尔到哲学》（王浩著，邢滔滔、郝兆宽、汪蔚译，浙江大学出版社，2009）

从早年的《数理逻辑通俗讲话》和上海译文那部"三美并具"（传

主、作者、译者）的《哥德尔》，到启真馆的"王浩作品集"，这位著名的"美籍华人"的真实丰富的精神世界渐次向国人展开。有一次聊天中，我的一位主攻罗尔斯的学生向我提及他偶然看到的王浩对罗尔斯后期哲学的理解，并赞赏其精到，俗语讲就是"看得出门道"。我想起王浩在为《沈有鼎文集》所附公武先生给他的信所写的那段话中，曾呼吁学界重视沈先生对于西方哲学的一般见解，如果我们说这一点现在同样适用于我们对王浩所著之书应采取的态度，这是否会有些冒昧？

6.《现代政治的思想与行动》（丸山真男著，陈力卫译，商务印书馆，2018）

丸山著述的中译本，我是出一本收一本，迄今已 20 多年了。与前 3 部中译本聚焦于日本政治思想史不同，此书至少其 2、3 卷，语境更为宽广，"以与现代政治问题相关联的论文"为主。让人有些惊讶的是，据译者说，此书原著增补版重印了 160 余次！此足以证明丸山在日本作为"国民政治学家"之地位，而且此书第二卷中有两篇文字是专门评述拉斯基（Laski）的，想到拉氏在曾经的中国政治学界影响之大和结出的成果之少，相形于丸山所成就者之黯然失色，不禁感慨系之矣。

7.《朱子书节要》（李退溪节要，丁纪点校，岳麓书社，2017）

大学时曾见过一部人大社所出的《退溪书节要》，似乎一直只有第一册，年前听李明辉教授在闵行讲朝鲜儒学，似乎隐约道出些当年的"内情"。在新城书城见到这部李退溪节要的《朱子书节要》时，瞬间似有时光倒置恍如隔世之感。翻到此书第 619 页《时事出处帖·刘共甫之一》有句如下："二奸虽去，气象全未回……间读《陆宣公奏议》，一一切中今日之病。"遥想晦翁当年当亦有此慨。抬头忽见书架上余英时先生那部兀自而立的《朱熹的历史世界》，则似明其"衷曲"矣。

229

8.《郑天挺西南联大日记》（郑天挺著，俞国林点校，中华书局，2018）

近年所谓"民国热"在民间有愈演愈烈之势，然则浏览书肆，演义戏说情节者当道，花絮鸡汤文字者居多，此两大卷日记适可矫此病症。毅生先生乃联合大学之中流砥柱，其同人当年即誉之为"斯人不出，如苍生何"。其日记远较清华出版社早年所排印之《梅贻琦日记》内容丰赡，史料之学术价值甚高，做掌故品读，更是齿有余香。

9.《重读八十年代》（朱伟著，中信出版集团，2018）

我应该算不上朱伟的"死忠"读者，但他的几个册子却是基本上都收了。这个关于80年代文学的回忆录（或80年代的文学回忆录）曾在《三联生活周刊》上零星见过，但当时却并未追踪着去看，总想着不久就会成集。当我日前从许钢祥小友的状态中见到此书时，立即就让他代购一册。"重温"之下，卷首写王蒙的那篇仍然是最为出色的，在在让人想起查建英《弄潮儿》（可巧这本书也是钢祥在香港买了送给我的）中那篇《国家的仆人》。吊诡的是，阅读这样的文字时，我眼前浮现出的却是我的学生贺君向我推荐的赵已然的那个专辑——《活在1988》（其实贺君当年向我推荐的是《北京的金山上》)，我也想起上周在高瑞泉教授荣休会上，我的同事郁扬子发言中那一句："在自己的所有身份中，我最愿意认同的身份乃是'80年代的大学生'。"

10.《老卡拉布里亚游记》（诺曼·道格拉斯著，宋阳波译，花城出版社，2017）

《小鱼的幸福》的作者李克曼有言："记得爱德华·摩根·福斯特曾有这么一句话，他说，只有辗转迂回获得的东西才会真正留在记忆里……最后想来，其实依然能让我们脱离枯燥无味的现实景观的，也许是偶然的阅读和书页上的眉批。"古人说，读万卷书，行万里路。读了这部百多年前的游记，你才会真正明白"读书"与"行路"的那种"构成性"的关系，以及"读书"之"推动""读书"："弥尔顿敢于宣称自己的作品为'文风韵律皆前无古人'——这句精彩之语本身就抄自阿里奥斯托（'此行文，此韵脚，皆所未见'）。"

2018 年 7 月 4 日晨抄毕于闵大荒之青椒公寓

"挥一挥衣袖"
——追念先师夏基松教授

昨从暨阳故地回杭探母，晚间于半山惊悉业师夏先生刚刚仙逝。阴雨中一人回到紫金港，于年前几近搬空的书房内，检出当年做博士论文期间的笔记和日志，睹物思人，叹旧梦已逝，长夜难眠，而往日印痕，犹历历如在眼前。

我入夏师之门有些偶然，但是，或者也正因如此，先生实于我有再造之功。犹记1993年春夏之交博士入学"补考"那天，夏先生取出费耶阿本德一部英文论文集的复印装订件，翻到某一页，对我说，从这里开始翻译，看看能翻多少。说罢就留我在他的书房"应试"，自己却退了出去，在客厅"守候"着。说来惭愧，此前我虽"力学"，却于英文文献了无感觉，更从未做过翻译。眼看就要出洋相，正焦灼踌躇间，先生推门来问我进展如何。本着一种"置诸死地而后生"的胆气，我的机灵劲儿也上来了，就摊开未着一字的那张白纸，对着先生晃了晃：感到有些难啊！夏先生以他那特有的抿嘴垂目的神情对我说，那你等一下。过了一会儿，先生进来递给我几张纸，说，那么这个问题你回答一下如何。我接过来一看，是要求我论述历史主义科学哲学的发展云云。我本出身科哲，又精读过夏先生的两本科哲作品，加以用中文写哲学本就是我的强项，于是迥异于刚才那副窘态，什么库恩、劳丹（Laudan）、夏皮尔（Shapere），下笔数千言，几乎一挥而就。记得第二天上午我打电话确认结果时，夏先生非常爽快，且容我"自作移情"猜想，还带着一丝兴奋地对我说，下午我在系里开会，你来找我办理相关手续！

接下来就是3年的攻博生涯，只是读博期间我虽有宿舍，却并不常住校，但是至少第一年，我每周都会到夏师家里请教，一边聊聊天，一边看看有什么事需要料理。说来也奇，印象中夏师60多岁时似乎经常是病怏怏的。还记得有一年他和师母要去美国探亲，因为师母是上海人，似乎特别信任有点上海"背景"的我来办事，于是那一次竟是由其实完全不能办事，也没有办事经验的我送他们去上海登机访洋的。好在过程虽"艰辛"，却也并未出何差错。

夏先生桃李天下，其门弟子于现代西哲研究，几乎占"半壁江山"，而他对学生的指导，就我的感知，几乎完全是"放羊"式的。他采用读书报告的例会形式了解学生的论文进展。我听过些师兄弟的报告，而我自己的报告，印象中就只有一次，应该就是开题报告吧，记得还得到了不错的评价。我的论文也是全部杀青后送呈他审核的，他只做了若干圈点，就允准打印送审了。记得答辩那天，答辩主席根据外审情况，特意提出要提高对我论文的评价，而我自己在那天似乎也状态颇佳，表现"神勇"。让人终生难忘的是，在我全部陈述结束后，夏先生露出平时少见的那种开心放松和欣慰的神色，感叹道：小应，你其实很能讲，我年轻时也很能讲啊！——对的，夏师年轻时是上过大课的，南大前校长曲钦岳院士就曾听过夏老师的课，夏老师肯定是很能讲的啊！

严肃点儿说，"很能讲"3个字也透显出我们师生关系的某种情状。坦白地说，3年杭大生涯于我可谓"执拗的低音"，而我在先生面前，当然也是"拘谨"的，原因似乎不究自明，也无待深究。记得毕业后有一次师门聚会，诸师兄弟均颇为"肃穆"，有大人状，或欲为大人状，只有我一人放言无忌，滔滔不绝。散席时轮到师母感叹了：应奇好像换了一个人，他原来不是这样的啊！又有一次，范明生先生80寿庆，我写了篇小文祝贺，师母看了对我说，什么时候也为夏老师写一篇啊！

居今而论，夏师的现代西哲研究，可谓改革开放早春二月不可或缺之"副音"。他之选取西方科学哲学作为突破口和下手处，无疑是体现其高智慧的一着妙招。因为这是旧意识形态中最为薄弱的一个环节，其中的作业相形之下却也是最为"安全"的。这种"守中有攻，攻中有守"，保守激进交互为用的理性姿态和生命劲道更体现在夏师对现代西哲谱系的全局把握中。科学主义、人文主义的二元框架本身固然会有僵化粗放之虞，但无形中"挥一挥衣袖"，却也把那最重要的"对手"甩在了一边。夏师那种简洁明了、举重若轻的风格也在在地说明了这一点。固然，信念须用信念来辩护，观念须用观念去战胜，出于旧营垒的反戈一击也往往是最有力量的，但是有时候，被动或主动地放弃缠斗，也未始不是一条让本然之生机如如呈现之途。一方面，长存之道乃是与对手共存，另一方面，要共存也必须先能够生存下来。所谓"过犹不及"，先哲之教，其如斯乎？

是的，"打开一片生机"，"放其一条生路"，这于夏师不仅是一种抽象化的理念，而且是一种活脱脱的实践。可以一件小事为证：余杭韩公水法教授有一次告诉我，他于1984年秋到时由夏师掌门的南大哲学系任教，流连金陵山水之色不到半年，他就报考了杨一之先生的博士生要离开南大，当时系里有些人要基于某些成文或不成文的规矩阻其北上，是夏师力排众议，力主高抬贵手，"放人生路"。先哲之德，其如斯乎！

就我个人而言，毕业从教时，我并未有幸留在夏师身边，但据时常侍奉先生的张国清兄告诉我，夏师其实颇为关心和惦记我，也不时问起我的情况。2006年2月，我的博士论文传主斯特劳森教授去世，我撰写了一篇追忆文字，其中提到当年攻博为文之情状，当然也提及夏先生的指导，此文后经江怡教授居间安排，发表在《世界哲学》上，夏先生看到后特意带话对我表示赞赏。所幸的是，在我回到哲学系，并负责外哲所的琐务时，也曾帮夏师办过一些琐碎事项，这也算是我对他培育之恩的点滴回报了，思之让人赧颜。几年前，大春和国清同时荣膺特级教授，我和国清一道去夏师府上报喜，他拉着我的手说，好好努力，接下来该是你了。闻言真让人无地自容。最为温馨难忘的是，那次探师，我还带了小女前往，记得师母拉着小女的手，亲手拿水果给她吃，还拿出珍藏的小物件送给小女，其优雅温情让人动容。

作为告别，还要提到的一笔是，在我做出重浮于海上的决定前后，我曾经想到夏师处征求他的意见，至少要去向他道别，但诸事蹉跎，一再延宕，此愿竟徒然成空。我只好以此自我安慰：以夏师之睿智通达，及他对我性情的了解，一定会支持我对于出处进退的抉择，这是因为，打开生机，放其生路，正是不学如我从夏师那里解读出的生命哲学。

2018年2月10日午后一点，港湾家园寓所

"七八个星天外"
——追念韦尔默教授

从国内的某公众号辗转得知阿尔布莱希特·韦尔默教授仙逝的消息时，我刚刚结束了在闵行公寓一天的劳作，从学校北门外喝了两杯德啤后，于踉跄中回到宿舍。说来也是冥冥中自有巧合，我为之伏案一整天的，也正是主要由自己编译的韦尔默文集——《后形而上学现代性》中的两篇文字：《现代世界中的自由模式》和《民主文化的条件：评自由主义—社群主义之争》。而之所以重温这两篇文字，乃是为了准备本月底要参加的柏林自由大学政治哲学会议的发言稿。据同样要与会的知情人士告知，韦尔默退休前任教的自由大学哲学系的同事，本来还打算邀请今年已经 85 岁高龄的老教授与会。闻听这个消息，从来没有机缘见过韦尔默本人的我竟也一度开始憧憬起在柏林见到这位老教授时的场景，甚至颇欲事先就将之归为柏林之行的最大收获，而这一切现在都已经成为徒然的梦想了！

得知讣闻之日仍在研读的《现代世界中的自由模式》是我接触到的韦尔默的第一篇文字。应该是整整 20 年前的 1998 年春夏之交，为了撰写扬智文化公司所约的《社群主义》一书，我在北京图书馆查找资料，并按照事先所做的功课，复印了曾任《哲学杂志》编辑的米歇尔·凯利（Michael Kelly）所编的《伦理学与政治学中的解释学和批判理论》（*Hermeneutics and Critical Theory in Ethics and Politics*）一书。这本包含了哈贝马斯、沃尔泽（Walzer）、赫勒（Heller）、麦卡锡（McCarthy）等名家的文集最后给我留下最深刻印象的，并给我此后的生涯带来不可磨灭的印记的，正是我事先并不知其名的韦尔默的这篇宏文。我不但把他在此文中的基本思路运用到《社群主义》一书的尾章《两种自由的分与合》以及在此基础上进一步写成的《论第三种自由概念》一文中，而且在数年后与友人编译《第三种自由》和《公民共和主义》两书时，又分别译出了前述两文。至今犹记的是，我是通过童世骏教授的老师挪威哲学家希尔贝克的介绍，取得了《自由模式》一文之作者授权的，那还是 2003 年底的事；转年 6 月，为了取得《民主文化的条件》一文的作者授权，我开始与韦尔默本人联系并从此得到他的一路支持，包括从 2005 年上半年开始编译《后形而上学现代性》时，请作者为此书撰写中文版序言，到此后翻译《伦理学与对话》时，把我在纽约旧书店中得到的一本文集中的《交往与解放》一文作为附录增补到此书的中文版中。

在这个既顺利又曲折的编译历程中，有件令我印象比较深的小事。2007 年 3 月，我正在台湾佛光大学客座，《后形而上学现代性》一书的责任编辑上海译文出版社的张吉人先生希望我能提供韦尔默的照片，这是此书所纳入的丛书"20 世纪西方哲学译丛"的惯例，在尝试其他方式无果后，我只好再次求助于作者本人，最后韦尔默在他的女儿的帮助下寄来了后来放在此书扉页上的那张哲学家玉照。在收到照片数天后，我与从柏林自由大学博士毕业的林远泽教授从台湾的东海岸一直转到台北的草山，当远泽兄听闻我与韦尔默的"交往"时，不禁感叹了一句：

"韦尔默待你不薄啊！"

所谓"不薄"之语固然不无笑谈的成分，其实韦尔默之待我"不薄"当然不只在于从邮件上给出他的文章的授权许可，也不在于发来他的照片，甚至不在于为中文版撰写序言，而是在于他实际上亲自参与到了《后形而上学现代性》的编辑中。他不但认可了这个事实上以他已有的德、英两版的文集《残局》为底本的这个"新"文集的新名称，而且特意推荐了他在阿姆斯特丹发表的"斯宾诺莎演讲"的两个文本《汉娜·阿伦特论革命》和《人权与民主》，以加入这个文集，更为重要的是，正是在他的亲自过问下，作为权利主要归属者的苏尔卡普出版社才破例同意我们以这样"挑三拣四"的方式编译出版他的文集。而这个工作之所以能够侥幸地由我来完成，根本原因还在于作者本人原则上同意我依据英文本来翻译他的文章，要知道苏尔卡普出版社原来是"理所当然"地坚持所有文章都必须从德文翻译的！

我们的编译方案是，从《残局》中"剔除"4篇文章，补入韦尔默本人推荐的"斯宾诺莎演讲"以及我作为编者加入的《理性、乌托邦与启蒙辩证法》和《主体间性与理性》，总的篇目仍然是13篇，表面上看差别并不大，但也正是这样的一个变动，至少从表面上给出了一个了解和把握韦尔默哲学理路的可能路径。这只要对照一下《残局》对文章的分类和我的编排方式就能略窥端倪：前者把所有文章分为"消极的和交往的自由"、"后形而上学视角"和"时间的想象"3个部分，而我是按照"理论创造的准备稿"、"后形而上学现代性的政治向度"和"思想语境"3个部分重新编排所选的13篇文字的。虽然这种学案体的编排方式很难说有多大创意，但是至少这个编排方案是经过作者本人过目并同意的。至于这种方式是否真正符合作者的原意，或者有助于读者理解作者的原意（如果有这种实际上已经被否认存在的东西的话）这个终极问题，如果我们想到韦尔默思想本身的"难解性"，这个疑问本身的尖锐性就会得到某种程度的缓和。

《后形而上学现代性》一书出版后，至少它在表面上的影响似乎没有我预计的那么大，回想起来，这当然有文本固有的原因，即前述之"难解性"。作者基本上是在哈贝马斯的范式下作业，如果对哈贝马斯庞杂的工作没有比较精到的了解，实际上我们很难精准地把握韦尔默工作的方向和力度。其实我自己对于韦尔默的理解也极大地受制于这个短板。对此当然除了加强基本的功课之外别无偷懒之途。但是如果我们试着宽松些地从"语用学"的角度，从运用韦尔默的思想的角度，来看待这件本来艰难的事情（世上本来又有哪一门学问不是艰难的呢），情形似乎会变得稍微乐观一些。例如韦尔默对于《法哲学原理》与《论美国的民主》之"同构性"的阐发，就是一个似乎可以在某种程度上，与其细节论证适当脱钩，并加之以运用和发挥的洞见。就我自己而言，就是坚守这个洞见不放，再细读他的文本。我在前些年曾经"提炼"出"伦理生活的民主形式"和"民主的伦理生活形式"这对概念，并把它们与哈贝马斯的"与政治物相关的文化"和"以政治的方式做成的文化"这对概念关联起来加以阐发，这在某种程度上也勉强可以说是一种"语用学"的践履吧！

如果放长一些时段看，特别是从近些年的情况观察，主要以《后形而上学现代性》一书为媒介的韦尔默思想的影响似乎呈稳中有升之势。早些年曾有国内的新锐学者向我表述阅读其中关于阿伦特的两篇文字后的那种"醍醐灌顶"的感觉，最近以来又有更为年轻的学者试图从自然权利理论的角度深挖韦尔默的相关论述。请不要忘记，正如雷蒙·阿隆及其学派在法语世界从20世纪六七十年代之后就开始反击自然权利理论上的"逆流"，哈贝马斯和韦尔默也在约略同时展开了这项艰巨的工作，这些工作预示和提前呼应了在美利坚学院中以罗伯特·皮平为代表的重释德国观念论以回应保守主义挑战的事业和雄心。它们在当前中文世界的意义更是值得深长思之，而且是无论如何估价都不过分的。

所有这些方面中，似乎最不值一提的是从事韦尔默论著的编译之于我个人的沾溉。毫无疑问，我把《后形而上学现代性》《第三种自由》《公民共和主义》称作个人编译生涯中给我留下最深刻记忆的产品，其中尤以《后形而上学现代性》为最，当年那种身心投入甚至欢会神契的感觉如今想来可谓既记忆犹新，又恍如隔世。我大胆地相信，这种状态当然也体现在译文的品质和质量上，我的一位学生曾说这部书的翻译是他老师的所有译品中最为精到的。今年7月，我应邀在北大暑期学院的课堂上讲授以韦尔默为主的新法兰克福学派政治哲学，同样从柏林自由大学留学归国的一位年轻的主持人在谈到对这本书的阅读感受时，称道它是近十几年国内的西学译品中翻译得最为流畅的，并感叹与此书之相见恨晚。面对来自后学晚辈的这类称道，也许我应当回应的是，令我感到汗颜的与其说是这种美誉，还不如说是我在韦尔默思想的研究和阐发方面实在是做得太不成比例了！仔细想来，制约这种工作之展开的，除了所有其他方面的原因外，一个根本的原因在于，迄今为止我还没有能够切实地把《后形而上学现代性》中的认知现代性和政治现代性，《伦理学与对话》中的伦理现代性和《论现代和后现代的辩证法》中的审美现代性结合起来加以研究、把握和融通。这一方面限制了以往的工作，另一方面又预示了未来的方向。

《论现代和后现代的辩证法》一文最后如是说："哈贝马斯认为，审美体验、基于实践经验的阐释和规范期待并非彼此独立，当然这也就是说，审美话语、道德－实践的话语和有关'事实'的话语并非被一道深渊彼此分开，而恰恰相反，它们还以各种各样的方式相互交叠在一起，无论人们用多少形形色色的有效性范畴来表述一种审美的、道德的和真实的有效性，而这些形形色色的范畴总是无法归结为一种单一的有效性范畴。在这里讨论的并非是'语言游戏'的和解，而是各种话语的相互渗透：在多种理性的范围内对单一理性的扬弃。"从长时段来看，所谓法兰克福学派的历史地位当然应该是无法与德国观念论相提并论的，但是这并不妨碍哈贝马斯和韦尔默仍然以他们自己的方式道出这个根本的洞见。"星丛"是整个法兰克福学派中最为哈贝马斯称道的，同时也是给予韦尔默构成性影响的阿多尔诺的一个重要概念。可能是20世纪后半叶最为重要的德国观念论研究和阐发者的迪特尔·亨利希也曾经用"星丛"来形容和刻画德国观念论者构成的群像。在一种似乎显然不那么对等的尺度和意义上，法兰克福学派诸公也可谓构成了这样一个"星丛"，那么就让我借用这个"星丛"中刚刚逝去的、表面上似乎并不那么闪亮的这颗"星"的一句话，以试图来表达这个洞见于万一，并表达我对于这颗"星"的万分追念：

> 无可否认的是，没有道德上的侵害，特殊性在普遍性中的"扬弃"就几乎是不可想象的；所有这些都表明，随着向世界主义法治国家的过渡，黑格尔所谓"伦理生活的悲剧"将在全球规模上重新出现，因为特定的文化传统的相对化也意味着它们的转型和局部的失效。这是现代性的代价；但对生活在当今世界的任何人来说，这是必须付出的代价。唯一仍可选择的是，特殊性的这种相对化在一

种自由主义的和多元主义的世界文化的安定空间中是否会成为富有成效的，或者，富裕国家的防御性反应或感到他们的集体认同受到威胁的那些人的侵略性反应是否将导致全球内战或自由主义民主制的毁灭。

2018 年 9 月 29 日凌晨四时，闵行公寓

一面之缘与一字之教
——浮念沈清松教授

我最早知道沈清松教授之大名，应是源于他翻译的法国哲学大家吉尔松（Gilson）的那部《中世纪哲学精神》，但因我并未研治此段哲学，也就只是记住了这个书名和人名而已。不过，当我后来在纽约的斯特兰德和新泽西爱迪生小镇上的一家神学书店里分别"邂逅"吉尔松的《中世纪哲学要义》这部大书和《哲学经验的统一性》这本小书时，脑海中第一个浮现的却是沈教授的大名。

又是早年，我曾在杭大门口的杭州书林收过鲁版沈教授自选集，但就如同在那家店和别的店收过的诸多图籍一样，我也并未展卷细读此著。

2008年四五月间，我在布法罗余纪元教授处盘桓数天，闲聊间我问起他在这北国寒地的交游，他说沈清松教授不时会从多伦多过来和他喝酒。

4年之后，也是春夏之交时节，在纪元担任沈教授曾膺任的国际中国哲学学会会长时，我在杭州同时见到了沈、余两位教授。在会后的宴席上，热气腾腾的祝酒之余，可能是受某种直觉驱使，我竟冒昧向前请教清松教授对牟宗三先生哲学之观感和印象。似乎我们就此相谈甚欢，以至于同席的盛晓明教授当时都"看不下去"了，并嘟囔了一句：应奇，你莫要把持着沈教授啊！

流光飞舞，如许岁月过去了，我如今还记得当时沈教授举着酒杯，悄悄耳语给我的一句话：牟先生的书中没有一个"爱"字！

清松教授早年求学鲁汶，后又两度执教海外，晚岁再任多伦多大学教席，似乎他对于唐君毅先生之"花果飘零"说别有会心："我觉得唐君毅用'花果飘零'来翻译 diaspora，比任何其他翻译都要漂亮、雅致。"他又说："我主张从唐君毅先生所讲的'灵根自植'的模式，发展出'相互丰富'的互动模式。"后者当然是基于他倡导和提炼的所谓多元他者的观念而立论的，也适可与杜维明教授基于多元现代性观念倡扬的"灵根再植"论（在我的记忆中，杜教授的这个表述最早见于他为张凤女史的《哈佛心影录》所撰序言，不过当我多年前有幸在浙大人文学院的会议室就此求教于他时，他却表示对此没有印象了）对勘，至于在这种对勘中，宗孔抑或宗耶是否就成了第二义的问题，则不是我在此所能畅论的了。

可以肯定的是，当清松教授提出以"原始朗现"来翻译海德格尔的 Ereignis 时，他心中一定想到了牟先生《现象与物自身》中之"朗现说"；同样可以肯定的，当清松教授与纪元相会于天堂时，他们一定还会喝酒。无论如何，他们之间或许没有"爱"，但一定有"友爱"。

沈清松教授千古！

2018 年 11 月 14 日正午，千岛新城寓所

"道""学""政"之变奏曲
——韦政通先生印象

　　我与韦政通先生并未有及身而遇的机缘，但是当我闭塞甚久后从网上获知他过世的消息时，却还是有一丝黯然，甚至感到了一种暖意和光亮微微消失和逝去的凉意。

　　我最早知道韦先生的大名，应始于80年代"走向未来"丛书中的《伦理思想的突破》，那时我正处于大学时代；当后来上海人民出版社推出《儒家与现代中国》一著时，已是我读研究生前后的那段时间了。那时印象最深的有两件事，一是罗义俊先生编的《评新儒家》中收有政通先生的《以传统主义卫道，以自由主义论政——论徐复观先生的志业》那篇名文，这个标题曾一度几乎成了我的口头禅；二是那时我偶然在社科院的港台书库见到水牛出版社所出的那部《中国哲学辞典》，当时相当惊讶于其内容之丰沛博雅，甚至梦想过自己能拥有那部从其时大陆图书的装帧美学看颇为另类的书，这也部分解释了当我多年后在嘉义南华大学的小书局见到同样是水牛出版的《桑塔耶那自传》时会有一种似曾相识之感！记得当时我还仔细阅读了《辞典》中的某些词条，其中印象最深的是"尊德性与道问学"，原因盖在于我其时在港台书库读余英时先生的书读得如醉如痴，尤其沉迷于余公的内在理路说主导下的清代思想史新解。

我之后再次接触到韦先生的论著是 2010 年前后，那时中华书局推出了他的 3 个选本，我在事隔近 20 年后又重读韦先生的文字，依然感到亲切且有吸引力，虽然正如我在自己的一本小集的跋语中所言，我似乎主要是把那几本书当作资料书来读的，例如韦先生在其中回忆到其早岁的求学生涯，其中我最关心的自然是他与牟宗三先生的交往，因为这也是当年罗义俊先生与我聊及韦先生时的主要话题和内容。瞧，我们师徒俩原也都是有些八卦的！

我最近一次和韦先生的"亲密接触"发生在去年或是前年，是在杭州一家民营的古籍书店。那里正在寄卖杭州某高校一位学者散出的书籍，我在那堆书中翻到了一册《荀子与古代哲学》，我无以评判其书内容，但见扉页上有韦先生的亲笔题签，就几乎毫不犹豫地将其收于囊中了。印象中这似乎是韦先生少见的以人物为专题的专书，书末还附有一篇《我怎样研究荀子》，其中提到牟先生的《荀学大略》，有谓："（其）书使我对原书做深一层的理解上，启发独多。"又说："《大略》一书，在思想方面牵涉甚广，字数又过少，文约义丰，初学者恐不能消受。如要领会此书，必须先对荀子原书熟读。"

政通先生早岁师从牟先生，是牟先生在台湾最早期的五六位弟子之一，后来虽然"反出师门"，自谋生路乃至自立门户，但他毕生保持着对牟先生的尊敬和感念。在他的自传中，他以"异端"自命，准之于其性情和为学趋向，虽属良有以也，但其实也透显出其内心的高度紧张和压力，而他几乎自觉地把自己置入殷海光、徐复观和雷震的谱系中，其实也只是在纾解那份外人难以言喻的重压，特别是处在一个其实早经"礼崩乐坏"，但至少理论上仍然要求人们"尊师重道"的社会和社群中。但是，平心而论，如果我们适当放宽历史的视界，并尽量规避和远离那些"诛心之论"，我们也许不必过于纠结于这个小事例中的是非曲直。甚至我们都无须再堂皇地用"传统主义正是现代性之产物"以及"真正的基督徒乃是无神论者"之类的宏大叙事来为时代大潮中的渺小个体背书，这是因为，在一个托克维尔和密尔（John Stuart Mill）所洞察到的千人一面的现代社会里，所谓"异端"反过来正成了现代人成就自己的一种宿命，只不过在一个"转型"社会里，人们往往倾向于赋予这些异端人物以道德上的光环，而所谓"转型"之未完成性又往往反过来以道德的标准来"苛求"那些人物。

就我个人而言，韦先生的论著还给我留下了一小段温暖而又苍凉的记忆。1990 年秋天，我离开工作生活了两年的千岛之城舟山到沪上求学，其间转道杭州，把一些暂时不用的书放在杭州父母家中，记得这其中就有一小册《伦理思想的突破》。当我后来在假期回到杭州，有一次坐在书桌前看书时，父亲手里拿着那本《突破》从另一个房间走过来对我说：这本书很不错，看了很有启发。而我在几乎不知如何应答时，抬头分明看到了父亲那如"异端"般坚毅的面庞。

2019 年 1 月 9 日，人在旅途中

"落纸烟云纷态度"
——朱德生先生印象

　　刚刚离世的朱德生先生之于我有如此深刻的记忆烙印，主要是因为80年代中期邹化政先生在吉大哲学系的课堂上经常提到朱先生的名字。当年邹先生的山东海阳口音把"朱德生"3个字念成 judishen，把"深刻"发音成 thinker，常常引得我们班上几位江浙同学在课上暗笑，在课后模仿。从邹先生的征引中，似能见出他于朱先生颇有惺惺相惜之况味。学人之间有类似此种感受本属平常，更何况是在那个哲学上的思想解放运动的早期：旧营垒的高墙愈坚固森严，从中反出的先进人物之间似乎也就愈容易达成共识，哪怕这共识本身也是极为稀薄脆弱的。记得那时，朱德生和冒从虎、雷永生两位先生合著的《西方认识论史纲》已经出版，相对于"两军对战"的哲学史，以认识论的视角重写哲学史，就正如科学哲学研究之于自然辩证法教条，无疑是当时吹起的一股清风。不过，对于朱先生的文字，我印象最深的似乎是当时发表在《哲学研究》上的一篇，其风格近乎所谓思辨，而用那种最普通甚至表面有些陈腐的文字娓娓道来和传达出的那份见常人之未见的哲思，实在颇令人折服，而对于一位年轻的哲学学子来说，则更有一种神龙见首不见尾的神秘莫测感。那种"思之力"及其举重若轻的风格至少是乳臭未干的年轻人无力无由甚至无法追慕和学习的。

经由邹先生的转述和我自己的阅读，朱先生之于我的影响在我大学毕业后仍然持续了三四年，从1988至1990年我在舟山工作时，到1990年后在淮海中路622弄7号读研究生早期，每遇杂志上有朱先生的文字，我还是会找来读一读。于个人印象较深的一段记忆还有，在读研期间，和其时已经留院工作的严春松兄聊天和打乒乓时，我不时会蹦出judishen和thinker这两句口头禅，但其具体的发生机理却已经淡忘了，是因为那时还在读邹、朱两位先生的文字，还是因为春松兄是镇江丹阳人，会让我联想到相邻的武进县——朱先生的故乡，抑或是因为春松兄的室友、其时已在宗教所工作的吴亚魁兄是北大哲学系宗教专业毕业的，从而使我们有机会聊到朱先生？

无论如何，我和朱先生还要算是有"一面之缘"的。那是10多年前我到广州中山大学哲学系参加西方哲学史和现代外国哲学的所谓两会，顺便也观礼了倪梁康教授发起的西学东渐文献馆成立典仪。那次会议主办方安排了珠江夜游，现在已是哲学系主任的张伟教授那时作为研究生和他的女朋友一起在办会务，是他们一众年轻人在船上张罗照应各方代表。记得在游船甲板上，在珠江的微风和夜色中，我忽然发现自己白天会议上没有机会上前攀谈的朱先生正有些孤寂落寞地坐在一个角落里，那时我的心中有些微微的波澜，稍作沉吟就马上趋前问候并和他聊了起来。大概一是因为朱先生应该并不认识我，二是朱先生看上去有些威严，甚至孤僻，让人感到不太好接近，稍聊了几句，我看朱先生意兴阑珊，就颇为识趣地回到年轻人的队伍中嘻嘻哈哈去了。

虽然只有一面之缘，但这么多年过去了，那晚江风夜色中朱先生的面影仍给我留下了挥之不去的深刻印记。所谓知人论世，即使按照有些宽松的标准，我也并没有资格议论朱先生的学问和志业。我只是由朱先生那晚的面影，联想到余杭韩公水法教授在为朱先生撰拟挽联的自注中，提及朱先生当年勉励他们这些从事哲学和理论工作的年轻学子当有"马恩列斯毛我"之志，而我心目中的朱先生的那个"我"，则永远定格在了珠江的夜色中，又或者因为这"夜色"其实并未真正过去，所以韩公替朱先生有"剑飞无时"之一叹？

朱先生在其自述《燕园沉思》中有叹："生活的辩证法往往是这样的，一些大为可疑的道理，被视为金科玉律；一些不言而喻的原则，却又争论不休。"如今斯人已逝，而斯言或正可让吾人为之又一叹！

2019 年 3 月 9 日正午，千岛新城寓所

"谁分苍凉归棹后"
——送余敦康先生远行

　　我最早知道余敦康先生的大名，应是始于大学时阅读任继愈先生主编的《中国哲学发展史》前两三卷，而那时候我经常浏览的《哲学研究》上似乎也不时会有余敦康先生的文字。说起来，我的大学毕业论文是关于王弼的贵无论，但是那时《何晏王弼玄学新探》还未面世，我主要还是依靠反复体会汤用彤先生的《魏晋玄学论稿》而"铺陈"出了自己的"论文"。

　　虽然我此后并未有缘从事中国哲学研究，但余敦康先生的著作却是每见必收的。其中印象最深的要数《内圣外王的贯通》、《魏晋玄学史》和《宗教·哲学·伦理》。在这些体大精深的著作中，余敦康先生还经常有些启人神智的议论。例如，他在《内圣外王的贯通》中提出关于"稍成系统"的一些想法，并从"回到轴心时期"的角度和高度来探讨金岳霖、冯友兰和熊十力对于易道的探索。在《魏晋玄学史》中他则点出，汤用彤先生的性情有似于王弼，所以对王弼的本体之学倍加赞扬；冯友兰先生的性情有似于郭象，所以对于郭象的独化论倾注了过多的关爱；鲁迅的性情有似于嵇康，所以花费极大的精力去校勘《嵇康集》。在《宗教·哲学·伦理》中，他在中西体用之争的语境中重提王国维的可信可爱之论，认为面对这样的矛盾，一种是立足于客观的理智，走由信而生爱之路，另一种是立足于主观的情感，走由爱而立信之路——选择由信而生爱者表现为西体中用，选择由爱而立信者表现为中体西用。当然，这些道路和方案都并未"走通"，而这也就是之所以要试图通过对中国的宗教、哲学和伦理的诠释为中国文化重新做出合理的定位的原因。

余敦康先生自陈喜做"翻案文章"，魏晋玄学之研究固不足论，且在"翻案"之外还寄寓着作者沉痛而又激越的"身世之慨"；《宗教·哲学·伦理》的"问题意识"最为复杂深沉，此书中"为中国文化做出合理的自我定位"的努力可以看作是作者对古今中西之争问题的最终解答；至于《内圣外王的贯通》，作者自己明确声言是针对新儒家的，"相当于余英时的《朱熹的历史世界》"。孤陋如我也曾听闻学界有两余之论，如果其说非谬，那么且容我稍作引申，在这两位余先生的论著之间似乎确能"引申"出某种"对应"关系，例如《宗教·哲学·伦理》之与《论天人之际》，《魏晋玄学史》之与《士与中国文化》，以及余敦康先生自己"提示"过的《内圣外王的贯通》之与《朱熹的历史世界》。然则，除了所有其他的差异，一个并非不重要的"差异"在于，一位余先生是在"彼岸"，另一位则是在"此岸"，是以余敦康先生不但观察了一切，反思了一切，而且经历了一切，承受了一切。

吾师景林先生尝有谓，余敦康先生乃名士其表，儒者其里。我并未见过余敦康先生，印象中似乎除了景林师，也没有其他人与我分享对这位"此岸"的余先生的观感。但是不知为何，我总觉得余敦康先生似可谓儒之侠者，在"此岸"的学者中，这种儒侠的气象我此前从赵俪生先生那里感受最深。而不无巧合的是，当代对于儒与侠，乃至于儒侠源流的最好阐释则是由"彼岸"的余英时先生做出的，俱见于其《侠与中国文化》一文。

在其《宗教·哲学·伦理》的自序中，余敦康先生曾用龚自珍《己亥杂诗》中的诗句"未济终焉心缥缈，百事翻从缺陷好。吟道夕阳山外山，古今谁免余情绕"来形容自己毕生探索之后的那种"苦涩的无奈之感"，如今哲人已逝，且让我也引用定庵的诗行，为先生送行：

少年击剑更吹箫，剑气箫心一例消。谁分苍凉归棹后，万千哀乐集今朝。

2019 年 7 月 15 日凌晨二时，千岛新城寓所

"赖有斯人慰寂寥"
——追念蔡英文教授

外出会议中得悉华语政治哲学前辈学者蔡英文教授仙逝的消息，震悼莫名。深夜想起与蔡教授交往的点滴，权且写下，以作追念。

我最初得悉蔡英文教授其人其名，是始于21世纪初撰写后来作为拙著《从自由主义到后自由主义》最末一章的《从竞争的自由主义到竞争的多元主义》一文。当年因为阅读伯林、拉兹（Raz）和约翰·格雷以及后者所解读的伯林，我萌发了撰此一小文的打算。在基本思路形成之后，我在当时还在马塍路上的枫林晚书店见到《学术思想评论》上刊登了蔡教授的一篇类似的文章，于是连夜找来此文，所幸的是拜读之后发现我的思路仍然有独立展开的空间，但从此就对蔡教授的工作留下了深刻的印象。

2007年3—5月间，我在宜兰佛光大学担任客座教授，在我的访问邀请人张培伦兄的联络安排下，我应邀到位于南港的"中研院"人社中心政治思想史组做演讲。蔡教授其时是政治思想史组的执行长。记得在演讲之前，我到蔡教授的办公室拜访叙谈，他主动问起我对于台湾社会的印象，还自我调侃地说："我们这里都是乱哄哄的。"我闻言脱口而出："一个自由社会的标志性特征即在于虽然不知道这个社会最终将走向何方，也要让它自行发展。"蔡教授听完我的话，颇为性情地回了一句："你老兄很有洞见啊！"表面上看，颇有英国绅士范儿的蔡教授似乎并不好接近，但这句话却一下子拉近了彼此之间的距离，我们似乎由遥远的陌生人而成了亲切的同人。

人社中心政治思想史组以其所召开的历次会议为基础，编辑出版过多个专题文集，例如《自由主义》《政治社群》《正义及其相关问题》《多元主义》等等，在得知我对于这套书的兴趣后，蔡教授马上就吩咐他的助理找出这些书，连同到其时为止的全套《政治与社会哲学评论》送给我，其情可感。在翻阅《评论》的过程中，我觉得不妨精选其中的若干文章，编成专辑引入大陆学界。蔡教授其时刚好担任《评论》的轮值主编，在得知我的计划以及我对于版权的顾虑后，还特意为我约了《评论》的出版方巨流公司的陈巨擘先生一起在南港附近聚餐，记得那次蔡教授还自带了一瓶红酒，而席间他那一声一声的"阿擘"更是给我留下了挥之难去的脑海记忆。就此而言，蔡教授可谓《厚薄之间的政治概念》一编的第一促成者，让我由衷地心生敬意和谢意。

2007年6月，在包利民教授的支持下，在杭州百合花饭店召开了一个题为"中文语境下如何做政治哲学"的圆桌会议，包括蔡英文、郭秋永、钱永祥和江宜桦教授在内的学者参加了此次会议，我们在西湖边度过了难忘的时光。而我最末一次见到蔡教授，是在好多年前昌平政法大学的政治思想史讲习班上。那一次进出的人很多，安排的活动纷繁，竟致没有时间向蔡教授请教，好好地聊一聊天，唯有那天餐桌上热气腾腾的场景至今都好像还在我眼前。

蔡教授早年留学英国约克，以阿伦特研究名家，其治学兴趣主要在于西洋政治思想，亦关注20世纪西方政治哲学之守成创新，例如曾有专文讨论克劳德·勒夫特（Claude Lefort）的思想，而其在西洋政治思想史方面的主要工作，则体现在几年前我在台北诚品书店书架上见到的《从王权、专制到民主》一书中。

"亲切而又渺远，陌生却有温情"——这句话曾被用作我在访台 5 年后完成的台湾访书记之标题，而其出处和根源仍然在于 2007 年春夏之交在南港与蔡英文教授的那次聊天，如今哲人已逝，谨再引此语以表达我怅惘不甘和不舍的心情。

2019 年 10 月 13 日晨起，匆笔于建德子胥野渡

"学愈博则思愈远"

——江天骥先生印象

看到万丹兄转发的朱志方教授回忆江天骥先生生平的文章，饶有兴致地读了两遍，也想起自己接触江先生著述的经历和感受，权且流水写下，算是一个后学者的追记。

回想起来，虽然我父亲的"藏书"中就有一册江天骥与陈修斋两位先生合译的茄罗蒂（Garaudy）《论自由》，但我真正识得江天骥其名，应该是要在自己1984年在哲学系念书之后。

那时候吉大校门口理化楼前，有一家小书店，那应该是我平生所见第一家最有品位的书店，我在那里买过朱维铮校注的《梁启超论清学史两种》，而且是完整地读了一遍！1985年4月，也就是大学一年级下半学期的某天，我下了很大的决心，在那里同时购入了《当代西方科学哲学》和《西方逻辑史研究》这两本书。1984年底全国范围内有一次图书涨价，而从这两本书的年中和年末的定价就可以看出当时的涨势。

我入学时的专业是自然辩证法，也就是后来所称的科学技术哲学，但我大概不太好意思宣称江先生的这本蓝皮书是我的"入门书"。江先生的写作风格与当时流行的舒炜光和邱仁宗先生以及夏基松先生都不太一样，用有点儿粗糙的大字眼儿来说，就是内容比较内在，有点精深。

这本书我在不同时段读过好几次，所得的是一个相对恒定的印象。这次在朱志方教授的文章中注意到有一种议论认为江天骥的写作"客观叙述较多，本人的观点不明确"，不禁有些哑然，正如朱教授所说，江先生的"风格一贯是客观准确，不说废话，也不想当然地妄加评论"。其实这恰恰是一种深入堂奥后的自信从容的表现。自信不是靠多几打"我认为"就支撑得起来的；外强中干的沟渠不是那种"用自己的话说自己的问题"的虚矫之气可以填平的。不过，比较吊诡的是，在当今这个某种程度上越来越虚矫的时代氛围和学术风气中，这番意思似乎反倒无须再大力加以伸张了。

江先生的著述中第二次引起我注意的乃是他所主编的《法兰克福学派：批判的社会理论》。说起来，虽然我在大学时代就对法兰克福学派有所关注，但对这本小册子却印象不深。直到 90 年代初在上海社科院读研究生，一次院里图书馆清仓时得到了这本书，才有机会展卷。江先生在文中提到"社会学家韦尔默（尔）属于哈贝马斯的门徒之列"，也引用了诺伊曼（Neumann）的《民主国家和权威国家》，不过我并不是通过江先生的文章知道这两位人物的。这个小册子中让人印象最深的是哈贝马斯的那篇《汉娜·阿伦特交往的权力概念》，我还曾在自己的一篇小文中作过引证。从朱教授的文章所披露的江先生早期的经历，似乎能够局部地解释他对法兰克福学派的兴趣。事实上，根据朱教授所述，江先生对批判理论的关注从他在美学习时就开始了。这也在一定程度上能够解释江先生所谈总有所根蒂，每与那些游谈无根者流迥然异其趣。

90 年代中后期，江先生又迎来了朱教授文中所谓文化哲学的转向，那时重要的哲学杂志上经常可以看到他的文章。他也提出了若干重要的观点，比如朱教授所提到的用"理性和真理的哲学"与"自由和价值的哲学"两条主线来取代现代西方哲学中科学主义与人文主义的两分法，又断言"相对主义是不可驳倒的，只能够使它受约束"。不过让我最难忘的却是 90 年代末有一次在书店站着读完的载于当时武大所出的《人文论丛》上的江先生的一篇访谈，江先生于其中侃侃而谈，还提到了亨利希的英文文集《理性的统一性》（*The Unity of Reason*），充分展示了船山所谓"学愈博而思愈远"的风采。

我个人与江先生并无渊源，不过我的老师范明生先生从 70 年代初的襄阳分校开始就和江先生在武大美国哲学研究室做同事。《当代美国哲学论著选译》中关于罗尔斯和马文·费伯（Marvin Faber）的译述就是在那时完成的。在当代学者中，明生师很重视江先生的工作，似乎他的合作者陈村富教授也读过《当代西方科学哲学》这本书，这是我 20 多年前在杭大念博士时有一次在系资料室翻书时偶然注意到的。

2019 年 7 月 31 日午后

"我和普特南不同……"
——追忆吴根福学兄

旅途中惊悉根福学兄英年而逝，震悼不已。在感叹生命无常的同时，想起当年在杭大求学时节与他的交游，不禁黯然而神伤。

根福学兄早我一年入夏师之门，是我的师兄。入学不久，我就感到他在在读的师兄弟中地位的特殊，这主要是因为夏师特别器重甚至倚重他：一者他是夏师在南大的"老"门生，后又转来杭大再投师门；二者他似乎堪称夏师学术上的助手，研究的方向是正宗科哲，自然与老师的共同语言最多。

于我而言，攻博阶段虽然已是踩着青春的尾巴，但无论人生还是学业，迷惘却并未稍减。记得那时，每有困惑难解之心事，我就会找根福学长聊天。他那诚笃善导和幽默调侃交相为用的学长风范让我颇为受益受用，至今难忘。我们之间也时常会开些玩笑，比如我会说夏师和普特南年齿只一岁之距，但却在带领学生研究后者之思想！说罢这一句，8号宿舍楼最东北角的那间小屋子里就响起了我们并不张扬的笑声，亦可谓"执拗的低音"。

果然，根福学兄毕业前夕写出了一篇精粹的论文，无论文献运用之纯熟，学理分析之犀利，还是文字表述之凝练，都让人为之眼前一亮。

更让人惊艳的是，根福的文章不是那种亦步亦趋依样画瓢的所谓述评体，而是全局在胸、有林有木的指点江山范儿。在每个重要的问题上，他都会提出与所讨论之对象不同的观点，并加以严密论证。"在这一点上，我与谁谁不同"几乎成了他文中的口头禅，而其中让人印象最深的恰恰是："我与普特南不同……"不知这是不是为了替自己的老师"报一箭之仇"！

当时我就听说，夏师希望把根福留在身边在系里任教。但是经过一番痛苦的权衡和抉择，根福决定离开学校也离开学术，到当时位于余杭的一家企业工作。我不知道他写完论文后有没有一种对学问的幻灭感，也许有形无形之间总会有些吧。但据我的了解以及和他聊天中得知，他确乎家境比较贫寒，那时大学教师收入很低，而社会上商潮涌动，这些大概都构成了他至少在职业选择的层面上继续从事学术的似乎难以逾越的障碍。一方面，时无英雄，遂使竖子成名；另一方面，英雄气短，屡被几分小钱难倒。如此人生境遇，思之能不让人扼腕浩叹乎？

从根福毕业离校后，我和他几乎就没有联系了，但仍有一件事，让我见识了他的古道热肠。其时因受朋友之托，我需要找一位医学杂志社的编辑，刚好这位编辑是根福一位朋友的妻子。根福无意中得知此事后就一定要带我去找他的朋友。我至今还记得我们在他朋友家相谈的情形。本来君子之交，所图非利，其时也无利可图，只有根福坐在他朋友家沙发上那热诚坦然甚至悠然的神色，永远地留在了我的记忆中。

刘魁学长在得知他的同届同学根福去世后，感叹道："多好的一个人啊！"

根福学兄，魂兮归来！

2018年3月16日黄昏时分，人在旅途中

有暖的理智
——闻阿格妮丝·赫勒远行

忘记从何时开始知晓的阿格妮丝·赫勒（Agnes Heller）的大名，或许应该是从早年重庆社所出的那册《日常生活》，但我并未细读过那本书。真正对她树立确凿印象的应始于商务"现代性研究译丛"中的《现代性理论》，犹记当时我还萌发了将其与韦尔默（不用说哈贝马斯）比观，写篇小论的念头。无论如何，我算是比较喜欢这本书，或者简单说：有感。

许是因为这本书，2007年我在纽约的斯特兰德流连时，才会注意到赫勒的著作。印象中就只有《日常生活》和《激进哲学》两种，当时并不觉得有什么惊人之处，但还是买下来了，如果不是因为最近在理书，我一时应该还找不出这两本书来。纽约是赫勒担任她的阿伦特教席的 New School 之所在地，然则我并未去格林威治村"朝圣"——其时流亡他乡的哲学家应该也早已退休并返回故乡了吧！

可能是因为我天然的政治幼稚病，流亡在我眼里总是具有天然的道德光环。但是重要并且最宝贵的是，要将这种道义上的"优势"转化成真正第一流的智识上的"优势"。更遥远的不论，就近的说，布罗茨基做到了，甚至科拉科夫斯基（Kolakowski）也做到了，那么赫勒做到了吗？这也许是一个苛求，正如赫勒自己所说，理性（Reason）不等于理智（reason），区别之一是有暖的理智和冷的理智。冷的理智是没有爱欲的理智，暖的理智是有爱欲的理智。纯粹的程序性论证运用的是冷的理智，关于趣味的谈话运用的是暖的理智。冷的理智是就某事而辩论，暖的理智往往是同别人谈话。

在《现代性理论》中，赫勒接受哈贝马斯在工具理性、实用理性和交往理性之间的区分，但附加了3个限定条件：一是论证是理性的，也就是意识到可错性以及各自的论点和真理的脆弱性；二是始终意识到其根据的无根据状况，意识到有许多终极原理可以同样地得到证明；三是有理性乃是一种生活方式，文化讨论的参与者要牢记自由不仅是理性的条件，而且是理性的限制。

哈贝马斯60岁生日时，他道义上和智性上终生不渝的朋友达伦多夫（Dahrendorf）在《水星》杂志上写道："他是个热诚、关心别人、富有同情心的朋友，他的讽刺从来不会破坏他的真诚。"哈贝马斯接着亲自写信给达伦多夫："感谢几十年里不知不觉间结成的这份距离也隔不断的亲密友情。"他对这样一种认可很自豪，因为"作为同行，大家有各自的生活，但又以各不相同的方式从事对相同问题的研究，没有什么比同行相惜更复杂微妙、更难能可贵的了"。

2019年7月21日晚十时

父亲的藏书

　　稍稍严格点儿说，我当然并无所谓"家学渊源"可言，但话说回来，虽然并没有多少祖荫可以托庇，平心而论，亦要算是略有"渊源"，盖因我父亲是一个爱书的人，而且他还是一个哲学和文史爱好者。最近因为在对自己庋藏多年的书籍做较系统的整理，抽架插架期间也不时会从书堆中跳出父亲早年用过的一些书，于是在回首自己"藏书"历史的同时，忽然想到不妨也来谈谈父亲的藏书，这在我个人无非是一种记忆的投射，自然也会泛起些情感的涟漪，但是通过这些书，从一个 50 年代后期上大学的普通知识分子的求知藯向和阅读趣味中，似乎也可窥见出时代潮流和社会变动投注于个体身上的某些脉络和印痕。

　　父亲 1957 年从浙江金华二中考上北京地质学院，因为地质工作的性质，1962 年大学毕业后就在闽赣浙等地辗转，直到 80 年代初才开始在杭州安定下来。不论从其所学专业、实际经济条件，还是从其几乎可以说是"居无定所"的生活轨迹来看，显然是不具备所谓藏书的客观条件的。但就是这样，忙里偷闲也好，见缝插针也罢，如果不是出于对书的热爱，父亲应该也不太可能积累下这些"传承"给我的书。

　　据父亲后来有一次聊天时告诉我，他在金华二中念高中时，本来是准备报考文科的，还说第一志愿是人民大学的新闻系，从他的谈话看，他似乎比较熟悉范长江等新闻工作者的生平和工作。但是高考前夕适逢"反右"，他的班主任建议他改报理工科，盖因那次运动中"放炮""出事"的似乎多是人文知识分子。也许因为这个情结，虽然他在北京学的是地质专业，但上大学时甚至此后，仍然保持着对人文社会科学的关注，只不过由理想中的"专业"变为现实中的"业余"了。

作为一名哲学爱好者，父亲的藏书中有一些西方哲学名著，从20世纪50年代商务竖排首版的《小逻辑》，到笛卡儿的《哲学原理》、斯宾诺莎的《知性改进论》、贝克莱的《人类知识原理》等小册子，这些都应该是他在北京求学时淘来的，从书戳上看当是在东安市场，还有新华书店暂安处门市部等处。我至今还记得在老家的小书柜里第一次见到黑格尔《小逻辑》时那有点儿戏剧性的一幕。我绝对无意夸大自己与哲学有何前定的因缘，但是《小逻辑》一书中卷首的《柏林大学开讲辞》确实给童蒙开启未久的我以强烈持久的震撼："但我要特别呼吁青年的精神，因为青春是生命中最美好的一段时间，尚没有受到迫切需要的狭隘目的系统的束缚，而且还有从事无关自己利益的科学工作的自由。"还有那句更有名也更昂扬的话："追求真理的勇气，相信精神的力量，乃是哲学研究的第一要件。人应尊敬他自己，并应自视能配得上最高尚的东西。精神的伟大和力量是不可以低估和小视的。那隐蔽着的宇宙本质自身并没有力量足以抗拒求知的勇气。对于勇毅的求知者，它只能揭开它的秘密，将它的财富和奥妙公开给他，让他享受。"这些话对于一个正在萌发和伸展其心灵的乡村少年来说，无疑有极大的振奋生命和提拔意气的作用。说起来，父亲所藏的那一版《小逻辑》还给我留下了一个散发着神秘气息的地名，那就是第一版序言落款处的那个"海岱山"，等我上大学后，在自己买来的那本商务横排精装本上，此名已经被改为"海得尔堡"了。

父亲的性情，似乎不算是怎样"革命"的，但他却好收藏革命导师的著作，这类书现在还在我身边的，大概有《德意志意识形态》《自然辩证法》《马克思恩格斯书简》《列宁全集1—38卷目录》，以及我在吉林大学哲学系听"哲学笔记"课程时使用过的《哲学笔记》精装本，而同样在课上用过的《反杜林论》、《家庭、私有制和国家的起源》以及《唯物主义和经验批判主义》则似已不在手边了。回想起来，《哲学笔记》那种独特的排版方式以及革命导师那些独特的"霸气"批语，无疑给那时候的我留下了深刻的印象，甚至"长大"后还会刻意模仿，例如阅读时也学着在书眉处写下"此处要紧""值得注意""深刻""机智"，还有"糊涂"之类。但是，所有这些书中给我的"生涯"以最大影响的仍然要数恩格斯那部光辉的未完成著作。1984年7月某天，同样作为高中的理科考生的我正在诸暨老家镇上为在考后估分基础上填报大学专业而烦神焦虑，就在要回校上交志愿的最后一刻，吉林大学哲学系的自然辩证法专业和革命导师的光辉著作之间勾连出一条美妙的弧线，我在一个可设想的最后时刻被哲学"选中"了，仔细评估起来，这种概率大概不会比在夏日的午后被闪电击中大多少，或者至少没有像在浙西小镇读到马尔库塞和弗洛伊德那么小。

父亲对学习外文有很高的兴趣，这从他所藏各类外语词典上就可以看出，其中主要是俄语、英语和德语。记得小时候在老家小柜子里翻到过俄文版的普希金和托尔斯泰，而且多是精装的，但是老家久不住人，东西播迁，这些书也早已不知所终了。除了高名凯和刘正埮合编的《英语常用词汇》，就还只有几本苏联式教科书，如毕达可夫的《文艺学引论》和高尔斯基、塔瓦涅茨主编的《逻辑》，还在我的"书库"里，后者的译校者还是我后来熟知其名的宋文坚和马玉珂两位先生。从《逻辑》中书页里的勾画看，父亲仔细地读过这本书。这些都部分地说明了他的外语和逻辑素养都要高于我的原因。事实上，父亲所藏的这些书，他基本上都细致读过。这又不禁让我想起几乎与父亲同龄的赵修义教授最近在回忆40年前的"科学热"时的那番话："想想，那时大家收入不高，定价0.65元，大体相当于我这样的教书匠月收入的百分之一。月薪36块的青年人，也有不少投入到这场读书热之中。再翻下去，可以看到，许多地方都有铅笔划的杠杠和记号，可见都是认真读过的。其实在那个低收入的年代，没有多少人会为装点门面去买书。书是用来读的，这是当时的常态。"

时代的印痕不但表现在"书是用来读的"这样的"常态"上，而且表现在所藏和所读的书的"非常态"上。记得父亲在大学时所收的书中，有一册冯友兰的《四十年的回顾》，当时列入"哲学研究丛刊"第三辑，1959年由科学出版社出版，父亲的题记上写着"1961年1月15日，北京"。书的开篇是冯先生的题词，有云："奋笔当时信有由，根源一一细搜求。不堪往事重回顾，四十年间作逆流。马列道高北斗悬，淫词一扫散如烟。明月不虑老将至，一悟昨非便少年。红旗灿烂东风遒，禹域嘉名自古留。赤县果然成赤县，神州真个是神州。一日便如二十年，卫星直上九重天。乘风无限飞腾意，急取轻装快赶先。"这应该是《三松堂自序》的最早版本了。巧合的是，在我前两天寻出这本书的架子上，紧挨着的就是1990年初我在上海社科院念研究生时适逢院图书馆清仓处理而得到的冯先生的《论孔丘》，且是人民出版社1975年第一版。可见，我的书架虽总体是"无序"的，但在局部上还是"有序"可寻的。冯先生在后一书前言中继续作诗:"清华朗润共春风,协力辛勤练劲弓。众矢穿云无虚发,笑他天马枉行空。"并有云:"我的思想中的旧框框太多。弓练得不好。不是矢无虚发,而是虚发很多。"

想想也是,在"破字当头,立也就在其中了"的那个年代,用来破除"旧框框"的其实经常是一些"新框框",从输入的"资源"来看,除了苏联式马列主义,也还有西欧共产党人的著作被陆续译成中文。前两天刚在某微信群里见到冯俊教授发布的段德智教授回忆业师陈修斋先生的一篇文字,晚上在书库理书时我就翻出了修斋先生和江天骥先生合译的茄罗蒂的《论自由》,当然这也是父亲的藏书。平心而论,这些书以及前苏联科学院和大学哲学系一些学者的论著,其最卓著者如柯普宁、阿斯穆斯和奥伊则尔曼,其实常常是颇有可采之处的,是在戴着镣铐舞蹈的节奏中闪耀着思想的光芒的。但遗憾的是,在那个年代,人们能够从这些书里看到的往往并不是——至少其重点不会是——我们现在从这些书里看到的东西,如果那些书今天还有人去看的话。

前面说到,从性情上看,父亲似乎并不怎么"革命"和"激进",但在那个"激情燃烧的岁月"里,父亲也收了些"激情燃烧"的书,例如有一本马雅可夫斯基的诗集《给青年》,是"大跃进"年代的中译本,其跋语"读诗集《给青年》"乃诗人田间所作,这个诗集的扉页上还有父亲的"题词":诗的诗人,火的诗篇。当然,作为地质专业学生,父亲自然有些关于天文地理乃至北京猿人的书,作者从法人弗拉马里翁(Flammarion)到国人贾兰坡不等。也还有各式各国地图,其中有些至今还在我书房里。是在80年代吧,电视片《话说长江》伴随着陈铎那气势如虹但又书卷气十足的声音传遍了大江南北,不久父亲的案头就有了一小册《话说长江》的解说词,而其实,他所收藏的有关长江黄河的小册子都要比之有"古意"得多。另外，还有一册北京出版社 1957 年版的《北京游览手册》，那大概是他刚到首都时作导游之用的。而所有这类有关风物的书中，最能"塑造"我的"品位"的乃是他 80 年代某次出差时购得的黄裳的《金陵五记》，那要算是我的"藏书"中为数不多的"善本"之一了。走笔至此，我又想起前些年在紫金港图书馆读到的暨阳人赵丽雅女史的《读书》10 年日记，其书第 375 页有记："读《金陵五记》，叹为作手。"也想起那年在"晓风"见到的《来燕榭书跋》增订版，在倒数第二篇《续侠义传》后半段，由此书旧主张佩纶而谈到《小团圆》所"引发"的作者与张爱玲的那段"公案"，以及后来一位以重编周作人文集"起家"的作者对黄裳先生的"讥弹"。当时我还想要结合自己读黄裳的体会写篇小文"介入"那场"争论"，连题目都想好了，就取自黄裳先生发掘并表彰的明末清初布衣诗人余怀的两句诗——"开到花王已过春，几枝丰艳呈精神"，但后来却因故未就。这时候才恍然想到，我本来应该可以和父亲讨论一下这段"公案"中所涉的民族大义和个人幸福之间的"辩证"，但一别千古，这种机会在尘世早就已经一去不复返了。

父亲高度重视对我的教育和培养，虽然由于父母长期两地分居，他对我的训导主要是通过书信进行的。这种情形至少从我上初中一直持续到我 1993 年"回到"杭州。40 年前我所在的乡镇学校从初中才开始教英语，父亲"未雨绸缪"，在此前就教会了我 26 个字母以及简单的单词。在中文方面，他送给我的"启蒙读物"是当年浙江人民出版社所出的小开本《千家诗》，其封面有似于初版的《旧文四篇》；1978 年新一版的胡云翼《宋词选》，那时候新一批简体字开始流行，翼字写作羽字下面加一横，籍字写作草字头一面一个及字；以及 1980 年初版的《唐诗三百首新注》金性尧注本，那书略大的开本和雅致的浅蓝色封皮至今仍给我留下深刻的印象。确实，父亲毕竟是未遂的文科考生，他对文史有泛泛的爱好并不足为怪。我的书房里留着他60年代初从杭州旧书店淘到的《圣经》，还有1957年印行的林庚的《诗人李白》。他对通俗文艺也有自己的鉴赏，例如曾经赞叹刘欢的嗓音几近天籁，也曾评价一位邢姓的女播音员其声锋利可裁纸。当然，所谓家国情怀也会让他偶尔议论政治或政治人物，例如有一次谈到一位本省的前省长，他称其人其才足以拜相。固然这些议论也属卑之无甚高论，而在我看来则不无以他人酒杯浇心中块垒以抒发某种"不平之气"的况味。照我揣测，80年代初应是他心情比较舒畅、意气比较风发的几年，一方面他评上了职称，解决了长期的两地分居问题，家庭和子女教育都有了新的起点；另一方面，80年代最早期那种"早春二月"的社会氛围也一定感染了他。用他最欣赏的当代作者费孝通在50年代发表的后来"诱致"其文科梦破灭的那篇著名文字的标题来说："知识分子的早春天气""又"来了。但是不久，在最初的"解放"感消失之后，生活的艰辛和时局的跌宕又使他几乎只能从文字上寄情于山水了。

从题记上看，1980年6月22日，父亲在离我现在日常生活的地方只有一座跨海大桥之隔的镇海贵驷，购得了费孝通那时刚出版的《访美掠影》。这本作者本人也颇为看重[1]的小册子开篇引用了一句西方的俗谚："到过一天的地方可以说上一辈子，住了一辈子的地方连一句话也说不上。"我没有查到或者压根没有去查这句话的出处，而把它原封不动地

---

[1] "早先的《访美掠影》就是用散文笔法写的人类学著作……比《重访英伦》深一步。我要讲的都隐在里边。很多人都看不出来。"见张冠生记录整理：《费孝通晚年谈话录（1981—2000）》，北京：生活·读书·新知三联书店，2019年，第361页。

引用在了我的《北美访书记》中。无疑，与父亲那种直面问题的性情相比，我这种躲在别人的文字里讨生活的倾向实在是太辜负其所望。说到这里，我还是有些无来由地，更是拟之不伦地想起了牟宗三先生在其《水浒世界》一文最后的那席话："以往生活，已成云烟。然而我未曾倒下去。我只因读了点圣贤之书，渐渐走上孔圣之路。假若有归宗水浒境界者，必以我为无出息矣。"

话虽如此，可以聊记一笔，也让我感到些许安慰的是，待我自己开始"藏书"后，我所收藏的书对堪称在艰辛生活之余仍然手不释卷的父亲有了些许"反哺"作用。印象最深的是，我在长春时因特价处理而得到的王国维校本《水经注》，在上海南京东路学术书苑淘到的《徐霞客游记》褚绍唐、吴应寿整理本，有很长一段时间都在他的案头，而且他确实在读，书页中还夹了各式书签，不像我，大部分书即使摆在我的案头，也只是装装样子罢了。

1993 至 1996 年，我在杭州大学念博士，这就算是回到了父母身边。那时候我有很多时间是在半山家里度过的。回想起来，以往的岁月中最美好且最具温情的一段大概就是那时和祖父、父亲二人一起在半山家里喝糟烧。而那时一件最乐此不疲的体力活乃是把离开上海时托运到家里的书分次分批地用自行车沿沈半路驮到杭大宿舍去。当然，我那时仍然在买书，而且也在反向地往家里搬书，记得有一次在杭州三联位于安吉路的那个仓库里淘到了一册黄裳的《河里子集》并把它带到了家里，不久我就发现此书跑到了父亲的案头。另有一次，父亲手里拿着一册"走向未来"丛书中韦政通的《伦理思想的突破》，对我说：这本书很不错！

数年前，我在北京西山参加余杭韩公水法教授倡导发起的一个学术会议，中午用餐时与何怀宏先生同席，除了所谓新保守主义，席间一时也找不到什么合适的话题，这时我忽然想起很久以前，作为哲学业余爱好者的父亲曾对我说，我从舟山携回半山家里的《生命的沉思：帕斯卡尔漫述》一书不错。我于是就把这个故事告诉了怀宏先生，听了我的叙说，《生命的沉思》的作者露出了笑容，且照例是那种优雅动人不露齿的微笑。

2019 年 7 月 17 日傍晚初草，20 日中午补订

"我失学了"
——重见贾公

因为父亲是学地质的，他的"藏书"中有些贾兰坡先生的书就是很自然的事。无论在诸暨老家，还是在杭州半山，甚至在那堆最后随我来到岛上但大部仍然在闲置的图籍中，我都见过并翻过贾公关于周口店山顶洞人、北京猿人的科普书，但自问并未细读过一册。

昨天在"书库"理书竟日，傍晚回家一进门就在桌台上，小女放学后携回的收纳盒中见到《悠长的岁月》一书，一开始还以为是本介绍贾公事迹的读物，拿起来一看竟是贾公亲著，而我却从未知天壤间尚有此书！

该是因为少时的记忆让我对贾公有特殊的感觉，从昨晚到今晨的片断时间，我可谓津津有味地把贾公的这部自述从头到尾仔细读了一遍。不过我现在想到的却是在长春上大学时，王天成老师告诉我，邹化政先生用两三个晚上的时间就把斯宾诺莎的《伦理学》全部掌握了；我还听说余杭韩公最近正在鹭岛主讲一个 48 小时的人工智能课程。对照之下，我真是失学了！

尽管如此，贾公的书读来既亲切有味，又感人"励志"，而这不就是我目前所需要的嘛！全书中让人印象最深的有 3 个细节，其中之一是

"上新世的时候，喜马拉雅山的高度1000米左右，气候屏障作用不明显……在上新世末期（约200多万年前）希夏邦马峰地区气候为温湿的亚热带气候，年平均温度为10度左右，年降水量为2000毫升，以上这些条件都适合远古人类的生存"。这不由让我联想到竺可桢提出的西湖原为潟湖论，但那应该是在一个小得多的时间尺度上了吧？

话说昨晚用餐时，我已读了几十页贾公的书，余香在口，我就忍不住表扬起小女来：在同学间"漂流"、相互交换的那些书中，你是怎么选中这本书的？不想伊嘴一撇，头也不抬：没别的原因，就因为别的书我都已经看过了！

2019年6月28日

记忆中的孟老师

　　1974 年的这个时节，我开始在诸暨老家上小学。从一至三年级，我的班主任是自己镇上一位本家同姓的女老师。从四年级开始，到五年级毕业升入初中之前，我的班主任是来自邻村的孟锦标老师。现在想起来，这位孟老师有点儿像我的外祖父——高大的身躯，银白的头发，肃穆的面容，还有那稍稍伛偻的背影。孟老师那不怒自威的形象其实应该更类似于鲁迅笔下三味书屋里的私塾（？）老师，而与现在小学里俊男靓女式的师资配备可谓迥然异趣。

　　然则记忆中，孟老师给予我的印象仍然是亲切的，请允许我在这里坦率道出其中原委：孟老师是教语文的（抱歉我竟然已经忘记自己那时的数学是谁教的，或者竟就是由语文老师教的，虽然我的数学曾在高一竞赛时获得全年级唯一的一等奖，并到高二毕业高考时仍然勉力维持在优等行列），他大概是第一个比较全面地肯定我在语文上的表现的老师，这不但体现在一个幸运地保存至今的四年级的作业本上，而且体现在他的家访和与我父母长辈的交流中。带点儿夸张地自我揣测，由于在读书上有一定的所谓"天赋"而在家乡那所小学校中有了某种"名气"，大概是经过孟老师的"宣传"而树立起来的——孟老师大名"锦标"，通过他的树锦旗行为，我那时至少已经成了班上的"锦旗"。

孟老师这种树旗行动的最高峰——请允我先报喜不报忧——是他某次期末在我的成绩报告单上的开头3小句话，我考虑再三还是决定厚着脸或者冒着被打脸的风险将其公之于众："该生天资聪颖，反应灵敏，接受新鲜事物快……"呵呵，接到那个报告，当时那种喜滋滋乐颠颠，如被灌蜜如上云霄的感觉和心情至今难忘。现在想来，这个报告对我父母来说大概是个重要的信息：经由某第三方的评估，他们会越发肯定自己的孩子是个可造之才，从而在对孩子的培养和投入上更加坚定和一贯；而对我自己来说，如果我是有某种"天赋"的，那么它在孟老师的"肯定"之前也一定已经表现出来了，而且多多少少会获得某种"印证"，比如成绩比同学要好，表现比同伴优异之类。但即使如此，孟老师这番高调的直陈式的带有赞美意味的话语（真的是话语！）在我这里则几乎起到了"自我发现"和"美的预言"的双重作用，最不济从此之后我就会有一种自我暗示和自我期许，刨去其中所有自我美化、自我作古的成分，这对于一个也许本来并不足够自信的少年的成长来说，无论如何应该是起到了不可取代的重要作用。就此而言，孟老师不但是"以言行事"了，而且是"以言取效"了！

前面说过，孟老师是个威严的人，他对学生身上的缺点和毛病当然也是不稍假借的。大概由于他发现一开始把我吹得太高了，不久就感到我有了某种骄傲之气，于是不但在学校里班级上批评我的骄傲（不是"傲娇"），使我又一次在学校里出了名，而且在某次家访时严厉指出我的问题，连我的祖母也由此而紧张了起来，使其有阵子总在老家的房子里嘀咕我。祖母应该不会写"骄傲"两个字，加以年岁大了，牙齿有些漏风，所以每次都听到她在我耳边或在我背着书包出门前说：你不要骄 mao 啊，不要骄 mao 啊……

从年岁上看，孟老师应该是在我小学毕业不久后就退休了。至少自从初中毕业到异地上高中后，我就再也没有见过孟老师了，我对孟老师的所有记忆，都是限于课堂上和成绩报告单上以及前面那个唯一的"物证"上的。但不夸张地说，孟老师给我带来的启迪的重要性几乎是无与伦比的。

岁月悠悠，白云苍狗，只有在某年一次回乡时我忽然想起要去看看孟老师，问了镇上相关知情的人士，被告知孟老师早就已经去世了。虽然一直没有联络，就几乎等于生死两隔的状态，但得知这个不知隔了多久后的消息，我的心情立即黯然了下来，就好像有一道通往过去的门，以前从没有去跨过那道门，但从此之后，那道门就永远地关上了。

最后就让我用小四作文造句的语气再写一句：

孟老师，我多么想再一次见到您啊！

2019 年 9 月 10 日，千岛之城

富春游水小记

　　自小是在家乡的山塘水库里浸润泡大的，后来又学会了在海上纵浪大化，但在江河中游水却是我少有的经验。很多年前下过几次浦阳江，江水是流动的，却并不湍急，江面也不宽阔，而夏天河水烫热，更是全无清凉感。

　　待我常住杭州后，钱塘江早已禁游。一年一度的横渡钱江，几次起兴想要参加，却终于都不了了之。一次在泳池遇见一位老干部，聊及主席号召全民游泳那会儿，上千人一早从桐庐三江口出发，夕阳西下时游至钱塘江大桥蔡永祥烈士牺牲处。闻听前贤盛事，不禁心驰神往，奈何我连富春江都没有下去过。

　　数年前和国清同学从长春自驾到吉林（市），跨过松花江时，见江边嬉水人众，颇欲下江一游，却被国清软语劝阻，并"威逼利诱"至松花湖丰满水库一道游水吃鱼。返程时又因要赶至长春赴母校母系之宴，于是眼睁睁再次错过了松花江。

　　"错过"江河的经验还有两次：一次是在重庆北碚金刚碑勉仁书院遗址口上的嘉陵江旁，我对陪玩的毛兴贵师侄表示颇欲下江一游，奈何我这位师侄反应很快，"师叔您去水中游，我在岸上负责呼救"；又有一次是杨顺利小友陪詹康兄和我从青城山下来后到都江堰，看到滚滚的岷江水，那份青白色不禁让我心旌神摇，可是那次我连下水的愿望都没有提出，在那里下水，李冰父子绝不会答应，全国人民更是会笑掉大牙的。

这次再应余杭韩公之邀赴位于建德乾潭镇东面的富春俱舍参加会议，因事先不熟悉地形水情，本来并未打定主意要游江。然则至开通未久的建德高铁站，我见到站牌上的"建德"两个大字时，眼前浮现出了小学课本里孟襄阳那首《宿建德江》，佐以那暮秋之天候，游兴似已初起。由地图上似已找不见的胥江渡口穿过主江至俱舍书院，观其形制，乃天然游水好去处也。怎奈客随主便，似不宜贸然张口。待次日会前至江边合影时，只见江水东去，舟船偶过，游兴早已难捺。此类活动宜搭伴进行，经我试探，大队人马中，唯双旦白硕儒彤东亦颇有下水一游之兴。惜乎当天午后会议组织江上栈道游，掉队不妥，但在栈道上与白儒交流游水经验时，其告以自小在什刹海泡水，长大后又在各式水库乃至火奴鲁鲁冲浪，在在示我此乃可托之良伴也。

于是上午江边合影前，我即提出欲下江一游，不料众人听后，纷纷反对，尤以庞公学铨教授、韩公水法教授和富阳何欢欢教授反对尤烈。以各自经验警告我们游不到对面，甚至夸张此处下江，恐只能到富阳上岸了云云。当晚开始降温，席间众人皆劝诫我们打消下水的念头，我心里也跟着咯噔一声，难不成这次又将"当面错过"？

临别午餐上，我仍未死心。为稳妥计，我未点酒水，也未声张，只在散席后截住白儒，鼓动其一起下水：下午3点我将坐船离开，这是最后的时刻和最后的机会。白儒稍作沉吟，即痛快答曰：干一票！于是约定时间，同至头天上午合影处，先后下江，试游一会，感觉并无问题，于是胆愈壮。白儒乃标准的蛙泳，我则是独创的 free-style。冷洌清泠的江水自会刺激神经，让人兴奋起来，转而游兴渐旺。左右上下延宕一会儿，我还是决定横渡过江。这时下游有大型运输船逆流而上，白儒似在远处水中观游，一边还大声提醒我注意行船。一边前进，一边观察，在躲过几艘千吨货轮之后，我顺利游到对面一座小公园登岸。游人都在玩高架秋千，我一人在岸上蹓达了一会，还击鼓三声，似在庆祝初游告捷，也为自己壮声色。盖因水温较低，天色阴沉，我上岸后即觉后脑勺似有些隐疼。但直觉告诉我并无问题，同时也清楚不宜在岸上久留。稍作逗留后即下水返航。将至江中，观两岸青山相对，上游帆影远去，其兴何如，而江水愈加冷洌，于是情不自禁地唱起了两首红歌，一是我自己最喜欢的《北京颂歌》，二是据说是周恩来同志最喜欢的《我们走在大路上》。临靠岸时，白儒一边告诉我，听到我的歌声才看到我的脑袋，一边表示，既然我游过去了，他也要游过去云云。

返程船中，韩公率领一众汉语哲学家向我祝贺横渡富春江成功（白儒坐后一班船走，不在同一船上），我一边谈笑，一边即开始"咬文嚼字"，向以博雅著称的韩公讨教起新安江、建德江、富春江乃至钱塘江之名称沿革，我们唯一的也是最重要的一致处是我下水的这一段称作建德江应没有问题，只是建德江这个名称作为能指已失传，而其所指却恒在。Anyway，我在文史舆地知识上对韩公之信任度还是要稍稍逊色于在哲学品位上对其之信任度，主要的疑点在于富春江之起讫——内事不决找"度娘"，据其"新安江"条目云：新安江由歙县街口镇流入浙江省淳安县境内，至建德市梅城镇与兰江汇合始称桐江，至桐庐县桐庐镇与分水江汇合始称富春江（其中桐庐县段称桐江）。富春江流经富春县至闻家川与浙江省的衢江汇合后，方称钱塘江。准此而论，白儒和我所横渡的应该是桐江，而非富春江。韩公曾笑话与七里泷相较，七里扬帆这个表述没有文化，那么"我渡过了富春江"这个表述与"我渡过了桐江"相较又如何呢？

2019 年 10 月 14 日，距完成渡江廿四小时后始记

"海天寥廓立多时"
——珠海游海小记

　　一大早从闵大荒赶到虹桥，为的是赴陈建洪同学"哲珠"之"神仙"会。飞行两个多小时，在珠海金湾降落，山体形貌似曾相识，有点儿像是"回到"朱家尖普陀山机场。从金湾打车到唐家湾路上，建洪同学告知中午将和德、法籍两位哲学家同餐，不太习惯和洋人在一起的我闻听就想打退堂鼓了——虽然来宾中有我从未见过真身的赫费教授。到了酒店大堂，check in 之后却在电梯口遇到了多年未曾谋面的神人刘莘老同学，亲切地一阵热聊后，似乎更坚定了要在午餐时继续川浙国语对话，这时建洪同学却又来电力促——于是恭敬不如从命，刘莘同学的反应真不知要快多少倍！

　　餐桌上与刘同学邻坐，且其谈兴正昂，这倒解除了我与洋人面面相觑的"压力"。我只开了一句中文玩笑：赫费教授在中国走的是与国民革命相反的道路，即北京—武汉—广州。闻听我的话，我的另一位邻坐钱捷教授笑了起来。打从一落座，我总觉得在哪里见过钱教授，承他明确告诉我，没有的事儿！我这才想起来，我只是和他通过邮件——当年和庞学铨教授筹划上海译文出版社的那套哲学转向译丛时，我给当时还在南开任教的钱教授写过信，征求其对选题之意见，并邀他为丛书学术委员。闲聊间我自然问起《超绝发生学原理》之第三卷（后经澄清乃第二卷下册）下落如何，钱教授告诉我还没有写，且写之时间尚未成熟，因为最后一部分乃是政治论和文明论！

席还未散，赫费教授却要赶回广州了，想到这毕竟是个难得的机会，我的名人癖又发作了，于是就趁送他下楼之机提出与其在酒店门口合影留念，他愉快地答应了，76岁高龄的图宾根教授风度翩翩，精神极佳。我接着想起了郭大为同学早年翻译的那部《康德的〈纯粹理性批判〉》，那可真是本好书，可让人联想到阿利森的《康德的先验观念论》，可惜我是没有机缘向他请教康德哲学了。

下午是自由活动时间。在从金湾到唐家湾的路上，遇到了一位无比健谈的出租车司机，他给我讲解了珠海渔村之前世今生，也坚定了我在他指给我的海滨浴场下海的决心。可是中午已经喝了酒，自然不便遽然下海，于是先到城里的两家书店，捱到4点多钟，待酒气消退，"暑气"也渐消，这才来到城市客厅海滨浴场，从容下海。与上周的桐江游相比，这里游海无疑是少了几分野趣，但是水温却很适宜，甚至比盛夏时节朱家尖海滩的水温还要适意。于是在海里连续游了一个多小时。浴场的区域是固定的，我只有一次学别人样儿冲到了区域之外，但视线上却并无遮挡，薄暮冥冥、雾霭阵阵中，远处的港珠澳大桥如海上的一条黑丝带，真颇有点儿神龙见首不见尾的感觉。

一场像样的会议，比议题更重要的自然是与会的人。就此而言，此次最为难得的乃是遇到了归国任教不久的朱锐教授，其实我此前只在陈启伟先生主编的《现代西方哲学论著选读》上见过他的大名，但却小有点儿"一见如故"的感觉。而当他在晚宴上称道我的报告"极为精彩"时，已有几分酒意的我却回说"一般归国华侨都会觉得我的报告不错"——去年的萧阳教授早已不是孤证。此次与会的老前辈赵敦华教授 N 年前在"双旦"一次会上就指出我把"伦理生活的民主形式"与"民主的伦理生活形式""辨析得极有意思"。看我酒席上高论不断，脑瓜儿极为机敏的建洪同学就伙同赵教授"称道"我精通"谱牒学"，但这一点其实并无须教授眼光，王志毅同学就早已看出，用他的原话，"颇以精通专业外的学术圈为傲"，例如在席间谈及陈来教授的《山高水长集》时，我就指其中写朱伯崑先生的那篇文字为最佳！颇令我意外的倒是，赵教授对我说起，一次在从杭州到北京的火车上读我的一本小书读得津津有味，大概因为我在其中讲到些他以前并不熟悉的书，他说还曾为此到北大图书馆查过几本，还由此发挥，谈了谈北大的馆藏特点。我和赵教授算比较熟悉，但其实并未见过多少次面，我实在不记得自己曾斗胆送书给他。但从他的描述来看，那本书应该是《北美访书记》。

如同一篇文章的结尾要紧，一次会议的尾声和余响同样意味深长。承建洪同学及其团队的精心安排，第二天上午我还和王恒同学兼师侄，还有一位清华的年轻海归一起参观了清华学校首任校长唐国安在鸡山村里的纪念馆，以及唐绍仪故居所在地的唐家湾古镇。临离开珠海前，我们还停车远眺了港珠澳大桥珠海口岸，望着近在眼前，却"可望而不可即"的通往海天远处的大桥，我想起的却是 N 年前在津门饮冰室瞻仰过的梁任公的那首自励诗：

献身甘作万矢的，著论求为百世师。

誓起民权移旧俗，更研哲理牖新知。

十年以后当思我，举国犹狂欲语谁。

世界无穷愿无尽，海天寥廓立多时。

2019 年 10 年 23 日午后，车过观海卫，杭州湾在望

我的自行车生涯

    早起看到一篇题为《自行车的"罗曼史"》的小文，浏览之下让我联想到何怀宏教授——我曾在某处称道何教授为何兆武先生之后、冯克利先生之前"最重要"的西学译者——也至少写过两篇标题中有自行车字样的文字，记得其一为《自行车进京记》，其二为《骑车去三联的日子》。那么，虽然我并无与自行车相关的"罗曼史"，既未携车进京，也未骑车去过三联，却也不禁想"东施效颦"，凑热闹地简笔勾画我的自行车生涯，亦兼作岁末怀旧之一页尔。

    现在想起来，除了留给我几小册哲学书，游泳和骑自行车大概是父亲教给我的两项最重要也最有意义的"技能"了。在《我的游泳小史》中，我曾把刚学会骑车和游泳这两种微妙的感觉相提并论，认为其中颇有神似之处。只不过印象中，从我学会骑自行车后，家里的车子就退休了，而且此后再未购置，至少在诸暨乡居生活时是这样。所以《罗曼史》一文中言及的那个年代开口向人借自行车是一件很难为情的事儿这一点倒是于吾心有戚戚焉。记得那时候我应该是刚上初中，与自行车有关的有这样两件事印象最深：一是某次从邻村姑姑家借了辆自行车，一路奋力翻过曾作为抗日重要战场的雀门岭，在临县富阳章村的一家书店买了套人民文学出版社刚出不久的棕红封面的《红楼梦》；二是初三时与班上其他几位同学一起到离我们镇中七八公里远的一所农校强化训练，某次步行回家时与同行的一位女同学谈及因为有事需借辆自行车用，不料这位女同学以一种我平生少见的"慷慨"对我说，她姐姐就有一辆自行车，让我大可以去借用！虽然我事后并没有去借她姐姐的自行车，但是说起来这应该要算是我的自行车生涯中最具有"罗曼"色彩的一桩回忆了。

的确，自行车在我那个年代已经不能说是十分稀缺的物件了，但却仍然是颇为重要甚至珍贵的生活用品。这部分地解释了为什么在我的高中和大学时代几乎完全没有关于自行车的记忆。只有两个例外，一是我高中毕业返乡时，一位我小时候的玩伴自告奋勇地用一辆不知是他自己的还是借来的自行车把我的一些杂物从我的高中运回我的老家，那路途上是需要翻过一条颇长的山岭的；二是那年9月某天我从杭州出发去长春上大学，那天清晨我的父亲用一辆老式二八自行车驮着我从我们当时已在半山的家中一路骑到了城站。

我对于自行车的既有些厚重又有些飘忽的记忆是从在淮海中路622弄7号上研究生时开始的。那时我仍然没有自行车，但我的"忘年"朋友也是乒乓球友严春松兄有一辆，所以每逢"重大"之需，我就会张口向春松兄借车，而用途大多是与书有关的。去福州路和南京东路的次数多，估计停车也不太方便，自然不会每次都要借车。印象最深的一次是万航渡路院图书馆清仓处理馆藏那些天，我每天骑车来回于淮海中路院部和万航渡路院图书馆总部之间，收获颇丰。但一个雨天却与一辆夏利出租车发生了"刮擦"，被上海司机"敲了竹杠"，结果当然是我如数把钱给了人家，这是我平生唯一一次对上海人产生"欠佳"的印象！自然，凡骑自行车的时间几乎都是开心的，记得有次我们另外多借了辆车，结伴同行到了上海植物园，发现在上海原来也是可以看到青山绿水的——虽然那是假山。

在杭州读博士那会儿，忘记来历了，总之我自己有了一辆二手的自行车。这辆车最大的作用是我骑着它来回于杭大宿舍和半山之间。因为我硕士毕业回杭州时把自己的书都打包运回半山父母家里了，待自己在学校有了宿舍后，我就开始一大包一大包地把书装在自行车上往宿舍搬。杭州的九十月份天还是很热，而且我的坐骑看上去也并不坚牢，依照一般的经验，我踩到教工路朱养心药厂附近时，总感觉并担心车和车主都快要散架了。不过我显然没有把这辆自行车用满 3 年，有一个例证是：某次我到玉泉一位朋友家玩儿，和他们小夫妻俩，还有他们的一位邻居一起打扑克到凌晨，那时分早就没有公交车了，于是朋友建议我当晚就下榻在他们一居室的小家里——我想说的是，如果我那次骑自行车了，应该是会赶回学校宿舍的，当然也有可能是怕叫醒门房要看脸色转而才有这看似省事儿却同样是扰人之举。

等我从杭大毕业教书了，自行车对我的用处主要是在杭州城各处转悠逛书店。那时应该已经有各式民营书店了，可是印象中我骑自行车逛书店主要去的还是解放路新华书店，到后来又有了庆春路门市和文二路的博库书城。一般我都是先到解放路门市部流连颇久，待从那里出来经常是将近下午 1 点了，大部分情况下我会在浣纱路上原铁路售票中心对面的那家云南米线店解决中餐，啤酒应该是没有喝，多数情形下是一边就着过桥米线，一边欣赏刚从书店里斩获的"战利品"——比起"汉书佐酒"的境界那是差得远了。印象较深的是，在玉泉教书时我课上有一位经济学院的澳门学生沈中达君，他也喜欢书，听了我逛书店的经历后，表示很向往，约我哪天去逛书店时叫上他。我们果然这样实践了一次，我不知沈君的感受如何，总之我觉得似乎大不如一人逛，无论如何少了一人溜达时的那份自由自在的感觉啊！

搬到紫金港后，直接骑车进城的机缘少了很多，与书有关的，最多也就是到现已搬迁的文化商城图书批发市场和同样早已搬迁的余杭塘河边上紫金文苑门口的杭州书林。那时候朱升华先生的"枫林晚"好像是无可挽回地衰落了，但我还是不时会骑车过去看看，那已经多半是一种怀旧甚至"悼亡"的心态了。对了，到了紫金港后，自行车于我最大的一个功用乃是用来接送小孩放学。不过就算是在这个用途中也有一次与书发生了关联，那是有一回骑车带着小女在回家要路过的三坝小区附近转悠，却发现了一个小书摊，我和小女在那里可谓"各取所需"——伊发现了《乌龙院》，而我邂逅了《麝麈莲寸集》和《林纾选评古文辞类纂》。

自从我重回千岛之城后，自行车之于我的用途应该是更大了。刚来住在临城时，一个主要的用途当然还是用来接送小孩上学放学。但是时移世易，一方面是自行车市场本身之式微，另一方面是舟山特殊的形制，大部分人都使用电瓶车，以至于修理自行车的铺子也基本上找不到了。我刚到这里买好自行车时，想到要为它装一个后座，大商场里没有这东西卖，车铺又一时找不到，最后还是钢祥小友从网上买了一个送我，我再找人装了上去，一直用到现在。在舟山，自行车之于我还有个用途是骑车到水库去游泳。从临城到我游泳的水库大约25分钟车程，最后到水库那一段是一小段上坡路，可是抵不住那游完泳放车下山时的诱惑啊！有一次我看到罗卫东教授回忆夏季在故乡的生活，冲着被罗教授的生花妙笔所掀开的尘封记忆，我忍不住在他的状态中留言：对我而言，故乡夏天的记忆就是，炊烟袅袅，奶奶或者母亲已经做好了饭菜，而我游完了泳，抛下一路盈耳的蝉声，踏着山路从水库回家——对了，那时应该并没有自行车。

在杭州时，公共自行车已经很普及了，不过在杭州用这种车，经常有一个很大的不方便之处就是因为没有"车位"而还不上车，到了舟山，地虽不广，人却是真稀，至少上面这种情况是从没有发生过。最近我还发现了公共自行车的一个绝妙的用途，当我坐了 4 个多小时的大巴从新城站下来时，虽然谈不上严重缺氧，但是对新鲜空气的需求却是无比迫切，这时若再坐出租或公交车几乎就成了压垮骆驼的最后一根稻草——所幸"天无绝人之路"，有一次下车后于茫然中左顾右盼，发现 20 米开外就有一个公共自行车点，我忽然想到为什么不骑车沿着今年"十一"刚通车的海景道回家呢？在这路上，我不需要邓晓芒教授在回忆杨小凯的那篇文字中以传神的笔法所刻画的那种有些玄乎的车技，而几乎只要"信马由缰"地往前踩踏板就可以了。夕阳西下，海风吹拂，那时候我会用行吟泽畔的那位大诗人的那句"朝发轫于苍梧兮，夕余至乎县圃"来调侃自己这一"奔走衣食"的哲学教授；那时候，纠结于"可信不可爱、可爱不可信"之辩的大学者那"五十之年只欠一死"之类"不合时宜"的想法自然早已被这盛世的海风所吹散，我脑袋里于是只还留下侯外庐先生之解《阿Q正传》——外庐先生在其自传《韧的追求》中曰：Q 字乃是 question 之缩写！

2019 年 12 月 30 日午后于千岛新城

五月的定海边

　　转瞬之间，重新回到我近 30 年前大学毕业后曾经工作和生活过的千岛之城舟山已经快两年了！岁月的绵延和记忆的叠加，这两年给我的生活和生涯留下了什么样的印痕呢？不错，我在这里告别了无数人向往的"天堂"杭州，开始了一场说走就走的"旅行"；也是从这里出发，我挥别了自己为之效力 20 年的那所学府，毅然跨越两座跨海大桥，踏上了年近半百"二次创业"之途程。可是此刻，在这 5 月的定海边，在这春似已去、夏却未至的时光里，我却想起了去年 5 月顶着烈日和朋友在金塘岛上烧烤，想起了也是去年的此时在舟山校区难忘的 5 月歌会，我更怀着感念想起了，正是因为两年前的那次"回归"，我才重新"邂逅"了当年在舟山工作时的老领导——他是我们团的团长，我谑称也是尊称他为团座，因为他姓林，也称其为林座。

　　林座是 60 年代杭州大学政治系的学生，毕业以后在他的老家金塘岛上教了至少十几年政治课，改革开放后转到舟山行署所在地的宣传部门任职，因为他一直从事"理论"这一块，就被同事们戏称为"林理论"。到我大学毕业来舟山工作时，他已经是讲师团团长了。这个团的功能乃是承担机关科级以下干部的理论培训，用现在的话说，是所谓事业单位编制了；说我们的职业都是教师吧，却是并没有教师资格证就上讲台了，而且讲的还是"理论"。好在这种所谓培训并不是常规的，而是先有了培训的任务才需要我们去培训。记忆中，我在这个团里待了整整两年，就只有一次培训任务，自然地，培训场地也是借用别人的，记得是在当年定海北门外青岭水库旁边的财税干校。两年前刚回到舟山那阵子，我还曾去定海找寻那个小水库，问了许多路人才知道，在如火如荼的城镇化浪潮中，水库是真的没有了，只有那所学校还在，却也已闲置了，大门上有一张告示：学校已经搬迁至盐仓开发区。似乎传达室的门卫仍然在工作，一群在一起"青墩"（舟山本地的一种扑克游戏）的伙计并没有注意到我这位寥落的访客，于是按照大脑皮层中依然大致清晰的方位感，我快速找到了当年被我们挪用作教室的那个礼堂，这个当年有些小壮观的场所现在看上去竟是那么局促和狭小。礼堂的门是紧闭着的，透过蒙尘的玻璃窗，我确认了当年唯一一次登台宣讲时用过的讲台的位置。穿越30年的时光，眼前依稀浮现出那难忘的一课。记得我在那次课上大谈列宁的《唯物主义与经验批判主义》，甚至很有可能"出言不逊"了，下课后我怀着惴惴不安的心情问林座："我讲得怎么样啊？"我的团长几乎是头也不抬地硬生生蹦出一句："小应你倒是很敢讲！"

　　曾经以一首《北京的金山上》震撼到我的摇滚歌手赵已然君有一张专辑为《活在1988》。并没有错，1988年，林座的团里一下子来了3位年轻人，杭大一位，浙大一位，还有就是来自白山黑水之间的我——虽然后来我们都成了校友。我不敢肯定林座有没有过想要"栽培"我的念头，但可以肯定的是，大概是因为刚开始时我的"本色"还没有完全暴露，刚到单位不久，林座就点名我和他一起随着一位宣传部的副部长到岱山岛上出差调研。调研的内容早已忘记了，不外乎上山下乡，当然还有项重点内容是大啖海鲜，可恰恰就是在这个环节上出现了意外，盖因海岛上的海鲜过于生猛，初来海岛生活的我还不适应，严重的肠胃问题折腾得我惊动了两位领导并连夜求医，最终导致我们中断了行程，于第二天一早返回定海本岛并安排我住进了舟山医院。这应该是我生平第一次住院，所以似乎至今还能记得当时的某些细节，例如那时的女友也就是我现在的妻子那有些惊慌的但仍然是镇定从容的神色。

讲师团的工作，除了偶尔的培训和偶尔的出差，平时就处于金岳霖先生在自传中所说的"无公可办"（金先生的原话是"在办公室坐了一上午，'公'却不来找我"）的状态，日子久了，就难免会有些懈怠，印象中有好几次，要么是头天晚上喝酒了，要么实在是聊赖，都日上三竿了，我还在离办公室不远的宿舍里高卧未起，每每这时候，就会听到林座在楼下扯开嗓子："小应，小应，快起来上班啦！"好在我们的办公室是租借在舟山本地的在佛教史上颇有些地位的祖印禅寺里，离机关大院有些距离，自然"自由度"就要高出不少。记得和我们一起办公的还有市文化局和群艺馆的两位年轻"艺术家"，其中一位张姓的画家长得就颇有些艺术家气质，巨颅美髯，黝黑皮肤，穿着上似乎也比较艺术，他听说我是学哲学的，不管是否在工作之余，时常要和我谈谈人生。记得某天晚上，似乎是个月黑风高夜，在他的创作室里，我们席地而坐，一边就着苔条花生，一边喝一种便宜的冷黄酒。人生是没有谈出个什么来，人却是喝得酩酊大醉，第二天一早同事们来上班，闻到宿醉的酒味和秽物味儿，纷纷掩鼻而过。此次大醉还给我留下了一个持续很久的"后遗症"：我由此就断定自己是不能喝黄酒的，以至于在此后很长的一段岁月里，我的"酒友"们都会奇怪，怎么一个绍兴人（诸暨在行政区域上隶属绍兴）不喝黄酒。本来我爷爷是能喝黄酒的，而我父亲喜欢喝白酒，说是喝黄酒经常觉得闷气，于是我的亲朋好友们就由此建立了一个颠扑不破的印象：我喜欢而且善喝白酒！直到数年前，我偶尔一次开喝黄酒，而且越喝越有味道，这才后悔由于当年一时误判而导致的"十年怕井绳"让我错过了多少玉液琼浆！于是后来就如斯为自己补救：如黄酒者大概也是要人到甚至过中年之后才能喝出如《在酒楼上》的"我"和吕纬甫那种懒散和怀旧的况味吧！这就好比我年轻时因为一次吃了桃子闹肚子，于是就断定自己是不能吃桃子的，等省悟到桃子乃是一种真正的人间美味时，却已年近半百，想想也就只有"罢了罢了"4个字：试想一个半老头子垂涎欲滴地啃着吹弹可破的奉化水蜜桃，又成何体统？

另一位钱姓的小伙子则是个篆刻家，他的形象与张大画家在各方面都形成了强烈的对照：皮肤白净，温文尔雅，且多才多艺。且不说我的第一枚藏书章就是他为我操刀的，他还是一个音乐爱好者，而且颇有品位。我之得知喜多郎的电声音乐，就是他向我推荐的，于是，那时我天天不是"丝绸之路"就是"宋家王朝"。那个年代大家还都是用磁带听音乐，记得他还为我翻录了一盒喜多郎，是电声梵乐还是别的什么内容，我已经记不太真切了，或许他为我翻录的竟不止一种。后来我似乎还在当时位于湖畔居的杭州外文书店高价买过一盒喜多郎的原声带，是墨绿色的封皮。待我离开舟山再次开始求学生涯后，我的一些物件就放在了半山父母家中，一次我回家，发现我父亲在听喜多郎，而且流露出颇为欣赏的神色，遗憾的是虽然是父慈母严，但父亲那种不怒自威的形象竟让我在以往的岁月中错失了许多和他交流的机会，自然我们也没有交换彼此对于喜多郎的看法，而这些都是永远无法弥补的了。此外我还想起了有关父亲的另外一件小事，我手里的黄裳先生的《金陵五记》乃是我父亲某次出差时买到的初版本，显然他很喜欢这个作者，这方面是有证据的：在杭大念博期间，一次我在位于环城西路的杭州三联书店仓库翻到百花文艺新出的《河里子集》，其书初版仅印1000册，定价近10元，但我还是咬牙把它捧回了家，不久我就发现这本书跑到了父亲的案头上！

钱姓小伙子还善乒乓球，那时的祖印寺还没有供香火，大殿里"供着"的是一张乒乓球桌。于是每当工作之余，我们就会一起在佛祖面前打乒乓球，有几次上班时间到了，我们还在那里切磋球艺，经常是他说该上班了，我说再玩会儿。这时候林座就会准时出现在大殿的门槛外，像是怕惊到眼前并没有香火的佛祖似的小声说："该上班啦！"其实，小伙子的球艺明显高于我，玩过球的人都知道水平有一定差距的球伴其实并不能很好地玩到一块儿的，所以现今想来，我对在自己的青葱年代能遇到如此善待我的这位小伙子还是充满感念的。

时光就这样地来到了1989年。虽然僻处岛上，像是鲁迅笔下"偏安东南"的未庄之于"首义之地"的武昌，却也终于还是热闹起来了。其中一个明显的标志是，上班的纪律是已经明显地松弛了，似乎谁都是只能暂时"放任自流"，"时间停止了"。记得那时，我和自己的室友，一位已经在机关工作多年的杭大中文系毕业的高才生，天天待在宿舍听广播。我的室友平日里似乎颇为颓唐和低调，怕是已被机关里的案头文牍消磨光了感觉和激情。但那时候我看他却像变了一个人，那种亢奋的感觉只有在深夜听他谈到爱情时才很短暂地出现过；确实，他有一次在昏黄的灯火中带着某种不好意思地对我说：和本地女孩子谈恋爱，花前月下卿卿我我时却忽然飘出一串家乡土话，实在是煞风景啊，实在是表达不出那种浪漫的情怀啊！而记忆中，那个非常时刻的林座仍然保持着一贯的高度组织性和纪律性，更是丝毫没有放松警惕，虽然并未"逼迫"我们去上班，但他还是会时不时地来我们宿舍转转，想来也正因为他表面看似有弹性的"严防死守"，我记得我们那段时间只是像老康德那样隔着楼窗做一个"旁观者"。是这样吗？真的是这样吗？年深日久，也只能说是大致如此吧！哦，革命和爱情，诗和远方，信然！

"革命"必继之以"流放"。我绝非严格意义上的历史行动者，在此也没有任何自我戏剧化的冲动，"流放"在这里的所指很平实，就是指下乡，而且下乡是我的工作的常规内容，至少是其正常的组成部分。记得在团里的两年期间，除了各式出差，我有一短一长两次下乡：一次是到巨山岛上的一个乡镇里住了十天半个月；另一次则比较长，1989年的冬天我在六横岛上的平蛟乡蹲点蹲了个把月。我们的蹲点地是在空旷田野中的一幢两层的矮房子里，岛上冬天的风寒冷刺骨，虽然那时有我女友托人捎来的寒衣，但那仍然是我平生度过的最漫长的一个寒冬，所幸是在对未来充满希望和酝酿着未来的勃勃生机中度过的，因为那时我工作之余正在全力以赴地准备考研。当时我一边做由清华大学编的英语考研习题，一边念着那时刚出版的叶秀山先生的《思·史·诗》。转年春夏之交，我就接到了上海社科院的复试通知书，从此我的人生翻开了新的篇章。现在想来，我还是要感谢包括林座在内的当时的主管领导：那时考研需要工作满两年，而且要有单位的正式介绍信；我的团座和领导应该早就看出我并不是做当时那份工作的料，但他们并没有刻意刁难我，而是愿意善意地放我一条生路，好在我也没有辜负他们的期望；更重要的，我也算几乎没有辜负自己对自己的期望吧！

1990年的盛夏，在一个辰光还很早的清晨，我的团长到我的宿舍楼下来送我，因为我的书籍和其他生活用品都要在去上海前转运回老家，而那时还根本没有现在这种便捷的物流，于是我通过熟人约到了一辆从诸暨老家运货到舟山的卡车，它返回时是空车，所以我可以搭个便车，做回"自由骑士"，不但把我所有的物件，还连同我这个人，放在他的车上，去开启我人生新的旅程。货物都已经装完车了，天却还没有完全亮，可是站在远处向我挥手道别的林座的影子还是清晰可辨的，我就是这样告别了整整两年的海岛生活，从此迈向了自己那不确定的未来。

自那年离开舟山后，我和林座就没有什么联系了。直到前年夏天重回千岛之城生活，想到这次就要安定下来了，我马上就找到了林座的联系方式，并和他通了电话。但是说好到定海的拜访却一直未能实现，直到去年有一次在定海逛书店，在一家新开辟的民营书店——准确地说是一家老店的一个新场地——和他偶遇，我们愉快地聊了天，我也简单谈及了自己面临的出处问题，就如同近30年前我的那次"出走"，照例得到了他老人家善解人意的理解和支持。

5月的定海边，在浙大校庆日的前一天，我忽然接到林座的电话，告诉我，作为浙大校友，他想在第二天，也是校庆校友开放日，到舟山校区参观，问我校庆日都有些什么活动和安排。因为活动是从9点开始，我当即在电话里和林座约定，第二天早上8点45分在南大门见面，由我全程陪他逛校园。5月的定海边，校庆日的天是明朗的天，早上8点45分，分毫不差地，两位新老校友就在海洋学院内竺可桢老校长的铜像前见面了。5月的定海边，看着林座那有些沧桑的依然波澜不惊的面容，我其实很想如当年那样，在他面前再耍耍小孩子心性：林座，您给看看，您这老团员小应是不是比当年"纪律性"强得多，也要守时得多了啊？

2017年5月31日，千岛新城客居

"带不走的，只有你"
——邂逅"成都"

　　因为平常住在岛上，就每天都能漫步到不少人平常甚至平生难得一见的海边。用我寄住这里时遇到的一位年长些的"领导朋友"（与"书记教授"一起，可谓是一对绝对）的话："看到海，就看到了世界。"昨天算是个稍显不平常的平常日子，"平常"是指时光流逝，一如往昔，平常到无须特别用记号标出，也无须"结绳记事"；"不平常"，则是在于我那一向平常的日子最后终于还是打进了一个"楔子"，由此，我那预告和被预告很久的走了大半程的人生之轨就真的要转道了。这是一种如释重负的感觉，还是一种轻装上阵的喜悦？两者似乎都还不是很准确熨帖。倒有点儿像是从一种"习以成性"的"轨道"中"甩脱"了出来，有一点儿微微的失重和晕眩感，似乎既是主动的，也是被动的，虽然蕴含着 free to do，终究先是 free from；又有一种淡淡的飘忽甚或飞扬感，则似乎既是被动的，更是主动的了，不但是 an opportunity-concept，更是 an exercise-concept。

　　就像岛上这午后的天候，虽是一个久雨之后的薄阴天，欲霁还未，却带着即将透出的光亮感，任谁想要掩住也是难。近前看，"一汀烟雨杏花寒"，似乎一切都还是那么迷离、婉约，依然摇曳多姿，一唱三叹；

向远望，"谁倚东风十二阑"，却早已只是一种设问，答案岂止是呼之欲出而已，分明是要振翅而去，与风共舞。就正如我平常晚上来到这海边，看到的常常除了满天星光，还有不远处更小的岛上那昏黄隐约的灯火，而此刻，则是天清气朗，海平如镜，极目远望，就仿佛真的"看到了世界"。

晚上9点过后，平常的海边行又开始了。海边有一座"海洋科学城"，这是从一开始就已注意到的。"城"里有一家咖啡吧，这却是不久前才发现的，因为不清楚是否有"准入"，上次就没有贸然推门。昨晚晃到那里都已经是9点半了，看里面仍然是在营业的样子，就信步走了进去，"熟练"地点了一杯"焦糖"，随便找了个位子坐了下来。除了咖啡姑娘，空荡荡的厅堂里就只有两个"熟客"，因为他们仁正在吧台前热聊着。今晚我是有准备要来"泡吧"的，因为不但带了书，而且带了本最为应景的书，即我在别处"表彰"过的旅居北美的作家张宗子的商务新品《梵高的咖啡馆》，它和我昨天刚通过话的江弱水（我称他为"水兄"）之妙作《诗的八堂课》同属一个系列。

"焦糖"是上来了，看上去还不错，宗子兄的书也打开了，翻到随便哪一页都可以往下看，但还没翻上两页，我就被厅堂里传出的音乐抓住了心绪——又是一次小小的"甩脱"，赏玩之下，这位不知其名的歌手自由吟唱中的那种自在流淌和流荡貌似正与我眼下的心境相应。"流淌"似乎是被动的，充其量是中性的，是"行动者中立"的，是 free from，更是 an opportunity-concept；"流荡"，则似乎是主动的，至少是消极中有积极的，肯定是"行动者相关"的，甚至本身就是一种行动模式，是 free to do，更是 an exercise-concept。更为相应和应景的是，厅堂里此刻显然是选择了循环播放模式，似乎是刻意要让我在这样的心境中多延宕会儿，再说这种民谣风的旋律本就有一种以无比弱小的一己之力让时间硬生生地停住的"任性"。然则，任"今宵酒醒何处"，"熟客"们也终究还是散去了；任我再"任性"，也不好意思、抹不开一个人"拖堂"那么久，而且我今晚也并没有要"醒"的"酒"。于是我终于还是麻利地卷起宗子兄的书就要走，但总是有些纠结的我照例还是在步出厅堂前的那一刻，带着傻气向咖啡姑娘确认了刚才在"流淌和流荡"的是什么歌。

在岛上，晚风照例是要比白天更有劲道些，就正如经过刚才那番洗礼的我；毕竟已是春天了，海风吹在身上虽然还有一丝寒意，却无疑会让人更加警醒和通透。如同姑娘眼睛的海边高高的路灯依然闪烁着（记得 1980 年暑假，我在杭州参加全省中学生夏令营，一位戴黑边眼镜的瘦长的高中生在最后的晚会上，朗诵了他自称是在吃晚饭时赶出来的一首诗，其中有两句："西湖边的路灯，就像姑娘那明亮的眼睛"），淡淡映射出夜行中的我淡淡的身影，此刻，我无比清晰于自己与外在世界的边界，就正如无比清晰于把自己与未来的世界系属在一起的那份 attachment，而正是那份如影随形，让我一下子明白了过来：离不开的，原来只有自己的影子。

2017 年 3 月 24 日午前，千岛新城客居

图书在版编目（CIP）数据

听歌放酒狂 / 应奇著 . —杭州：浙江大学出版社，
2020.5
　　ISBN 978-7-308-20069-1

　　I. ①听… Ⅱ. ①应… Ⅲ. ①随笔—作品集—中国—
当代　Ⅳ. ① I267.1

中国版本图书馆 CIP 数据核字（2020）第 036794 号

听歌放酒狂

应奇　著

责任编辑	王志毅
文字编辑	焦巾原
责任校对	王　军　黄梦瑶
装帧设计	周伟伟
出版发行	浙江大学出版社
	（杭州天目山路 148 号 邮政编码 310007）
	（网址：http://www.zjupress.com）
制　作	北京大有艺彩图文设计有限公司
印　刷	北京中科印刷有限公司
开　本	880mm×1230mm　1/32
印　张	9.75
字　数	232 千
版 印 次	2020 年 5 月第 1 版　2020 年 5 月第 1 次印刷
书　号	ISBN 978-7-308-20069-1
定　价	59.00 元